Vom gleichen Autor
in der Reihe der
ULLSTEIN BÜCHER

GRAHAM GREENE

DAS ATTENTAT

ROMAN

ULLSTEIN BÜCHER

ULLSTEIN BUCH NR. 429
IM VERLAG ULLSTEIN GMBH, FRANKFURT/M – BERLIN – WIEN
Titel der englischen Originalausgabe
A GUN FOR SALE
Berechtigte Übersetzung von H. B. Kranz

UNGEKÜRZTE AUSGABE
Umschlagentwurf: Günther H. Magnus
Mit Genehmigung des Paul Zsolnay Verlags, Wien
Alle Rechte vorbehalten
Copyright 1950 by Paul Zsolnay Verlag, Gesellschaft m. b. H., Wien
Printed in Germany 1973
Gesamtherstellung J. Ebner, Ulm
ISBN 3 548 02429 7

ERSTES KAPITEL

I

Auf einen Mord kam es Raven nicht an. Es war ein neues Geschäft. Man mußte vorsichtig sein. Man mußte mit Kopf arbeiten. Mit Haß hatte es nichts zu tun. Er hatte den Minister nur ein einziges Mal gesehen; er war ihm gezeigt worden, als er die Straße der neuen Wohnsiedlung zwischen den kleinen lichterstrahlenden Weihnachtsbäumen herabgeschritten kam; ein alter, ziemlich mürrischer Mann ohne Freunde, von dem es hieß, daß er die Menschheit liebte.

Der kalte Wind schnitt ihm ins Gesicht. Das war ein triftiger Grund, den Mantelkragen aufzustellen, der dann auch den Mund verdeckte. Eine Hasenscharte bedeutete keinen Vorteil bei seinem Vorhaben; sie war in seiner Kindheit schlecht vernäht worden, und die Oberlippe war jetzt vernarbt. Wenn man schon ein so auffälliges Erkennungszeichen mit sich herumtrug, war es nur natürlich, daß man mit der Zeit skrupellos wurde. Vor allem mußte man stets darauf bedacht sein, Zeugenaussagen auszuschalten.

Er trug eine Aktentasche bei sich. Er sah aus wie jeder andere junge Mann, der von der Arbeit heimging. Sein dunkler Überrock hatte geistlichen Schnitt. Wie er jetzt durch die breite Straße der europäischen Großstadt ging, unterschied er sich nicht von Hunderten anderen jungen Männern. Eine Straßenbahn kam vorbei, trotz der Dämmerung beleuchtet. Er stieg nicht ein. Ein sparsamer junger Mann, konnte man denken, der sein Geld für zu Hause aufhob.

Vielleicht war er gerade unterwegs zu seinem Mädel.

Aber Raven hatte nie ein Mädel gehabt. Die Hasenscharte war schuld daran. Er war noch sehr jung gewesen, als er schon erfahren mußte, wie abstoßend sie war. Er trat in eines der großen grauen Häuser der südeuropäischen Stadt und begann die Stiegen emporzusteigen, ein düster aussehender, gedrückter Mensch.

Vor der Wohnungstür im letzten Stock legte er seine Aktentasche aufs Fensterbrett und zog Handschuhe an. Er holte eine Beißzange hervor und schnitt den Telefondraht durch, wo er von der Wohnungstür zum Liftschacht gezogen war. Dann klingelte er.

Er hoffte, den Minister allein zu treffen. In dieser Dachgeschoßwohnung lebte der bekannte Politiker; er lebte wie ein Einsiedler, und Raven hatte gehört, daß seine Sekretärin ihn täglich schon um halb sieben verließ. Er war zu seinen Angestellten sehr rücksichtsvoll. Aber Raven kam um eine Minute zu früh, und der Minister hatte sich um eine halbe Stunde verspätet.

Eine Frau öffnete die Tür, eine ältliche Frau mit einem Zwicker und zwei Goldzähnen. Am Kopf hatte sie schon den Hut und über dem Arm den Mantel. Sie war gerade im Begriff wegzugehen und war wütend über die Verzögerung. Sie ließ ihn nicht zu Wort kommen, sondern fertigte ihn kurz ab: »Der Minister ist beschäftigt!«

Er wollte die Frau schonen. Nicht weil er etwas dagegen gehabt hätte, sie auch zu töten, sondern weil seine Auftraggeber vielleicht nicht gern sehen würden, wenn er seine Weisungen überschritt.

Wortlos hielt er ihr den Empfehlungsbrief hin; solange sie nicht seine fremdartige Stimme hörte oder die Hasenscharte sah, war er sicher. Sie nahm den Brief und hielt ihn dicht an ihren Zwicker. Wunderbar, dachte er, sie ist kurzsichtig.

»Warten Sie hier«, sagte sie und ging durch das Vorzimmer zurück. Er konnte ihre mißbilligende Gouvernantenstimme hören, dann kam sie zurück und sagte: »Der Minister empfängt Sie. Folgen Sie mir.« Er verstand die fremde Sprache nicht, aber er wußte, was sie meinte.

Seine Augen nahmen wie die Linsen einer fotografischen Kamera sofort den Raum in sich auf: den Schreibtisch, den Lehnsessel, die Landkarte an der Wand, dahinter die Tür ins Schlafzimmer und das breite Fenster, das auf die helle, kalte, weihnachtliche Straße hinausging. Die Wärme kam von einem kleinen Petroleumofen, und der Minister benützte ihn gerade dazu, um etwas darauf zu kochen. Eine Küchenweckuhr auf dem

Schreibtisch zeigte sieben Uhr. Eine Stimme sagte: »Geben Sie noch ein Ei in den Kochtopf.«

Und dann trat der Minister aus dem Schlafzimmer. Er hatte versucht, seine Kleider in Ordnung zu bringen, aber er hatte die Zigarettenasche auf seinen Beinkleidern übersehen. Er war alt und klein und ziemlich unreinlich. Die Sekretärin nahm ein Ei aus einer der Schreibtischladen. »Und das Salz. Vergessen Sie das Salz nicht«, sagte der Minister. In gebrochenem Englisch erklärte er: »Das verhindert das Springen der Schale. Setzen Sie sich, mein Freund. Machen Sie es sich bequem. Karla, Sie können gehen.«

Raven setzte sich und richtete seine Augen auf die Brust des Ministers. Er dachte: Ich werde ihr nach der Uhr drei Minuten Zeit zum Weggehen lassen ... Sein Blick war noch immer auf die Brust des Ministers gerichtet: dorthin werde ich schießen. Er schlug den Mantelkragen herunter und sah mit Bitterkeit, wie der alte Mann zurückfuhr, als er die Hasenscharte sah.

Dann sagte der Minister: »Ich habe schon viele Jahre nichts von ihm gehört. Aber ich habe ihn nie vergessen, nie. Ich kann Ihnen seine Fotografie im andern Zimmer zeigen. Es ist schön von ihm, daß er an einen alten Freund denkt. So reich und auch so mächtig. Wenn Sie ihn wiedersehen, müssen Sie ihn fragen, ob er sich noch an die Zeit erinnert —« Eine Glocke begann schrill zu läuten.

Raven dachte: das Telefon. Ich habe doch den Draht durchgeschnitten. Er fuhr zusammen. Es war aber die Weckuhr auf dem Schreibtisch. Der Minister stellte sie ab. »Ein Ei ist gekocht«, sagte er und beugte sich über den Kochtopf. Raven öffnete seine Aktentasche. Sein Blick fiel auf den automatischen Revolver mit dem Schalldämpfer. Der Minister sagte: »Es tut mir leid, daß die Glocke Sie erschreckt hat. Aber ich schaue darauf, daß die Eier vier Minuten kochen.«

Im Vorzimmer liefen eilige Schritte. Die Tür ging auf. Raven fuhr ärgerlich auf seinem Sitz herum; die Hasenscharte lief blutrot an. Es war die Sekretärin. Er dachte: Was für eine Wirtschaft, du lieber Gott. Die lassen einen seine Arbeit nicht erledigen.

Er war ärgerlich, er war nervös, und er vergaß seine Lippe. Die Sekretärin war geziert lächelnd eingetreten, wobei sie ihre Goldzähne ausgiebig zeigte. Sie sagte: »Ich wollte gerade weg-

7

gehen, da hörte ich das Telefon —«, dann zuckte sie leicht zusammen und blickte in eine andere Richtung, mit einem gewissen Taktgefühl für sein körperliches Gebrechen, das ihm nicht entging. Es war ihr Urteil. Er riß den Revolver aus der Aktentasche und schoß den Minister zweimal in den Rücken.

Der alte Mann fiel gegen den Petroleumofen, der Kochtopf stürzte zu Boden, und die beiden Eier zerbrachen. Raven schoß zur Sicherheit nochmals, wobei er sich über den Schreibtisch beugte. Dann wandte er sich der Sekretärin zu. Sie stöhnte; sie brachte kein Wort hervor. Wahrscheinlich, dachte er, bittet sie um ihr Leben. Er drückte nochmals los; sie wankte, als ob jemand sie in die Seite getreten hätte. Aber er hatte nicht gut getroffen. Und zähe war sie, so zähe, daß er kaum seinen Augen traute; sie war zu der Tür hinaus, ehe er nochmals feuern konnte, und schlug sie dröhnend hinter sich zu.

Aber zusperren konnte sie die Tür nicht; der Schlüssel stak innen. Er drückte die Klinke nieder und versuchte zu öffnen; die Frau hatte eine erstaunliche Kraft; die Tür ging nur eine Handbreit auf. Jetzt begann sie noch aus allen Kräften zu schreien.

Er hatte keine Zeit zu verlieren. Er trat zurück und schoß zweimal durch die verschlossene Tür. Ihr Zwicker fiel zu Boden, er hörte, wie er zerbrach. Dann schrie die Stimme noch einmal schrill auf und verstummte; leises, verzweifeltes Weinen setzte ein. Es war, als ob sie ihr Leben durch ihre Wunden aushauchen würde. Raven war zufrieden. Er wandte sich dem Minister zu.

Man hatte ihm aufgetragen, ein Beweisstück zurückzulassen — ein anderes Beweisstück sollte er entfernen. Der Empfehlungsbrief lag auf dem Schreibtisch. Er schob ihn in die Tasche und klemmte ein Blatt Papier zwischen die erstarrenden Finger des alten Mannes. Raven war nicht besonders neugierig; er hatte einen flüchtigen Blick auf das Empfehlungsschreiben geworfen, und die Unterschrift störte ihn nicht. Sie kam von einem Mann, auf den man sich verlassen konnte.

Dann sah er sich in dem kleinen nackten Zimmer um, ob er nicht etwas übersehen hätte. Die Aktentasche und den automatischen Revolver sollte er zurücklassen. Es war alles sehr einfach.

Er öffnete die Tür zum Schlafzimmer, und wieder nahmen seine Augen alles auf: das Bett, den Fauteuil, die staubige Kommode, die Fotografie eines jungen Mannes, der eine Narbe am Kinn hatte, einige braune Kopfbürsten mit dem Monogramm J. K., und überall Zigarettenasche: das Heim eines alten, einsamen, unordentlichen Mannes – das Heim des Kriegsministers.

Durch die Tür kam deutlich das flehentliche Flüstern einer Stimme. Raven griff nochmals nach dem Revolver; wer, zum Teufel, hätte gedacht, daß die Alte so zähe sein könnte? Das griff ihm ähnlich an die Nerven wie vorher die Weckuhr, es war, als ob ein Geist in die Handlung eingreifen wollte.

Er öffnete die Tür des Arbeitszimmers. Er mußte Kraft anwenden, denn ihr Körper lag davor. Eigentlich sah sie tot aus, aber er mußte sicher sein. So schoß er wieder.

Es war jetzt Zeit, zu gehen. Er nahm die Waffe mit.

II

Sie saßen nebeneinander und zitterten vor Kälte in dem zugigen, rauchigen Käfig, der sie durch die Straßen fuhr: der Autobus polterte nach Hammersmith. Die Schaufenster der Läden glitzerten eisig. Sie rief: »Schau, es schneit!« Als sie über die Brücke fuhren, fielen einige dicke Flocken wie Papierschnitzel in die dunkle Themse.

Er sagte: »Solange die Fahrt dauert, bin ich glücklich.«

»Aber morgen sehen wir uns doch wieder – Jimmy.« Sie zögerte immer ein wenig, ehe sie seinen Namen aussprach. Ein dummer Name für einen so starken, großen, ernsten Menschen.

»Die Nächte sind es . . .«

Sie lachte. »Geht auch vorüber.« Dann wurde sie wieder ganz ernst. »Ich bin auch sehr glücklich.« Wenn sie von Glück sprach, war sie immer ernsthaft; das Lachen sparte sie für Stunden auf, in denen sie sich elend fühlte. Und ihr Glück stimmte sie schon deshalb ernst, weil sie an alle Gefahren denken mußte, die es bedrohten. Sie sagte: »Es wäre schrecklich, wenn es jetzt zu einem Krieg käme.«

»Es kommt nicht zum Krieg.«

»Der letzte hat auch mit einem Mord begonnen.«

»Damals war es ein Erzherzog. Jetzt ist es nur ein alter Politiker.«

Sie sagte: »Gib acht, Jimmy, du wirst noch die Grammophonplatte zerbrechen . . .«

»Zum Teufel mit der Platte.«

Sie begann die Melodie zu summen, die sie gekauft hatte: »It's only Kew to you.« Und als die großen Flocken hinter den Scheiben langsam am Straßenpflaster zergingen: »A snow-flower, a man brought from Greenland.«

»Ein dummes Lied!« meinte er.

»Ein wundervolles Lied — Jimmy«, sagte sie. »Ich kann dich ganz einfach nicht Jimmy rufen. Du bist kein Jimmy. Du bist groß und stark. Detektiv-Sergeant Mather. Du bist schuld daran, wenn die Leute über die riesigen Stiefel der Polizisten Witze reißen.«

»Wie wäre es mit ›Liebster‹?«

»Liebster, Liebster«, sie kostete die Worte auf der Zungen-spitze aus zwischen den Lippen, rot wie Winterbeeren. »Nein«, entschied sie zuletzt, »so werde ich dich nennen, wenn wir zehn Jahre verheiratet sind.«

»Und ›Liebling‹?«

»Liebling? Nein. Gefällt mir nicht! Das wäre, als ob ich dich schon weiß Gott wie lange kennen würde.«

Nun ratterte der Autobus zwischen Fischläden dahin: sie sahen einen glühenden Rost, und sie spürten den Geruch von gebratenen Kastanien. Die Fahrt war fast zu Ende, nur mehr zwei Straßen weit, und links um die Kirche, die man bereits sehen konnte. Je mehr sie sich ihrem Endziel näherten, desto elender fühlte sie sich; je näher sie ihrem Heim kamen, desto lebhafter sprach sie. Sie bemühte sich krampfhaft, nicht an ge-wisse Dinge zu denken: die häßliche Tapete, den dunklen Gang, der zu ihrem Zimmer führte, das kalte Nachtmahl mit Mrs. Brewer und morgen den Weg zum Agenten, der einem vielleicht ein Engagement verschaffte, irgendwo in der Provinz, weit weg von ihm.

Mather sagte gedrückt: »Du hast mich nicht so lieb wie ich dich. Es wird fast vierundzwanzig Stunden dauern, bevor ich dich wiedersehe.«

»Es wird noch viel länger dauern, wenn ich Arbeit finde.«

»Dir macht das gar nichts. Einfach gar nichts!«

Sie faßte aufgeregt nach seinem Arm. »Schau, die Plakate!« Aber ehe er durch die beschlagenen Scheiben etwas sehen konnte, waren sie vorbei. »Allgemeine Mobilmachung in Europa.« Es lag ihr wie ein Alpdruck am Herzen.

»Was war es?«

»Ach, immer der gleiche dumme Mord.«

»Dir geht der Mord nicht aus dem Kopf. Er ist schon vor einer Woche verübt worden. Er hat doch nichts mit uns zu tun.«

»Wirklich nicht?«

»Wäre es hier passiert, wir hätten den Mann schon längst erwischt.«

»Warum er es getan hat?«

»Politik, Patriotismus . . .«

»Wir sind schon da. Wie wär's, wenn wir ausstiegen? Schau nicht so traurig drein! Ich dachte, du bist glücklich.«

»Das war vor fünf Minuten.«

»Oh«, sagte sie leichthin und aus schwerem Herzen. »Man lebt sehr schnell heutzutage.« Unter der Laterne küßten sie sich. Sie mußte sich strecken, um zu ihm emporzureichen. Er wirkte tröstlich und beruhigend, wie ein großer Hund, selbst wenn er trotzig und dumm war, aber — einen Hund mußte man nicht allein in die schwarze, kalte Nacht hinausschicken.

»Anne«, sagte er, »sofort nach Weihnachten heiraten wir, nicht wahr?«

»Wir haben keinen Penny«, sagte sie. »Keinen Penny — Jimmy, das weißt du doch.«

»Ich krieg' eine Gehaltserhöhung.«

»Du wirst zu spät zum Dienst kommen.«

»Ich bin dir ja doch gleichgültig . . .«

»Ja! Völlig . . .«, höhnte sie, ließ ihn stehen und ging auf das Haus Nr. 54 zu, während sie innerlich ein Stoßgebet zum Himmel sandte: Lieber Gott, gib mir rasch etwas Geld. Sie hatte wenig Vertrauen zu sich selbst.

Ein Mann ging an ihr vorüber; er sah erfroren und erschöpft aus in seinem dunklen Überrock; er hatte eine Hasenscharte. Armer Teufel, dachte sie und hatte ihn schon vergessen, als sie das Haustor öffnete und die steilen Treppen emporklomm; der Teppichläufer war bereits im ersten Stock zu Ende . . . In ihrem Zimmer legte sie die neue Platte aufs Grammophon und wiederholte liebevoll die sinnlosen dummen Worte der einschläfernden Melodie:

»It's just Kew
To you,

>But to me
It's Paradise.
They are just blue
Petunias to you,
But to me
They are your eyes.«

Der Mann mit der Hasenscharte kam die Straße zurück; das
schnelle Gehen hatte ihn nicht erwärmt. Die Flocken fielen lautlos und bildeten eine zähe braune Masse auf dem Gehsteig, und
aus dem erleuchteten Fenster im dritten Stock tropfte ein Lied
herab, während die abgenützte Grammophonnadel kratzte.

>They say that's a snowflower
    A man brought from Greenland.
I say it's the lightness, the coolness, the whiteness
    Of your Hand.«

Der Mann hielt einen Augenblick inne; dann setzte er seinen
Weg fort und beschleunigte seine Schritte.

III

Raven saß an einem leeren Tisch im Corner-House. Ange-
ekelt betrachtete er die lange Liste süßer, eisgekühlter Getränke,
Parfaits, Sundaes, Coupes und Splits. Jemand am Nebentisch
aß Schwarzbrot mit Butter und trank Horlick dazu. Unter
Ravens Blick zuckte er zusammen und hob die Zeitung vors
Gesicht. »Ultimatum« stand als Schlagzeile geschrieben.

Mr. Cholmondeley bahnte sich seinen Weg zwischen den
Tischen.

Er war feist und trug einen Smaragdring. Sein dickes Kinn
fiel in Falten über den Kragen. Er sah wie ein Grundstücks-
makler aus oder wie ein Händler, der zu Geld, viel Geld gekommen war durch den Handel mit Damengürteln. Er setzte
sich zu Raven an den Tisch und sagte: »Guten Abend!«

»Ich dachte, daß Sie überhaupt nicht mehr kommen, Mr.
Chol-mon-de-ley«, sagte Raven, jede Silbe des Namens ein-
zeln aussprechend.

»Chumley, lieber Mann, Chumley«, korrigierte Mr. Cholmondeley.

»Es ist ganz unwichtig, wie es ausgesprochen wird; ich nehme nicht an, daß es Ihr richtiger Name ist.«

»Schließlich habe ich ihn mir ausgesucht . . .«, sagte Mr. Cholmondeley. Sein Ring funkelte im Licht der Lampen, als er die Blätter der Menükarte umschlug. »Nehmen Sie einen Parfait.«

»Es ist komisch, bei diesem Wetter etwas Eisgekühltes zu trinken. Wenn Ihnen heiß ist, brauchen Sie bloß auf die Straße zu gehen. Ich möchte keine Zeit verlieren, Mr. Cholmondeley. Haben Sie das Geld mitgebracht? Bin völlig auf dem trockenen.«

Mr. Cholmondeley sagte: »Sie haben hier einen sehr guten Maiden's Dream. Vom Alpine Glow gar nicht zu reden. Oder Knickerbocker Glory.«

»Ich habe seit Calais nichts gegessen.«

»Geben Sie mir den Brief«, sagte Mr. Cholmondeley. »Danke.« Er sagte zur Kellnerin: »Einen Alpine Glow, mit einem Glas Kümmel darübergegossen.«

»Das Geld«, sagte Raven.

»Hier in der Tasche.«

»Es sind aber alles Fünfernoten.«

»Sie können doch nicht zweihundert in Kleingeld verlangen. Außerdem habe ich nichts damit zu tun. Ich bin bloß der Vermittler.« Seine Augen wurden zärtlich, als sie einen Raspberry Split am Nebentisch erblickten. Und flüsternd gestand er Raven: »Ich habe eine Schwäche für Süßigkeiten.«

»Wollen Sie nichts darüber erfahren?« fragte Raven. »Die alte Frau . . .«

»Bitte, bitte«, sagte Mr. Cholmondeley, »ich will nichts hören. Ich bin nur der Mittelsmann. Ich übernehme keine Verantwortung. Meine Kunden . . .«

Ravens Hasenscharte verzog sich verächtlich. »Feine Bezeichnung für diese Leute.«

»Wie lange die Kellnerin zu dem Parfait braucht«, klagte Cholmondeley. »Meine Kunden sind wirklich sehr feine Leute. Diese Attentate — sie betrachten sie als Krieg.«

»Und ich und der alte Mann . . .«, sagte Raven.

»Ihr seid in den Schützengräben an der Front.« Er lachte glucksend über seinen eigenen Witz. Seine kleinen Äuglein funkelten vor Vergnügen, als er die große Portion Eiscreme sah, die sich ihm näherte. Er sagte: »Sie haben Ihre Arbeit sehr anständig erledigt. Man ist mit Ihnen zufrieden. Sie werden sich jetzt einen längeren Urlaub leisten können.«

Er war feist, er war gemein, er war verlogen, aber so wie er dasaß und ihm die Creme übers Kinn lief, machte er doch den Eindruck eines Menschen, der Macht besaß. Er strahlte Wohlstand aus, er war einer von jenen, die alles besaßen, aber Raven besaß nichts, als was jetzt seine Brieftasche enthielt, die Kleider, die er am Leib hatte, die Hasenscharte und den automatischen Revolver, den er hätte zurücklassen sollen. Darum sagte er: »Ich werde jetzt gehen.«

»Leben Sie wohl, lieber Mann, leben Sie wohl!« rief Cholmondeley, an einem Strohhalm saugend.

Raven stand auf und ging. Dunkel und mager, fühlte er sich zwischen den kleinen Tischen mit den hellen Fruchtgetränken nicht wohl. Er überquerte den Piccadilly Circus und bog in die Shaftesbury Avenue ein. Die Schaufenster waren voller Flitterkram und Weihnachtskuchen. Der Gedanke daran machte ihn wütend. Seine Hände ballten sich in den Taschen.

Er drückte sein Gesicht gegen das Schaufenster einer Schneiderei und spähte schweigend durch die Scheibe. Im Laden saß ein Mädchen mit schönen Zügen, über eine Arbeit gebeugt. Er ließ seine Blicke verächtlich auf ihren Beinen und Hüften ruhen. So viel Fleisch, dachte er höhnisch, zum Verkauf in einer Weihnachtsauslage.

Eine Art unterdrückte Grausamkeit trieb ihn dazu, einzutreten. Er wandte dem Mädchen, als es ihm entgegentrat, seine Hasenscharte mit dem gleichen Vergnügen zu, als hätte er ein Maschinengewehr auf eine Bildergalerie gerichtet. Er sagte: »Das Kleid in der Auslage. Wieviel kostet es?«

Sie antwortete: »Fünf Guineas.« Sie vermied es, ihn mit »Herr« anzusprechen. Seine Lippe war wie ein Schandmal und brandmarkte ihn. Sie zeigte, daß er arme Eltern gehabt hatte, die sich einen geschickten Chirurgen nicht leisten konnten.

Er sagte: »Es ist schön, nicht wahr?«

Sie lispelte: »Sehr ssön. Es ist sson oft bewundert worden.«

»Weich ist es und dünn. Auf so ein Kleid muß man achtgeben, eh? Gehört es für jemanden, der reich ist?«

Sie log: »Es ist ein Modell.« Sie war eine Frau, sie wußte genau, wie billig und gewöhnlich alle Dinge waren, die sich in dem kleinen Laden befanden.

»Es ist erstklassig, nicht?«

»Ja«, und ihr Blick versenkte sich in den eines jungen vorübergehenden Stutzers auf der Straße.

»Gemacht«, sagte er. »Ich gebe Ihnen fünf Pfund dafür.« Und er zog eine Note aus Mr. Cholmondeleys Brieftasche hervor.

»Soll ich es einpacken?«

»Nein«, sagte er. »Das Mädel wird es selbst abholen.« Und er grinste häßlich. »Sie ist auch Klasse. Ist das das schönste Kleid, das Sie haben?« Und als sie nickte und den Geldschein nahm —: »Dann wird es für Alice passen.«

Als er den Laden verließ, trug sein Gesicht einen spöttischen Ausdruck. Dann bog er in die Frith Street ein und betrat das »Pensionrestaurant Paris«, wo er ein Zimmer bewohnte. Eine unangenehme Überraschung erwartete ihn: eine kleine Tanne, mit Flitterkram behängt, und eine Krippe. Er fragte den alten Mann, dem das Restaurant gehörte: »Halten Sie was davon? Von solchem Unsinn?«

»Wird es wieder zum Krieg kommen?« sagte der Alte. »Es ist schrecklich, was man liest.«

»Und die ganze Aufmachung nur, weil damals in der Herberge in Bethlehem kein Bett frei war. Man hat uns, wie wir Kinder waren, Plumpudding gegeben. Ein Erlaß von Cäsar Augustus. Sie sehen, ich kenne die Geschichte, ich bin gebildet. Man hat uns das regelmäßig einmal im Jahr vorgelesen.«

»Ich habe schon einen Krieg miterlebt.«

»Ich hasse Rührseligkeiten.«

»Nun«, meinte der alte Mann, »fürs Geschäft ist es ganz gut.« Raven wollte das Kind aus der Krippe heben. Aber die Krippe ging mit: es war nur billiger bemalter Gips.

Dann stieg er die Treppen zu seinem Zimmer hinauf. Es war noch nicht aufgeräumt. Im Waschbecken war schmutziges Wasser, und der Krug war leer. Er mußte daran denken, wie der feiste Mann gesagt hatte: »Chumley, mein Lieber, Chumley wird es ausgesprochen«, und wie er mit dem Smaragdring herumfuchtelte. Er wurde zornig und schrie, übers Treppengeländer gebeugt: »Alice!«

Alice kam aus dem nächsten Zimmer, eine Schulter höher als die andere, und Strähnen gebleichten Haares über der Stirn. Sie murrte: »Warum schreien Sie denn so?«

Er fuhr sie an: »Das hier ist ein Schweinestall! Ich lasse mich nicht so behandeln! Gehen Sie hinein und räumen Sie auf.« Sie wich zurück, aber sie wagte nur zu brummen: »Was glauben Sie eigentlich, wer Sie sind?«

»Vorwärts«, schrie er, »du schiefe Hexe!« Und als sie sich wortlos über das Bett beugte, lachte er höhnisch auf. »Ich habe dir ein Kleid als Weihnachtsgeschenk gekauft. Hier ist die Bestätigung. Geh und hol es. Es ist sehr schön. Es wird dir passen.«

»Sie glauben, Sie sind sehr witzig«, fauchte sie.

»Für den Witz habe ich jedenfalls fünf Pfund bezahlt. Eil dich, sonst wird der Laden gesperrt.« Aber sie behielt das letzte Wort. Auf der Stiege wandte sie sich um und rief: »Schlechter als Sie mit Ihrer Hasenscharte werde ich auch nicht aussehen.« Jeder im Hause konnte es hören, der alte Mann unten, seine Frau im Wohnzimmer und die Kunden im Restaurant. Er stellte sich ihr höhnisches Lachen vor. Aber er litt nicht mehr darunter. Man hatte ihn von Jugend auf tropfenweise vergiftet, und jetzt war er schon beinahe immun dagegen.

Er trat zum Fenster, öffnete es und scharrte mit dem Finger am Sims. Sein Kätzchen kam zu ihm, und sein Fell raschelte auf der Regenrinne. Dann schlug es spielerisch mit dem Pfötchen nach seiner Hand. »Kleines Biest«, sagte er, »kleines, falsches Biest.« Er zog einen Papierbecher mit Sahne aus der Manteltasche und leerte den Inhalt in die Seifenschüssel aus. Die Katze gab das Spielen auf und stürzte sich mit einem kleinen Schrei darüber.

Er ergriff sie beim Fell und hob sie samt der Sahne auf die Kommode. Sie zappelte, um freizukommen, was sehr possierlich aussah, denn sie war nicht größer als die Ratte, die er einmal gezähmt hatte. Er kraulte sie hinterm Ohr, und sie schlug nach ihm, während ihre Zunge behend über die Oberfläche der Sahne fuhr.

Essenszeit, sagte er sich. Mit dem vielen Geld konnte er gehen, wohin es ihm beliebte. Er konnte bei Simpson mit den Geschäftsleuten speisen, Braten und unzählige Gemüse.

Als er die Treppe herunterkam, hörte er aus der dunklen Ecke neben der Telefonzelle seinen Namen. »Raven.« Der Alte sagte: »Er hat hier ständig ein Zimmer. Er war jetzt verreist.«

»Und Sie«, sagte eine fremde Stimme, »wie heißen Sie? ...

Alice, zeigen Sie mir sein Zimmer. Saunders, behalten Sie die Tür im Auge.«

Raven ließ sich auf die Knie fallen und kroch in die Telefonzelle. Die Tür ließ er einen Spalt breit offen, da er nie gern eingesperrt war. Er konnte nicht hinausgehen, aber er brauchte den Mann, der zu der Stimme gehörte, erst gar nicht zu sehen, um zu erkennen: Polizei, Geheimagenten, die Ausdrucksweise von Scotland Yard. Der Mann war so nahe, daß der Boden der Telefonzelle unter seinem Schritt erbebte. Dann kam er wieder herunter. »Oben ist niemand. Er hat Hut und Rock genommen. Er dürfte ausgegangen sein.«

»Das ist schon möglich«, meinte der Alte, »er hat einen sehr leisen Gang.«

Der Fremde begann ihn auszufragen: »Wie sieht er aus?«

Und der Alte und das Mädchen sagten in einem Atemzug: »Er hat eine Hasenscharte.«

»Das ist wichtig«, sagte der Detektiv. »Rühren Sie in seinem Zimmer nichts an. Ich werde einen Mann herschicken, der die Fingerabdrücke aufnimmt. Was für ein Mensch ist er?«

Raven verstand jedes Wort. Er konnte sich nicht vorstellen, weswegen sie hinter ihm her waren. Er hatte doch keine Beweisstücke hinterlassen. Das Bild jenes Zimmers stand klar vor seinem Auge, gleich einer Fotografie. Sie konnten nichts gegen ihn in der Hand haben. Er hatte gegen seinen Auftrag den Revolver mitgenommen, aber er spürte jetzt dessen Druck in der Achselhöhle. Übrigens: wenn sie etwas gefunden hätten, hätten sie ihn sicher schon in Dover angehalten.

Ärgerlich lauschte er den Stimmen; er wollte endlich sein Mittagessen haben. Seit vierundzwanzig Stunden hatte er nichts Ordentliches im Magen gehabt, und jetzt, mit zweihundert Pfund in der Tasche, konnte er sich leisten, was er wollte.

»Ich kann's schon glauben«, sagte der alte Mann. »Heute hat er sich sogar über die Krippe meiner armen Frau lustig gemacht.«

»Ein ekelhafter Kerl«, sagte das Mädchen. »Ich werde froh sein, wenn Sie ihn einsperren.«

Voll Erstaunen sagte er sich: sie hassen mich.

Sie fuhr fort: »Er ist schrecklich häßlich. Diese Lippe. Man kriegt Angst.«

»Ein unangenehmer Kunde.«

»Ich habe ihn nicht gern unter meinem Dach«, sagte der Alte. »Aber er zahlt pünktlich, und man kann es sich nicht leisten, jemand zu kündigen, der zahlt. Heutzutage nicht.«

»Hat er Freunde?«

»Da muß ich lachen!« rief Alice. »Er und Freunde! Was sollte er mit ihnen anfangen?«

Raven saß auf dem Boden in der kleinen, dunklen Zelle und lachte lautlos vor sich hin: das bin ich, über den sie sprechen. Er starrte auf die Glasscheibe, die Hand auf dem Revolver.

»Sie scheinen ein wenig verbittert. Was hat er Ihnen getan? Er wollte Ihnen ein Kleid schenken, nicht wahr?«

»Das war wieder einer seiner gemeinen Witze.«

»Aber trotzdem wollten Sie es nehmen.«

»Sie können überzeugt sein, ich hätte es nicht genommen. Glauben Sie, ich würde von ihm ein Geschenk annehmen? Ich wollte es dem Geschäft zurückverkaufen und ihm das Geld zeigen, und dann hätte ich was zu lachen gehabt.«

Wieder mußte er denken: sie hassen mich. Wenn sie diese Tür aufmachen, schieße ich alle über den Haufen.

»Lachen würde ich, wenn ich ihn jetzt sehen könnte! Mitten in seine Fratze hinein!«

»Ich werde einen Mann auf der Straße postieren«, sagte die fremde Stimme. »Geben Sie ihm einen Wink, wenn unser Mann zurückkommt.« Dann wurde die Tür geschlossen.

»Oh«, sagte der Alte, »ich wollte, meine Frau wäre hier. Zehn Shilling würde sie sich's kosten lassen, wenn sie dabeisein könnte.«

»Ich werde sie anrufen«, sagte Alice. »Wahrscheinlich ist sie auf einen Schwatz bei Masons. Sie kann kommen und Mrs. Mason mitbringen. Alle sollen bei dem Spaß dabeisein. Erst vor einer Woche sagte Mrs. Mason, sie will seine Fratze nicht mehr in ihrem Geschäft sehen.«

»Ja, sei nett, Alice. Rufe sie an.«

Raven zog den Revolver aus dem Versteck unter dem Arm. Er richtete sich auf und lehnte sich an die Rückwand der Zelle. Alice öffnete die Tür und schloß sich dann mit ihm ein. Er legte ihr die Hand auf den Mund, bevor sie Zeit hatte zu schreien. Dann sagte er: »Werfen Sie keine Münzen ein. Wenn Sie es tun, erschieße ich Sie. Auch wenn Sie schreien. Tun Sie, was ich sage.« Er flüsterte es dicht an ihrem Ohr. Sie waren einander so nahe, als würden sie in einem Bett liegen. Er fühlte den Druck ihrer schiefen Schulter gegen seine Brust.

Er sagte: »Heben Sie den Hörer ab. Tun Sie, als würden Sie mit der Alten sprechen. Vorwärts! Sonst schieße ich. Sagen Sie ›Hallo, Mrs. Groener‹!«

»Hallo, Mrs. Groener.«

»Erzählen Sie ihr die ganze Geschichte.«

»Sie sind hinter Raven her.«

»Weswegen?«

»Die Fünfpfundnote. Sie haben im Geschäft gewartet.«

»Was meinen Sie damit?«

»Sie haben die Nummer notiert. Sie war gestohlen.«

Man hatte ihn also betrogen. Sein Hirn arbeitete mechanisch und sicher wie ein Automat. Eine dumpfe Wut ergriff ihn. Wäre Cholmondeley mit ihm in der Zelle gewesen, er hätte ihn erschossen, es wäre ihm alles egal gewesen.

»Wo gestohlen?«

»Das sollten Sie wissen . . .«

»Seien Sie nicht frech mit mir. Wo?«

Er wußte ja nicht einmal, wer Cholmondeleys Auftraggeber waren. Was geschehen war, war klar. Man hatte ihm mißtraut. Sie hatten die Sache eigens so eingerichtet, daß er verhaftet wurde. Draußen lief ein Zeitungsjunge vorüber: »Ultimatum . . . Ultimatum!« Sein Hirn registrierte diese Tatsache, aber es kam ihm nicht zum Bewußtsein, daß das etwas mit ihm zu tun haben könnte. Er wiederholte: »Von wo gestohlen?«

»Ich weiß nicht . . . ich erinnere mich nicht.«

Während er die Mündung des Revolvers an ihre Rippen drückte, flehte er: »Erinnern Sie sich doch! Es ist sehr wichtig. Ich habe es nicht getan.«

»Sie wollen mir einreden, daß Sie es nicht getan haben?« sprach sie gehässig in die taube Telefonmuschel hinein.

»Helfen Sie mir. Ich will nur, daß Sie sich erinnern . . .«

»Ich kann nicht . . .«

»Ich habe Ihnen das Kleid geschenkt, nicht wahr?«

»Nein, Sie wollten nur das Geld anbringen. Sie wußten nicht, daß schon alle Geschäfte die Nummern der Banknoten hatten. Sogar wir haben sie.«

»Wenn ich es getan hätte, warum will ich dann wissen, von wo sie herkommen?«

»Das wäre der schönste Spaß, wenn man Sie einsperren würde für etwas, was Sie gar nicht getan haben.«

»Alice!« rief der Alte von unten, »kommt sie?«

»Ich schenke Ihnen zehn Pfund!«

»Ja, gestohlenes Geld. Nein, danke, Sie Kavalier!«

»Alice!« rief der Alte wieder. Sie konnten ihn den Gang heraufkommen hören.

»Gerechtigkeit«, sagte er bitter und drückte ihr die Waffe gegen die Rippen.

»Mir brauchen Sie nicht von Gerechtigkeit zu sprechen«, fauchte sie, »dabei haben Sie mich geschlagen, sooft es Ihnen Spaß machte. Die Asche war überall in Ihrem Zimmer verstreut. Ich habe genug von Ihrer Schlamperei. Milch in der Seifenschüssel! Reden Sie mir gar nichts von Gerechtigkeit.«

Und plötzlich begann sie sich, trotz des Revolvers, zu bewegen. Er war so erstaunt, daß er den alten Mann ganz vergaß – bis die Tür der Zelle weit offen stand. Er flüsterte im Dunkel: »Kein Wort, oder ich schieße.« Nun standen beide vor ihm. Er sagte: »Ihr müßt verstehen. Sie dürfen mich nicht kriegen. Ich lasse mich nicht einsperren. Und wenn es sein muß, schieß' ich euch beide nieder ... mir ist alles egal ... Vorwärts, geht vor mir her in mein Zimmer. Sonst –«

Als er sie im Zimmer hatte, sperrte er die Tür ab. Ein Kunde läutete ununterbrochen. Er sagte: »Ich hätte gute Lust, euch doch zu erschießen! Ihr habt ihnen von der Hasenscharte erzählt! Habt ihr denn keinen Funken von Anständigkeit?« Er trat zum Fenster. Der Weg hinaus war einfach, deshalb hatte er dieses Zimmer gemietet. Das Kätzchen lief wie ein gefangener Tiger am Rande der Kommode auf und nieder. Er griff danach und warf es aufs Bett. Das Tier dachte, er wolle spielen, und biß ihn leicht in den Finger. Er aber schwang sich aufs Sims hinaus. Die Wolken schoben sich vor den Mond, und die Erde schien sich mitzuschieben.

IV

Anne Crowder ging in ihrem schweren Tweedmantel in dem kleinen Zimmer auf und ab; sie wollte den Shilling für den Gasofen nicht riskieren, da sie vor morgen keinen Shilling verdienen würde. Sie sagte sich: Ich bin ein Glückspilz, daß ich das Engagement bekommen habe. Ich bin froh, daß ich wieder arbeiten kann; aber – sie war nicht überzeugt, daß sie es so meinte.

Jetzt war es acht Uhr; vier Stunden blieben ihnen noch bis Mitternacht. Sie würde ihn anschwindeln müssen und ihm weismachen, daß sie den Zug um neun Uhr nahm und nicht den um fünf Uhr, sonst würde er sie am Ende noch zeitig zu Bett schicken. So war er. Gar keinen Sinn für Romantik. Sie lächelte zärtlich vor sich hin und hauchte auf ihre erstarrten Finger.

Das Telefon im Hausflur klingelte. Sie hielt es für die Türglocke und lief zum Spiegel im Kleiderschrank. Das Licht war zu trübe, um feststellen zu können, ob sie für den Lichterglanz der Astoria Tanzbar genügend hergerichtet war. Sie begann die ganze Prozedur von vorn. Wenn sie blaß war, würde er sie zeitig heimschicken.

Die Wirtin steckte den Kopf zur Tür herein: »Ihr Bekannter ist am Telefon.«

»Am Telefon?«

»Ja«, sagte die Wirtin und trat näher, wie immer zum Schwatzen aufgelegt, »er scheint es sehr eilig zu haben. Ungeduldig möchte ich sagen. Fast gefressen hat er mich, als ich ihm ›Guten Abend‹ wünschte.«

»Oh«, sagte Anne verzweifelt, »das ist bloß so seine Art. Sie dürfen es nicht übelnehmen.«

»Wahrscheinlich wird er Ihnen für heute abend absagen«, sagte die Wirtin. »Es ist immer das gleiche. Ihr Mädels, die ihr ewig herumreist, werdet nie anständig behandelt. ›Adolar‹ heißt die Revue, haben Sie gesagt, nicht wahr?«

»Nein, ›Aladdin‹.«

Sie raste die Treppen hinunter. Es war ihr egal, ob man ihre Eile sah oder nicht. Dann rief sie ins Telefon: »Bist du's, Liebling?« Etwas war nicht in Ordnung mit dem Apparat. Seine Stimme klang so heiser und bebte derart an ihrem Ohr, daß sie sie fast nicht erkannte.

Er sagte: »Du hast schrecklich lang gebraucht. Ich spreche von einem Automaten. Meinen letzten Penny hab' ich eingeworfen. Hör mal, Anne, ich kann nicht mit dir sein. Es tut mir sehr leid. Der Dienst. Wir sind hinter dem Mann vom Saferaub her, von dem ich dir erzählt habe. Ich werde die ganze

Nacht zu tun haben. Wir haben eine der gestohlenen Banknoten gefunden.« Seine Stimme schlug aufgeregt an ihr Ohr.

Sie sagte: »Das ist herrlich, Liebling. Ich weiß, wie sehr du es dir gewünscht hast ...«, aber sie konnte die Komödie nicht weiterspielen. »Jimmy«, sagte sie, »Jimmy, ich werde dich also nicht mehr sehen. Viele Wochen nicht.«

Er sagte: »Ja, ich weiß, es ist sehr hart. Was ich mir gedacht habe ... Hör mal. Es gibt keinen Neunuhrzug. Ich habe nachgesehen.«

»Ich weiß. Ich habe bloß ...«

»Es ist gescheiter, wenn du schon heute abend fährst. Dann kannst du dich noch vor den Proben ein wenig ausruhen. Der Zug geht um Mitternacht von Euston.«

»Aber ich habe noch nicht gepackt ...«

Das überhörte er völlig. Es war seine Lieblingsbeschäftigung, Pläne zu machen, Entschlüsse zu fassen. Er sagte: »Wenn ich in der Nähe des Bahnhofs bin, dann will ...«

»Zwei Minuten!«

Er schrie: »Zum Teufel, ich hab' kein Kleingeld mehr. Ich hab' dich lieb, Anne ...«

Sie focht einen Kampf aus, um die gleichen Worte über die Lippen zu bringen, aber es ging nicht — sein Name war ihr im Wege, hemmte ihre Zunge. Sie konnte ihn nie ohne Zögern aussprechen — »Ji —«. Da war die Verbindung schon unterbrochen. Erbittert dachte sie: warum hat er kein Kleingeld gehabt? Sie dachte: Es ist ungerecht, einen Detektiv so zu unterbrechen. Dann ging sie wieder die Treppe hinauf. Sie weinte nicht. Es war nur, als wäre jemand gestorben und hätte sie allein gelassen, und nun fürchtete sie sich vor den vielen fremden Gesichtern, dem neuen Engagement, den Anzüglichkeiten der Männer; sie hatte Angst, sich vielleicht nicht immer daran zu erinnern, wie wundervoll es war, geliebt zu werden.

Die Wirtin sagte: »Ich habe es mir ja gedacht. Kommen Sie doch zu mir herunter und plaudern wir bei einer Tasse Tee. Es wird Ihnen guttun, sich auszusprechen. Ein Arzt sagte mir einmal, das reinigt die Lungen. Kann stimmen, nicht wahr? Man verstaubt, ob man will oder nicht, und das Reden lüftet einen durch. Warum packen Sie schon jetzt? Sie haben noch Stunden Zeit. Mein seliger Mann, glaube ich, wäre niemals gestorben, wenn er mehr gesprochen hätte. So blieb ihm irgendwas Giftiges sozusagen im Hals stecken und brachte ihn schon in der Jugend um. Hätte er mehr geredet, so wäre das besser gewesen als das ewige Husten.«

V

Der Kriminalreporter konnte sich kein Gehör verschaffen. Er wiederholte dem Chefredakteur ununterbrochen: »Ich habe etwas über diesen Saferaub erfahren.«

Aber der Chefredakteur hatte zu viel getrunken, sie hatten alle getrunken. Er sagte: »Gehen Sie nach Hause, und legen Sie sich schlafen.«

Der Kriminalreporter war ein ernster junger Mensch, der weder trank noch rauchte. Es mißfiel ihm im höchsten Grade, wenn einem Menschen in der Telefonzelle übel wurde. Deshalb schrie er jetzt ungeduldig: »Es ist ihnen gelungen, eine der Banknoten zu finden.«

»Schreib's nieder, alter Junge, schreib's nieder, und zünd dir dann deine Pfeife an.«

»Der Mann entkam, hielt ein Mädchen im Schach — eine wirklich spannende Geschichte!«

»Geh nach Hause, und leg dich schlafen.«

Dann gelang es dem ernsten jungen Mann, jemand beim Rockärmel zu erwischen. »Was ist los? Seid ihr alle verrückt geworden? Erscheint denn die Zeitung heute überhaupt nicht?«

»In achtundvierzig Stunden haben wir Krieg«, schrie man ihm ins Gesicht.

»Aber ich hab' eine herrliche Sache. Er sperrte ein Mädchen und einen alten Mann ein und kletterte durchs Fenster ...«

»Geh nach Hause. Dafür ist heute kein Platz.«

»Keine lokale Chronik heute!«

»Der Brand von Limehouse ist unter ›Kleine Nachrichten‹ erschienen.«

»Geh nach Hause schlafen.«

»Es gelang ihm, glatt zu entkommen, obwohl ein Polizist die Tür bewachte. Das Überfallkommando ist alarmiert. Er ist bewaffnet. Die Polizei auch. Eine prachtvolle Geschichte.«

Der Chefredakteur sagte: »Bewaffnet! Geh und trink rasch ein Glas Milch, bevor es zu spät ist. In ein, zwei Tagen sind wir alle bewaffnet. Sie haben ihre Beweise veröffentlicht. Es ist klar, daß ihn ein Mazedonier erschossen hat. Italien unterstützt das Ultimatum. Man hat ihnen achtundvierzig Stunden gegeben. Wenn du willst, kauf sofort Rüstungsaktien, du kannst reich werden.«

»Du wirst noch diese Woche einrücken«, sagte jemand.

»O nein«, sagte der ernste junge Mensch, »das werde ich nicht, ich bin Pazifist.«

Der Mann, dem in der Telefonzelle übel geworden war, meinte: »Ich geh' nach Hause. Und wenn die Bank von England in die Luft fliegt, wir hätten heute keinen Platz dafür.«

Eine zarte, pfeifende Stimme sagte: »Mein Artikel kommt in den Satz.«

»Es ist kein Platz, sage ich Ihnen . . .«

»Für mich wird schon Platz sein. Gasmasken für alle. Spezialluftübungen für alle Städte über fünfzigtausend Einwohner.« Er kicherte.

»Das Komische daran ist . . .« Aber was das Komische war, erfuhr niemand. Ein Junge stieß die Tür auf und warf einen Stapel Fahnen der »ersten Seite« ins Zimmer: feuchte Lettern auf feuchten Bogen, und die Schlagzeilen fielen einem in die Augen. »Jugoslawien ersucht um Aufschub . . .«, »Adriaflotte im Kriegszustand . . .«, »Mob in Paris stürmt die italienische Gesandtschaft . . .«

Dann plötzlich waren alle still: ein Aeroplan flog durch die Nacht, ganz niedrig zog er seine Kreise, man sah das rote Decklicht, und die breiten Flügel schimmerten gespenstisch im Mondglanz. Sie konnten ihn durch das Glasdach genau beobachten, und mit einemmal hatte niemand mehr Lust etwas zu trinken.

Der Chefredakteur sagte: »Ich bin müde und gehe schlafen.«

»Soll ich die Geschichte verfolgen?« fragte der Kriminalreporter.

»Wenn es dir Spaß macht . . . Aber von heute an sind das die einzigen Neuigkeiten . . .«

Und alle starrten durch das Glasdach auf den Mond, in den nunmehr leeren Himmel.

VI

Die Bahnhofsuhr zeigte drei Minuten vor Mitternacht. Der Beamte bei der Sperre sagte: »Vorn ist noch Platz.«

»Ich erwarte einen Freund«, sagte Anne Crowder. »Kann ich nicht hier einsteigen und erst vor dem Abgang nach vorn durchgehen?«

»Die Türen sind versperrt.«

Sie sah verzweifelt an ihm vorbei. Im Büfett löschten sie schon die Lichter aus; von diesem Bahnsteig gingen heute keine Züge mehr ab.

»Beeilen Sie sich, Fräulein.«

Als sie den Zug entlang lief, fiel ihr Blick auf einen Zeitungsstand, und sie mußte unwillkürlich daran denken, wie leicht es möglich wäre, daß der Krieg erklärt wurde, ehe sie sich wiedersahen. Er würde einrücken. Er tat ja immer, was alle taten, sagte sie sich ärgerlich. Dabei wußte sie, daß es gerade diese Verläßlichkeit war, die sie an ihm liebte.

Wäre er verschroben gewesen, hätte sie ihn nie geliebt, denn sie selbst hatte zuviel mit verrückten Genies, zweitklassigen Schauspielerinnen, die sich einbildeten, Stars zu sein, und anderen derartigen Menschen zu tun, um so etwas zu bewundern. Ihr Mann sollte ein normaler Mensch sein, sie wollte wissen, was er jetzt sagen oder tun würde.

Eine Reihe vom Licht beschienener Köpfe zog an ihr vorüber; der Zug war so voll, daß man in der ersten Klasse Leute sah, die auf den weichen Kissen gar nicht zu Hause waren und fürchteten, daß der Schaffner sie wegweisen würde. Sie gab die Suche nach einem Waggon dritter Klasse auf, öffnete eine Tür, ließ ihr Magazin »Frau und Schönheit« auf den einzigen freien Platz fallen und bahnte sich strauchelnd ihren Weg zum Fenster, über vorgestreckte Beine und hervorstehende Koffer.

Die Lokomotive ließ Dampf aus; und dadurch war sie in ihrer Sicht auf den Bahnsteig gehemmt.

Jemand zupfte sie am Ärmel. »Entschuldigen Sie«, sagte ein dicker Herr. »Lassen Sie mich, bitte, zum Fenster. Ich möchte Schokolade kaufen.«

»Einen Augenblick nur«, bat sie. »Jemand will sich von mir verabschieden.«

»Er ist nicht gekommen. Es ist schon zu spät. Sie können

das Fenster nicht mit Beschlag belegen, und ich will meine Schokolade kaufen.«

Er drängte sie einfach zur Seite und fuchtelte mit einem Smaragdring herum. Sie bemühte sich, über seine Schulter auf den Bahnsteig zu sehen. Der Mann füllte fast das ganze Fenster aus. Er schrie: »Boy, Boy!« Sein Smaragdring blitzte. Dann fragte er: »Was für Schokolade haben Sie? Nein, keine Haselnuß, auch keine Mexican. Etwas Süßes.«

Da erblickte sie plötzlich Mather. Er hatte die Sperre passiert, kam den Zug entlang und suchte sie in allen Waggons dritter Klasse, wobei er an der ersten Klasse vorbeilief. Sie beschwor den Dicken: »Bitte, bitte, lassen Sie mich ans Fenster. Mein Freund ist da.«

»Einen Augenblick — einen Augenblick! Haben Sie Nestlé? Geben Sie mir eine Shilling-Packung.«

»Bitte, bitte . . .«

»Haben Sie kein Kleingeld«, sagte der Boy, »außer dieser Zehnshillingnote?«

Da lief Mather gerade an dem Abteil vorüber. Sie hämmerte ans Fenster, aber er hörte sie nicht im Lärm der Pfeifen und Gepäckwagen. Die Türen wurden zugeschlagen, eine Pfeife schrillte, und der Zug setzte sich in Bewegung.

»Bitte! Bitte!«

»Ich muß mein Wechselgeld bekommen«, sagte der Dicke, und der Boy lief neben dem Zug her und zählte ihm die Münzen in die Hand. Als sie endlich an das Fenster kam und sich hinauslehnte, waren sie weit über den Bahnsteig hinaus, und sie sah nur mehr eine winzige Gestalt an dessen Ende. Eine ältliche Frau sagte: »Sie sollten sich nicht so weit hinausbeugen, es ist gefährlich.«

Sie trat, um zu ihrem Sitz zu gelangen, auf verschiedene Zehen und fühlte, wie sie sich unbeliebt machte. Alle dachten wahrscheinlich: Sie dürfte nicht in diesem Abteil fahren. Was hat es für einen Zweck, erste Klasse zu zahlen, wenn . . . Aber weinen wollte sie nicht. Sie trachtete sich durch Gedanken wie: es kommt alles, wie es sein soll, zu trösten.

Dann bemerkte sie mit großem Mißfallen, daß auf dem Koffer des Dicken als Ziel der gleiche Ort angegeben war, dem sie jetzt entgegenfuhr: Nottwich. Jetzt saß er ihr gegenüber, auf seinen Knien lagen die »Passing Show«, die »Evening

News« und die »Financial Times«, und er aß seine Milch-schokolade.

ZWEITES KAPITEL

I

Raven ging, sein Taschentuch vor dem Mund, über den Soho-Square, die Oxfordstreet und bog in die Charlottestreet ein, das war auch gefährlich, aber nicht so gefährlich, wie die Hasenscharte offen zur Schau zu tragen. Er wandte sich nach links und dann nach rechts in eine schmale Straße, wo breithüftige Frauen mit blauen Schürzen sich von den Tür-schwellen aus schreiend miteinander unterhielten und blasse Kinder in der Gasse spielten. Er blieb vor einer Tür stehen, auf der ein Messingschild befestigt war: »Dr. Alfred Yogel, 2. Stock.«

Er stieg die Treppe hinauf und klingelte. Es roch von unten her unangenehm nach Grünzeug, und jemand hatte an die Wand mit Bleistift eine nackte Figur gezeichnet.

Eine Frau mit ordinären Gesichtszügen und unordentlichem grauem Haar, in Pflegerinnentracht, öffnete. Ihr Kleid hätte dringend einer Reinigung bedurft; es war über und über mit Fettflecken bedeckt und anderen Flecken, von Jod und Blut. Ihrer ganzen Person entströmte ein scharfer Geruch nach Des-infektionsmitteln. Als sie Raven mit dem Taschentuch vor dem Mund sah, sagte sie: »Der Zahnarzt ist einen Stock tiefer.«

»Ich möchte Dr. Yogel sprechen.«

Sie sah ihn mißtrauisch an, musterte seinen Überrock. »Er ist beschäftigt.«

»Ich kann warten.«

Der düstere Gang hinter ihr war von einer einzigen Glas-kugel erhellt. »Im allgemeinen empfängt er so spät keine Patienten.«

»Ich werde ihn für seine Mühe bezahlen«, sagte Raven. Sie schätzte ihn mit dem gleichen Blick ab, den Türsteher vor zweifelhaften Nachtklubs haben. Dann sagte sie: »Sie können hereinkommen.«

Er folgte ihr in ein Wartezimmer: der gleiche armselige Beleuchtungskörper, ein Sessel, ein runder Eichentisch, mit dunkler Farbe bekleckst. Sie schloß hinter ihm die Tür, und er hörte ihre Stimme im Nebenzimmer. Sie redete ununterbrochen. Er ergriff die einzige Zeitschrift, »Der gute Haushalt«, achtzehn Monate alt, und begann mechanisch zu lesen: »Kahle Wände sind jetzt sehr beliebt. Ein einzelnes Bild gibt den notwendigen Farbfleck ...«

Die Pflegerin öffnete die Tür und winkte mit der Hand. »Der Doktor läßt bitten.«

Dr. Yogel wusch sich die Hände in einem Waschtisch an der Wand hinter dem gelben Schreibtisch. Außer dem Drehstuhl des Arztes, einem Küchensessel, dem Instrumentenkasten und einer Couch waren keine Möbel im Zimmer. Seine Haare waren blauschwarz, sie sahen wie gefärbt aus, und er hatte nicht allzu viele; der spärliche Rest war in dünnen Streifen über die Glatze geklebt.

Als er sich umwandte, sah Raven ein rundliches, behäbiges Gesicht und einen sinnlichen Mund. Der Arzt fragte: »Was kann ich für Sie tun?« Man fühlte sofort, daß er gewöhnt war, mehr mit Frauen zu tun zu haben als mit Männern. Im Hintergrund stand, mürrisch wartend, die Pflegerin.

Raven entfernte das Taschentuch. Er sagte: »Können Sie schnell etwas wegen dieser Lippe unternehmen?«

Dr. Yogel kam näher und berührte sie mit seinem kleinen, dicken Zeigefinger. »Ich bin kein Chirurg.«

Raven erwiderte: »Ich kann zahlen.«

»Das ist eine Arbeit für den Chirurgen. Es fällt nicht in mein Fach.«

»Das weiß ich«, sagte Raven und bemerkte, wie ein Blick zwischen dem Arzt und der Pflegerin gewechselt wurde. Dr. Yogel zog die Lippe in die Höhe; seine Fingernägel waren nicht ganz sauber. Er beobachtete Raven genau und sagte: »Wenn Sie morgen um zehn Uhr wiederkommen ...« Sein Atem roch schwach nach Whisky.

»Nein«, sagte Raven. »Ich will, daß Sie es sofort machen.«

»Zehn Pfund«, sagte der Arzt schnell.

»Gut.«

»In Banknoten.«

»Ich habe sie bei mir.«

Dr. Yogel setzte sich an den Schreibtisch. »Und jetzt Ihren Namen, bitte . . .«

»Meinen Namen brauchen Sie nicht zu kennen . . .«

»Irgendeinen Namen . . .«, sagte Dr. Yogel sanft.

»Also — Chumley.«

»Cholmo —?«

»Nein. Chumley.«

Dr. Yogel füllte einen Bogen Papier aus und reichte ihn der Pflegerin. Sie ging damit hinaus und schloß hinter sich die Tür. Dr. Yogel trat zum Instrumentenkasten und nahm eine Tasse mit Messern heraus. Raven sagte: »Das Licht ist schlecht.«

»Ich bin es gewöhnt«, erwiderte Dr. Yogel. »Ich habe gute Augen.« Aber als er ein Messer emporhielt, zitterte seine Hand ein wenig. Er sagte freundlich: »Legen Sie sich auf die Couch, mein Lieber.«

Raven legte sich nieder. Er sagte: »Ich kannte ein Mädel, das zu Ihnen kam. Sie hieß Page. Sagte mir, Sie haben sie gut behandelt.«

»Darüber hätte sie nicht sprechen sollen . . .«

»Oh«, meinte Raven, »bei mir können Sie ganz ruhig sein. Ich werde doch jemand, der ehrlich mit mir umgeht, nicht verraten.« Dr. Yogel nahm aus dem Instrumentarium einen Kasten, der wie ein Grammophon aussah, und trug ihn zur Couch. Er zog einen Schlauch und eine Maske heraus und lächelte freundlich: »Wir verwenden hier keine Anästhesie, lieber Freund.«

»Halt«, rief Raven, »Sie werden mich doch nicht narkotisieren?«

»Sonst hätten Sie Schmerzen«, sagte Dr. Yogel und näherte sich mit der Maske, »verdammte Schmerzen.«

Raven setzte sich mit einem Ruck auf und schob die Maske beiseite. »Ich will nicht«, sagte er. »Keine Narkose. Ich will sehen, was mit mir geschieht.«

Dr. Yogel lachte und zupfte neckend an Ravens Lippe. »Sie sollten sich rechtzeitig daran gewöhnen, alter Freund. Heute oder morgen werden wir alle Gas zu schlucken kriegen.«

»Was meinen Sie?«

»Es sieht nach Krieg aus, nicht?« Dr. Yogel sprach hastig und wickelte dabei weiter den Schlauch ab. »Die können doch nicht so ohne weiteres einen Kriegsminister erschießen. Italien wird sich auch einmengen. Und die Franzosen sind sehr aufgeregt. In einer Woche sind wir auch mittendrin.«

Raven sagte: »Und alles, weil ein alter Mann . . .« Er glaubte, erklären zu müssen: »Ich habe noch keine Zeitung gelesen.«

»Ich wollte, ich hätte es vorher gewußt«, sagte Dr. Yogel und schraubte einen Trichter fest. »Ich hätte ein Vermögen in Rüstungsaktien verdient. Die sind bis in den Himmel gestiegen. Jetzt legen Sie sich zurück. Es dauert nur einen Augenblick.« Und er näherte die Maske Ravens Gesicht. »Nur tief atmen, lieber Freund . . .«

»Ich habe Ihnen gesagt, daß ich keine Narkose will«, rief Raven. »Nehmen Sie das zur Kenntnis. Schneiden Sie an mir herum, soviel Sie wollen, aber ohne Narkose.«

»Das ist sehr ungeschickt von Ihnen«, sagte Dr. Yogel, »denn es wird weh tun.« Er ging zum Instrumentenschrank zurück, nahm noch ein Messer, aber seine Hand zitterte mehr denn je. Er fürchtete sich vor irgend etwas. Und dann hörte Raven von draußen das winzige Klingelgeräusch, das das Telefon macht, wenn man den Hörer abhebt. Er sprang von der Couch auf; es war bitter kalt, doch Dr. Yogel schwitzte. Er stand neben dem Instrumentenschrank, hielt das Operationsmesser und brachte kein Wort heraus.

Raven sagte: »Ruhig bleiben! Kein Wort sprechen!« Dann riß er mit einem Ruck die Tür auf. In der dunklen Halle stand die Pflegerin und hatte den Hörer am Ohr. Raven stellte sich so auf, daß er beide im Auge behalten konnte. »Legen Sie den Hörer nieder«, sagte er. Sie tat es und sah ihn mit ihren kleinen ausdruckslosen Augen an. »Sie spielen ein doppeltes Spiel«, schrie er wütend. »Ich hätte Lust, euch beide zu erschießen.«

»Lieber Freund«, sagte Dr. Yogel, »lieber Freund, Sie irren sich.« Aber die Pflegerin sagte gar nichts. Sie war durch ihren Beruf hart geworden, hatte viel Ungesetzliches gesehen, viele Tote . . . Raven sagte: »Weg vom Telefon!« Er nahm das Messer aus der Hand des Arztes und begann am Telefondraht herumzusägen. Er hatte ein noch niemals empfundenes Gefühl: das Unrecht, das ihm geschah, schmeckte ihm gallebitter auf der Zunge. Das hier waren Menschen seines Schlages; sie standen außerhalb des Gesetzes; und schon zum zweiten Male war er heute von Leuten dieses Kalibers verraten worden. Immer war er allein gewesen, doch nie so verlassen wie jetzt. Der Telefondraht gab endlich nach ... Er sprach kein Wort mehr, aus Furcht, der Zorn könnte ihn übermannen und er würde dann schießen. Dazu war jetzt nicht der Augenblick.

Er ging in düsterer Vereinsamung die Stiegen hinunter, drückte das Taschentuch gegen den Mund, und von dem kleinen Radiogeschäft an der Ecke tönte es ihm entgegen: »Wir erhalten die folgende Nachricht ...« Die gleiche Stimme verfolgte ihn die Straße hinunter, sie klang aus den offenen Fenstern der ärmlichen Wohnungen: »Scotland Yard. Gesucht wird James Raven. Alter beiläufig achtundzwanzig Jahre. Leicht erkennbar an seiner Hasenscharte. Etwas über mittelgroß. Trug zuletzt einen dunklen Überrock und einen schwarzen Filzhut. Jede Anzeige, die zu einer Verhaftung führen könnte ...« Raven floh vor der Stimme in den Verkehr der Oxfordstreet.

Zu vieles war ihm unverständlich: dieser Krieg, von dem man sprach, und warum man ihn betrogen hatte. Er wollte Cholmondeley finden. Aber Cholmondeley war nebensächlich, er handelte auf höheren Befehl. Doch wenn er Cholmondeley fand, dann konnte er aus ihm herauspressen, wer ... Gehetzt war er, verlassen und gejagt, aber er fühlte das große Unrecht, das an ihm begangen worden war, und einen sonderbaren Stolz. Er ging die Charing Cross Road hinab, zwischen den Gummigeschäften und Musikalienhandlungen, und dachte: Schließlich kann nicht jeder Beliebige einen Krieg entfesseln.

Er hatte keine Ahnung, wo Cholmondeley lebte. Cholmondeley hatte eine Deckadresse. Es fiel ihm ein, daß es eine schwache Möglichkeit gab, Cholmondeley zu sehen, wenn er den Laden beobachtete, an den dieser seine Briefe adressieren ließ. Eine sehr schwache Möglichkeit, aber es gab nichts Besseres. In den Abendblättern würde schon alles stehen, und Cholmondeley würde es für ratsam halten, auf einige Zeit zu verschwinden, und dann würde er vielleicht seine Briefe vorher abholen. Alles hing davon ab, ob er diese Adresse auch für andere als Ravens Briefe benützte. Raven sagte sich, daß er sich davon nichts erhoffen durfte, außer wenn Cholmondeley ein Narr war. Und das war er. Man mußte, um daraufzukommen, nicht allzu viele Portionen Eis in seiner Gesellschaft essen.

Der Laden war in einer Seitengasse, gegenüber einem Theater. Er bestand aus einem einzigen engen Raum, und verkauft wurden billige Magazine wie »Film Fun« und »Breezy Stories«. Es gab Pariser Ansichtskarten in versiegelten Umschlägen, französische Magazine und erotische Bücher, für die der junge Mann oder seine Schwester — wer eben gerade im Geschäft war — zwanzig Shilling verlangten, fünfzehn zahlten sie zurück, wenn man das Buch zurückgab.

Der Laden war nicht leicht zu beobachten. Ein weiblicher Polizist behielt die Straßenmädchen an der Ecke im Auge, und gegenüber war die glatte Mauer des Theaters mit dem Aufgang auf die Galerie. Mit dieser Mauer als Hintergrund fällt man ebenso auf wie die Fliege auf einer hellen Tapete, dachte er, während er wartete, daß das grüne Verkehrszeichen aufleuchtete, wenn — ja wenn das Theaterstück nicht ein ausgesprochener Erfolg war.

Und es war ein Erfolg. Obwohl der Zugang zur Galerie nicht vor einer halben Stunde geöffnet wurde, stand schon eine Menge Leute Schlange. Raven mietete mit seinem letzten Kleingeld einen Klappstuhl und setzte sich nieder. Der Laden befand sich gerade gegenüber. Die Schwester des jungen Mannes saß da in einem grünen verschossenen Kleid, das ganz gut aus einem alten Billardtuch geschneidert sein konnte. Ihr eckiges Gesicht sah aus, als wäre es niemals jung gewesen, und die Brillen konnten den schielenden Blick nicht verdecken. Sie mochte zwanzig Jahre zählen oder vierzig — das Zerrbild einer Frau, die häßlich und gebeugt unter den schönsten Mädchengesichtern dasaß, die armselige Fotografen aufgetrieben hatten.

Raven hielt Wache. Unter den sechzig vor der Galerie angestellten Menschen saß er, mit dem Taschentuch vor dem Mund, und hielt Wache. Er sah einen jungen Mann stehenbleiben und verstohlen nach den »Plaisirs de Paris« blicken und dann weitereilen; er sah einen alten Mann, der den Laden betrat und bald darauf mit einem braunen Paket herauskam. Einer der Wartenden ging hinüber und kaufte Zigaretten.

Neben ihm saß eine ältliche Frau mit einem Zwicker. Sie warf hin: »Deshalb konnte ich Galsworthy so gut leiden. Er war ein Gentleman. Man wußte, woran man bei ihm war — wenn Sie mich verstehen.«

»Immer spielt es am Balkan.«

» ›Gesellschaft‹ hat mir am besten gefallen.«

»Er war ein Menschenfreund.«

Zwischen dem Laden und Raven stand jetzt ein Mann, der ein Stück Papier in die Höhe hielt. Er klemmte es zwischen die Zähne und betrachtete ein zweites. Dann schob er auch dieses in den Mund.

»Sie sagten, daß die Kriegsflotte . . .«

»Er regt einen zum Denken an. Das habe ich gern.«

Raven dachte: Wenn er nicht kommt, ehe sich die Schlange in Bewegung setzt, werde ich gehen müssen.

»Etwas Neues in den Zeitungen?«

»Nichts Neues.«

Der Mann auf der Straße zog die Papiere aus dem Mund und zerriß sie. Dann faltete er sie und zerriß sie nochmals. Dann entfaltete er sie, und sie bildeten ein papierenes St.-Georgs-Kreuz, das im Winde flatterte.

»Er war Mitglied des Vereines gegen Vivisektion, Mrs. Milbanke hat es mir erzählt. Sie zeigte mir einen Scheck mit seiner Unterschrift.«

»Er war ein wirklich guter Mensch.«

»Und ein großer Schriftsteller.«

Ein Mädel und ein Junge klatschten dem Mann mit dem Papierkreuz Beifall zu, und er nahm seine Kappe ab und begann, während er die Menschenschlange entlang schritt, Kupfermünzen einzusammeln. Ein Taxi blieb an der Ecke stehen, und ein Mann stieg aus. Es war Cholmondeley. Er trat in den Laden, und das Mädchen erhob sich. Raven zählte sein Geld. Er besaß zwei Shilling und einen Sixpence und hundertfünfundneunzig Pfund in gestohlenen Noten, mit denen er nichts anfangen konnte. Er vergrub sein Gesicht noch tiefer ins Taschentuch und erhob sich wie ein Mann, dem übel wurde.

Der Mann mit dem St.-Georgs-Kreuz kam zu ihm, hielt ihm die Kappe hin, und Raven sah neiderfüllt die vielen Pennies, ein Sixpencestück und einige Dreipennystücke. Er hätte gern hundert Pfund für den Inhalt dieser Kappe gegeben. Er wandte sich grob ab, und der Mann ging weiter.

Am anderen Ende der Straße war ein Taxistandplatz. Dort stand er, zusammengekrümmt und an die Wand gelehnt, ein kranker Mensch, bis Cholmondeley wieder zum Vorschein kam.

Dann sagte er: »Fahren Sie diesem Taxi nach...« und ließ sich erleichtert auf den Sitz fallen. Sie fuhren durch die Charing Cross Road, Tottenham Court Road, Euston Road, wo die Händler schon alle Fahrräder für die Nacht in die Läden gebracht hatten. Er war nicht gewohnt, verfolgt zu werden. Das da war besser: selbst ein Wild zu jagen.

Auch der Taxameter spielte ihm keinen Possen. Es blieb ihm gerade ein Shilling, als Cholmondeley in dem rauchgeschwärzten Eingang der Euston Station verschwand, und er gab ihn unbesonnen dem Chauffeur; etwas unbesonnen, denn er wußte nicht, womit er sich trotz der hundertfünfundneunzig Pfund, die er bei sich hatte, ein Sandwich kaufen sollte. Cholmondeley ging, und ihm folgten zwei Gepäckträger, die drei Koffer, eine Schreibmaschine, Golfschläger, eine Aktentasche und einen Hutkoffer ins Depot trugen.

Raven hörte, wie er sich erkundigte, von welchem Bahnsteig der Mitternachtszug abging.

Raven setzte sich in der großen Halle neben ein Modell von Stephensons »Rocket«. Er wollte nachdenken. Es gab bloß einen Zug um Mitternacht. Wenn Cholmondeley abreiste, um Bericht zu erstatten, so mußten seine Auftraggeber irgendwo in der Industriegegend des Nordens sitzen, denn die erste Haltestelle war Nottwich. Und wieder stellte sich ihm seine »reiche« Armut in den Weg; die Nummern der Banknoten waren überall bekannt; die Schalterbeamten würden sie sofort erkennen. Die Jagd schien somit an der Sperre zum Bahnsteig drei zu enden.

Aber langsam formte Ravens Hirn einen Plan, während er noch immer inmitten der essenden Leute dasaß. Eine Möglichkeit gab es — nämlich, daß die Schaffner im Zug kein Zirkular mit den Nummern der Banknoten erhalten hatten. Es war ein winziges Mausloch, an das die Behörden möglicherweise nicht gedacht hatten.

Blieb nur der Einwand: daß die Banknote seine Anwesenheit im Zug verraten mußte. Er würde eine Karte bis zur Endstation lösen; aber es war ein Kinderspiel, die Stadt zu ermitteln, wo er tatsächlich ausstieg. Dann würde die Jagd auf ihn einsetzen. Dazwischen aber lag ein Spielraum von einem halben Tag, der ihm gestatten würde, seinem Wild näher an den Leib zu rücken.

Raven konnte sich nie in die Lage anderer Menschen hineindenken; anscheinend lebten sie anders als er. Er hegte einen tiefen Groll gegen Cholmondeley, tief genug, um ihn zu töten, aber er war nicht imstande, sich auch Cholmondeleys Beweggründe und Befürchtungen vorzustellen. Er war einfach der Windhund und Cholmondeley der künstliche Hase; nur wurde diesmal der Windhund seinerseits von einem anderen künstlichen Hasen gejagt.

Er war hungrig, aber er wagte nicht, einen Geldschein zu wechseln. Er besaß nicht einmal die kleinste Münze, die ihm Zutritt zum Waschraum verschafft hätte. Nach einer Weile stand er auf und begann, um sich zu erwärmen, auf dem Bahnsteig auf und ab zu gehen.

Um halb zwölf Uhr sah er, hinter einem Schokoladenautomaten versteckt, wie Cholmondeley sein Gepäck auslöste, er folgte ihm bis an die Sperre und dann, als er den Zug entlang ging. Der Weihnachtsverkehr hatte eingesetzt; die Menschen sahen anders aus als sonst: alle schienen heimzufahren. Raven hielt sich im Schatten. Er hörte ihr Lachen und sah im Lampenlicht ihre fröhlichen Gesichter. Die Koffer schienen voll Geschenke, ein Mädchen hatte ein Stechpalmenzweiglein angesteckt, und hoch oben, an der Decke der Halle, hing ein Mistelzweig. Raven aber fühlte bei jeder Bewegung den kalten Druck des Revolvers unter seinem Arm.

Zwei Minuten vor zwölf begann Raven nach vorn zu laufen. Gerade wurden die Türen zugeschlagen, und die Lokomotive stieß weißen Dampf aus. Dem Mann an der Sperre rief er zu: »Ich habe keine Zeit mehr. Werde im Zug die Karte lösen.«

Die ersten Waggons waren überfüllt und die Türen versperrt. Ein Schaffner rief ihm zu, weiter vorn sein Glück zu versuchen, und er lief weiter. Im letzten Augenblick schwang er sich auf ein Trittbrett. Platz fand er keinen, aber er stand im Korridor und sah die Lichter von London allmählich verschwinden, wobei er das Gesicht ganz an die Fensterscheibe drückte, um seine Hasenscharte zu verbergen. Ein Bahnwärterhäuschen tauchte auf; man sah die Bratpfanne am Ofen stehen, dann kam eine Reihe schwarzer Häuser, die stumpf in den kalten Sternenhimmel ragten.

Raven blickte noch immer hinaus, es gab kein anderes Mittel, um seine Lippe zu verbergen, aber er sah hinaus wie jemand, der die Stadt vor seinen Augen verschwinden sieht, die er liebt.

II

Mather ging auf den Bahnsteig zurück. Es tat ihm leid, Anne verfehlt zu haben, aber es war nicht wichtig. In einigen Wochen würde er sie wiedersehen. Nicht daß seine Liebe geringer war als ihre, aber er hatte einen Auftrag; erledigte er ihn zufriedenstellend, würde er befördert werden, und sie konnten heiraten. Und so fiel es ihm gar nicht schwer, Anne momentan vollkommen aus seinem Gedächtnis zu streichen.

Saunders wartete vor der Sperre. Mather sagte: »Los! Gehen wir!«

»Wohin zuerst?«

»Zu ›Charlie‹.«

Sie stiegen in ein Auto und fuhren durch die düsteren Straßen hinter dem Bahnhof. Ein Straßenmädchen winkte ihnen höhnisch. Saunders fragte: »Was ist's mit J-J-Joe's Bude?«

»Ich halte nichts davon, aber wir können es ja versuchen.«

Der Wagen hielt zwei Häuser vor einer Fischbäckerei. Ein Mann, der neben dem Chauffeur saß, stieg ab und wartete auf einen Auftrag. »Gehen Sie zur Hintertür«, sagte Mather. Er ließ ihm zwei Minuten Zeit und klopfte dann an der Tür der Fischbäckerei.

Drinnen wurde ein Licht angezündet, und Mather sah durch das Fenster das lange Pult, den Vorrat alter Zeitungen und den erkalteten Rost. Die Tür ging einen Spalt breit auf. Er schob seinen Fuß dazwischen und stieß sie auf. »Guten Abend, Charlie«, sagte er und sah sich um.

»Oh, Mr. Mather«, sagte Charlie. Er war aufgedunsen wie ein Eunuch und wiegte kokett seine Hüften beim Gehen.

»Ich habe mit Ihnen zu reden«, sagte Mather.

»Das freut mich«, sagte Charlie. »Bitte, hierher, Mr. Mather. Ich wollte gerade zu Bett gehen.«

»Davon bin ich überzeugt«, sagte Mather. »Volles Haus heute nacht?«

»Aber Mr. Mather! Sie sind ein alter Spaßvogel. Ein oder zwei Oxfordjungens.«

»Hören Sie! Ich suche einen Burschen mit einer Hasenscharte. Beiläufig achtundzwanzig Jahre alt.«

»Der ist nicht hier.«

»Dunkler Überrock, schwarzer Hut.«

»Kenne ich nicht, Mr. Mather.«

»Möchte gern einen Blick in Ihre Bude werfen.«

»Selbstverständlich, Mr. Mather. Nur ein oder zwei Oxfordjungens. Haben Sie was dagegen, wenn ich vorgehe? Nur um Sie vorzustellen, Mr. Mather.« Er ging voran. »Es ist sicherer.«

»Ich kann allein auf mich aufpassen«, sagte Mather. »Saunders, bleib im Laden.«

Charlie öffnete eine Tür. »Nur nicht erschrecken, Jungens! Mr. Mather ist ein Freund von mir.« Da standen sie in einer drohenden Reihe an der Wand des Zimmers, die »Oxfordjungens«, mit ihren gebrochenen Nasenbeinen und eingerissenen Ohrläppchen, den Kennzeichen der Boxer.

»'n Abend«, sagte Mather. Von den Tischen hatte man hastig Gläser und Karten weggeräumt. Er stieg die letzten Stufen in den mit Steinfliesen belegten Raum hinab. Charlie sagte: »Ihr braucht nicht zu erschrecken, Jungs!«

»Warum nehmt ihr nicht ein paar Cambridge-Jungens in diesen Klub auf?«

»Glänzender Witz, Mr. Mather.«

Sie verfolgten seine Bewegungen mit den Blicken. Sprechen wollten sie nicht mit ihm. Er war der Feind. Sie hatten es nicht nötig, gleich Charlie diplomatisch zu sein, sie konnten es sich leisten, ihren Haß zu zeigen. Mather fragte: »Was ist in dem Kasten dort?« Ihre Augen folgten ihm, als er an den Schrank herantrat.

Charlie bat: »Geben Sie den Jungens eine Chance, Mr. Mather. Sie haben nichts Böses vor.« Mather öffnete die Schranktür. Vier Frauen fielen ins Zimmer. Sie sahen wie Puppen aus demselben Laden aus mit ihren gekräuselten blonden Haaren. Mather lachte. Er rief: »Jetzt darf ich lachen. Das habe ich am wenigsten in Ihrem Klub erwartet, Charlie. Gute Nacht, allseits.« Die Mädchen erhoben sich und staubten ihre Kleider ab. Keiner der Männer sagte ein Wort.

»Wirklich, Mr. Mather«, sagte Charlie und errötete, während er ihm die Treppen hinauffolgte, »ich wollte, dies wäre nicht geschehen. Ich weiß nicht, was Sie jetzt denken werden. Aber die Jungens dachten sich nichts Schlechtes dabei. Sie wissen ja, wie es ist: sie lassen ihre Schwestern nicht gern allein.«

»Waaas?« rief Saunders, der am oberen Ende der Treppe stand.

»So habe ich ihnen erlaubt, ihre Schwestern mitzubringen, und die lieben Mädels saßen hier herum ...«

»Was?« rief Saunders, »M-m-mädels?«

»Vergessen Sie nicht, Charlie«, sagte Mather. »Ein Bursche mit einer Hasenscharte. Verständigen Sie mich sofort, wenn er hier auftaucht. Sie wollen doch nicht, daß ich Ihren Klub sperre.«

»Ist eine Belohnung ausgesetzt?«

»Für Sie wird es schon eine Belohnung geben.«

Sie bestiegen wieder das Auto. »Jetzt zu Joe«, sagte Mather. Er nahm sein Notizbuch und strich einen Namen aus. »Nach Joe sind es noch sechs.«

»W-wir werden bis drei Uhr nicht f-f-fertig werden«, sagte Saunders.

»Muß aber sein. Er ist sicher schon fort aus London. Aber früher oder später wird er eine andere Banknote wechseln müssen.«

»Fingerabdrücke?«

»Eine ganze Menge. Auf der Seifenschüssel allein waren genug, um ein ganzes Album zu füllen. Muß ein reinlicher Bursche sein. Er hat nicht die geringste Aussicht. Es ist nur eine Frage der Zeit.«

Die Lichter der Tottenham Court Road zuckten über ihre Gesichter. Die Schaufenster der großen Läden waren noch unbeleuchtet. »Da ist eine schöne Schlafzimmereinrichtung«, sagte Mather.

»Z-z-ziemlicher Wirbel«, sagte Saunders. »Wegen der paar Banknoten, meine ich. Wo es doch ...«

Mather sagte: »Wenn die Burschen dort drüben so geschickt wären wie wir, käme es gar nicht zum Krieg. Wir hätten den Mörder schon längst erwischt. Dann würde die ganze Welt wissen, ob wirklich die Serben ... Oh«, sagte er dann träumerisch, »das wäre eine Aufgabe für mich! Ein Mörder, hinter dem die ganze Welt her ist.«

»Ein paar schäbige B-b-banknoten!« klagte Saunders.

»Da irrst du dich«, sagte Mather. »Erfahrung ist wichtig. Heute Fünfpfundnoten — das nächste Mal etwas Besseres. So fasse ich es wenigstens auf«, und er ließ seinen Gedanken, während sie durch den St. Giles Circus in der Richtung gegen Seven Dials fuhren, freien Lauf.

Sie hielten bei jedem Lokal, in der der Dieb Unterschlupf gefunden haben konnte. »Mir ist es egal, wenn es zum Krieg kommt. Wenn er zu Ende ist, gehe ich ja doch wieder zu meiner Arbeit zurück. Ich bin gern dabei. Wenn man auch nicht viel zu sehen kriegt, nur Gauner und viel Roheit.«

Das alles fanden sie auch bei Joe, wo die Burschen dasaßen und kaum von den Holztischen aufblickten, als er das Lokal durchsuchte. Die zweiten Asse hatten sie in die Ärmel geschoben, den Fusel in Sicherheit gebracht.

Mather strich abermals einen Namen von seiner Liste, und jetzt fuhren sie in der Richtung nach Kensington. Und in ganz London taten andere Wagen das gleiche: sie waren nur ein Teil einer großen Organisation. Mather wollte kein Führer sein, es freute ihn zu fühlen, daß er unter Tausenden für ein und denselben Zweck arbeitete: nicht für die Gleichheit, nicht für eine Volksregierung oder eine des Reichtums oder des Geistes, sondern einfach für die Abschaffung des Verbrechens, das Unsicherheit bedeutete. Er liebte die Sicherheit und den Gedanken, daß er eines Tages Anne Crowder heiraten würde.

Der Lautsprecher im Wagen verkündete: »Die Polizeiautos ziehen sich bei King's Cross zwecks genauer Suche zusammen. Raven fuhr beiläufig um sieben Uhr zur Euston Station. Dürfte nicht mit dem Zug gefahren sein.«

Mather beugte sich zum Chauffeur vor. »Zurück zur Euston Station.« Sie waren gerade bei der Vauxhall. Ein zweites Polizeiauto kam aus dem Tunnel und fuhr an ihnen vorbei. Mather hob die Hand, und sie fuhren ihm nach, über den Fluß.

Die beleuchtete Uhr auf dem Shellgebäude zeigte halb zwei Uhr. Im Glockenturm von Westminster war Licht: das Parlament tagte in Permanenz, während die Opposition ihren vergeblichen Kampf gegen die Mobilisierung ausfocht.

Es war sechs Uhr früh, als sie wieder beim Embankment anlangten. Saunders schlief. Er sagte: »Das ist schön!« Er träumte, daß er fehlerlos sprechen konnte, daß er ein großes Einkommen hatte, daß er Champagner mit einem Mädchen

39

trank: also war alles sehr schön. Mather machte Eintragungen in sein Notizbuch.

Er wandte sich an Saunders: »Ich wette, daß er mit einem Zug gefahren ist —«, dann sah er, daß Saunders schlief, zog eine Decke über seine Knie und begann von neuem zu überlegen. Sie fuhren in den Hof von Scotland Yard ein.

Mather sah ein Licht im Zimmer des Chefinspektors und ging hinauf.

»Haben Sie einen Bericht?« fragte Kusack.

»Nein, Sir. Er muß einen Zug erwischt haben.«

»Wir haben etwas, woran wir uns halten können. Erstens: Raven hat jemand bis zur Euston Station verfolgt. Wir versuchen jetzt, den Fahrer des ersten Wagens ausfindig zu machen. Zweitens: er ging zu einem gewissen Dr. Yogel und wollte seine Lippe operieren lassen. Bot ihm einige dieser Noten an. Hat schon wieder mit dem Revolver herumgefuchtelt. Wir führen ihn in unseren Registern. Als Kind war er in einer Besserungsanstalt. Seit der Zeit war es ihm gelungen, uns auszuweichen. Ich kann mir nicht vorstellen, was er vorhat. Tüchtiger Bursche. Verfolgt scheinbar eine Spur.«

»Hat er außer den Banknoten noch viel Geld?«

»Glaube kaum. Fällt Ihnen etwas ein, Mather?«

Der Himmel über der Stadt begann sich sachte zu färben. Kusack knipste das Licht aus, und der Raum wurde grau. »Ich gehe jetzt schlafen.«

»Ich nehme an«, schloß Mather, »daß alle Fahrkartenbüros die Nummern der Geldscheine haben?«

»Alle.«

»Ich glaube«, sagte Mather, »wenn man nur solche Noten hat und einen Schnellzug nehmen will —«

»Woher sollen wir wissen, daß es ein Schnellzug war?«

»Ja, ich weiß nicht, warum ich das gesagt habe, Sir. Vielleicht weil uns, wenn es ein Personenzug gewesen wäre, der öfter in der Nähe von London hält, sicher schon jemand verständigt hätte —«

»Sie können recht haben.«

»Wenn ich also einen Schnellzug nehmen wollte, würde ich bis zur letzten Minute warten und dann im Zug die Karte lösen. Ich glaube nicht, daß die Schaffner die Nummern der Banknoten haben.«

»Ich glaube, Sie haben recht. Sind Sie müde, Mather?«

»Nein.«

»Ich schon. Würden Sie hier bleiben und Euston, King's Cross und St. Pancras anrufen? Schreiben Sie sich alle nach sieben Uhr abgehenden Schnellzüge auf. Lassen Sie bei allen Stationen anrufen, um einen Mann festzustellen, der ohne Karte einstieg und sie erst im Zuge löste. Wir werden bald herausfinden, wo er ausgestiegen ist. Gute Nacht, Mather.«

»Guten Morgen, Sir.« Er liebte es, genau zu sein.

III

An diesem Tage gab es in Nottwich keine Morgendämmerung. Der Nebel lag wie ein sternenloser Nachthimmel über der Stadt. Die Luft in den Straßen war klar. Man konnte sich vorstellen, daß es Nacht war. Die erste Straßenbahn kroch aus ihrer Remise und fuhr ihrer Stahlspur entlang dem Markte zu. Eine alte Zeitung flatterte gegen das Tor des Royal Theatre und sackte zu Boden. In den Straßen des Vororts, nahe bei den Steinbrüchen, trottete ein alter Mann und klopfte mit einer Stange an die Fenster. Das Schaufenster des Papierladens in der High Street war voll Gebetbücher und Bibeln. Zwischen ihnen lag vergessen eine Karte, ein Überbleibsel vom Waffenstillstandstag, gleich dem Mohnblumenkranz beim Zenotaph: »Blicke auf und schwöre bei den Toten, daß du niemals vergessen wirst.« Ein Verkehrssignal blinkte grün, und die erleuchteten Wagen fuhren langsam am Friedhof vorbei, an der Leimfabrik und über den breiten, zementeingefaßten Fluß. Von der katholischen Kirche her ertönte eine Glocke. Eine Pfeife schrillte.

Der vollbesetzte Zug fuhr langsam in den neuen Morgen. Die Gesichter waren rußig. Alle hatten in ihren Kleidern geschlafen.

Mr. Cholmondeley hatte zu viel Süßigkeiten gegessen, und sein Atem war süßlich und stickig. Er steckte den Kopf in den Korridor hinaus, und Raven wandte ihm sofort den Rücken und sah nach der Seite, wo Kohlenhaufen die Strecke säumten. Von der Leimfabrik kam der Geruch fauler Fische. Cholmondeley zog sich zurück und starrte durchs Fenster, um festzustellen, auf welcher Seite man aussteigen konnte.

Er sagte: »Verzeihen Sie« und stieg allen auf die Füße; Anne lächelte süß und versetzte ihm einen Tritt in den Knöchel. Cholmondeley starrte sie wütend an. Sie sagte: »Es tut mir leid ...« Und begann, ihr Gesicht mit Schminke und Puder zu bearbeiten, um es in einen Zustand zu versetzen, der sie den Gedanken an das Royal Theatre, an die kleinen Garderoben, die Ölheizung, die Eifersüchteleien und Skandale leichter ertragen ließ.

»Wenn Sie mich durchlassen wollten«, sagte Cholmondeley gereizt, »ich steige hier nämlich aus.«

Raven sah seinen Mann den Korridor hinabgehen. Aber er wagte nicht, ihm sogleich zu folgen. Es war, als ob eine Geisterstimme über all die Felder, den Nebel, die Vororte, die Städte hinweg ihm zugeflüstert hätte: »Ein Mann, der ohne Fahrkarte reist ...«, und er dachte an den weißen Schein, den ihm der Schaffner gegeben hatte.

Er öffnete die Tür des Waggons und sah die Reisenden dem Ausgang zuströmen. Er mußte Zeit gewinnen; das Papier in seiner Hand würde zu seiner sofortigen Ausforschung führen. Keine zwölf Stunden Zeit würde er haben. Man würde sofort alle Pensionen, jede Wohnung in Nottwich durchsuchen, und für ihn gab es kein schützendes Dach.

Dann hatte er eine Idee, gerade als er, weit hinter den anderen Reisenden, an der Lokomotive am Bahnsteig Nr. 2 vorbeikam, eine Idee, die seine einsame Welt erschütterte.

Die meisten Reisenden waren schon weg, ein junges Mädchen wartete auf einen Träger, der gerade aus dem Büfett trat. Er trat zu ihr und fragte: »Kann ich Ihnen helfen und Ihre Koffer tragen?«

»Oh, wenn Sie wollen«, sagte sie; und er stand ein wenig gebeugt da, damit sie seine Hasenscharte nicht sehen sollte.

»Wie wäre es mit einem Sandwich?« fragte er. »Die Reise war anstrengend.«

»Ist denn schon so zeitig geöffnet?«

Er versuchte an der Tür. »Ja, es ist offen.«

»Soll das eine Einladung sein?« fragte sie. »Bin ich Ihr Gast?«

Er sah sie leicht überrascht an: ihr Lächeln, das kleine hübsche Gesicht mit den etwas zu weit auseinanderliegenden Augen. Er war mehr an die geistesabwesenden Liebkosungen der Prostituierten gewöhnt als an diese Art natürlicher Freundlichkeit und verzweifelter Heiterkeit. Er sagte: »Ach ja. Ich zahle schon.« Er trug die Koffer hinein und klopfte auf das Pult. »Was nehmen Sie?« fragte er. Es war ihm gelungen, ihr bisher fast immer den Rücken zuzukehren; er wollte sie noch nicht erschrecken.

»Die Auswahl ist riesengroß«, sagte sie. »Große Wecken, kleine Wecken, Biskuit vom Vorjahr, Schinkenbrötchen. Ich möchte ein Schinkenbrötchen und eine Tasse Kaffee. Oder reißt das ein zu großes Loch in Ihre Tasche? Dann lasse ich den Kaffee weg.«

Er wartete, bis das Mädchen hinter dem Pult wieder gegangen war und bis seine Begleiterin den Mund voll Schinkenbrot hatte, damit sie nicht schreien konnte. Dann wandte er ihr sein Gesicht zu. Er war enttäuscht, als sie gar keinen Abscheu zeigte, sondern sogar lächelte, so gut sie es mit vollem Munde konnte. Er sagte: »Ich brauche Ihre Fahrkarte. Die Polizei ist hinter mir her. Ich muß Ihre Fahrkarte bekommen.«

Sie schluckte den Bissen hinunter und begann zu husten. Dann sagte sie: »Um Himmels willen, klopfen Sie mir auf den Rücken.« Fast hätte er ihr gehorcht, so hatte sie ihn in Erstaunen versetzt. Er war nicht mehr an das normale Leben gewöhnt, und es brachte ihn aus der Fassung.

Er sagte: »Ich habe einen Revolver«, und fügte stockend hinzu: »Ich gebe Ihnen das hier dafür.« Er legte den weißen Schein auf das Pult, und sie las, noch immer hustend, was darauf stand. »Erste Klasse. Bis... Da bekomme ich ja etwas herausbezahlt. Das nenne ich einen angenehmen Tausch, aber wozu der Revolver?«

Er sagte: »Die Fahrkarte.«

»Hier.«

»Und jetzt«, sagte er, »werden Sie mit mir die Station verlassen. Ich will keine Gefahr laufen.«

»Wollen Sie nicht zuerst Ihr Schinkenbrot essen?«

»Schweigen Sie!« erwiderte er. »Ich habe keine Zeit für Ihre Scherze.«

Sie sagte: »Ich liebe männliche Männer. Ich heiße Anne. Wie heißen Sie?«

Draußen pfiff der Zug, und die Waggons setzten sich in Bewegung, die Lichterreihe begann im Nebel zu verschwinden, und der Bahnsteig war mit weißem Dampf erfüllt. Raven ließ den Blick einen Moment von ihr. Sie ergriff ihre Tasse und schüttete ihm den heißen Kaffee ins Gesicht. Der Schmerz ließ ihn zurücktaumeln, und er preßte die Hände vor die Augen. Er stöhnte wie ein Tier. Das war Schmerz. Dasselbe hatte der alte Kriegsminister empfunden und seine Sekretärin.

Seine rechte Hand tastete nach dem Revolver, er stand mit dem Rücken zur Tür. Man trieb ihn dazu, den Kopf zu verlieren und Dinge zu tun, die er nicht tun wollte. Er riß sich zusammen. Er strengte sich an, den Schmerz zu überwinden und die Lust zu töten. Er sagte: »Ich habe Sie vor meinem Revolver. Heben Sie die Koffer auf. Und gehen Sie mit dem Schein vor mir her.«

Sie gehorchte und wankte unter dem Gewicht. Der Beamte bei der Sperre sagte: »Haben Sie sich's überlegt? Damit hätten Sie bis Edinburgh fahren können. Wollen Sie unterbrechen?«

»Ja«, sagte sie. »Ja, so ist es.« Er nahm einen Bleistift und schrieb etwas auf den Schein.

Anne kam ein Gedanke. Sie wollte, daß er sich an sie und ihre Fahrkarte erinnern sollte. Vielleicht zog man Erkundigungen ein. »Nein«, sagte sie. »Ich lasse es sein. Ich glaube nicht, daß ich weiterreise. Ich werde hierbleiben«, und sie ging durch die Sperre und dachte: das wird er so schnell nicht vergessen.

Die lange Straße zog sich zwischen kleinen staubigen Häusern hin. Hinter der nächsten Ecke ratterte ein Milchwagen. Sie sagte: »Kann ich jetzt gehen?«

»Sie halten mich für einen Narren?« sagte er bitter. »Vorwärts.«

»Sie könnten wirklich einen der Koffer nehmen.« Sie ließ ihn zu Boden fallen und ging weiter; er mußte ihn aufheben. Er war schwer, und er trug ihn mit der linken Hand, da er die Rechte für den Revolver brauchte.

Sie meinte: »Der Weg geht nicht nach Nottwich. Wir hätten hier rechts gehen sollen.«

»Ich weiß schon, wohin ich gehe.«

»Ich wollte, ich wüßte es auch.«

Die kleinen Häuser im Nebel nahmen kein Ende. Es war sehr zeitig. Eine Frau trat vor die Tür und holte die Milch. Durch ein Fenster sah Anne einen Mann, der sich rasierte. Sie hätte ihm gern etwas zugeschrien, aber er schien in einer anderen Welt zu sein; sie konnte sich sein blödes Starren, das langsame Arbeiten seines Gehirns vorstellen, ehe er begriff, daß hier etwas nicht in Ordnung war.

Und sie gingen weiter, Raven immer einen Schritt zurück. Sie wußte nicht, ob er sie nicht doch nur zum Narren hiel War er wirklich entschlossen zu schießen, so mußte er etwa sehr Arges getan haben.

Und sie begann laut zu denken: »War es ein Mord?« Ih Schweigen, ihre Furcht, ihr Flüstern waren für Raven etwa Vertrautes. Er war gewohnt, sich zu fürchten. Zwanzig Jahr hatte er so gelebt. Er konnte nicht länger Widerstand leisten Und er antwortete, ohne zu zögern: »Nein, deswegen sucher sie mich nicht.«

Sie sagte herausfordernd: »Dann würden Sie es nie wagen, zu schießen«; aber er hatte darauf eine Antwort bereit, die überzeugend klang, denn sie war wahr. »Ich lasse mich nicht einsperren. Lieber an den Galgen.«

Und wieder fragte sie: »Wohin gehen wir?« wobei sie krampfhaft auf eine Gelegenheit zum Entwischen lauerte. Er antwortete nicht.

»Kennen Sie die Stadt?« Aber er schwieg jetzt beharrlich. Und plötzlich war die Gelegenheit da. Vor einem kleinen Papierladen mit den Morgenblättern stand ein Polizist und sah in die Auslage, in der es billiges Briefpapier, Federn und Tintenflaschen gab. Sie fühlte, wie Raven näher an sie herankam, alles ging zu rasch, sie konnte zu keinem Entschluß kommen — da waren sie schon an dem Schutzmann vorbei und in die Nebengasse eingebogen. Jetzt war es zu spät zum Schreien. Schon war er zwanzig Meter weit entfernt und keine Rettung möglich. Sie murmelte leise: »Es war sicher Mord.«

Diese Beharrlichkeit brachte ihn zum Sprechen. »So sieht eure Gerechtigkeit aus. Immer denkt ihr nur das Schlechteste. Man hat mir einen Raub aufgehalst, und ich weiß nicht einmal, woher die Banknoten kommen.«

Aus einem Wirtshaus trat ein Mann und begann die Schwelle mit einem feuchten Tuch abzuwischen; sie verspürten den Geruch von gebratenem Speck. Das Gewicht der Koffer wurde immer drückender. Raven konnte nicht einmal die Hand wechseln, da er es nicht wagte, den Revolver loszulassen. Er sagte: »Wenn ein Mensch häßlich geboren wird, hat er kein Glück im Leben. Es beginnt schon in der Schule. Es beginnt sogar früher.«

»Was ist denn mit Ihrem Gesicht nicht in Ordnung?« fragte sie mit gespielter Heiterkeit. Solange er sprach, durfte sie noch hoffen. Es mußte schwerer sein, jemand umzubringen, mit dem man sich freundschaftlich unterhalten hatte.

»Meine Lippe natürlich.«

»Was ist los mit Ihrer Lippe?«

»Heißt das, Sie haben nicht bemerkt...?« rief er erstaunt.

»Ach«, sagte Anne, »Sie meinen Ihre Hasenscharte. Ich habe schon Ärgeres gesehen.«

Sie hatten die kleinen schmutzigen Häuser hinter sich gelassen. Sie las den Namen der neuen Straße: Shakespeare Avenue. Hellrote Ziegel, Tudorgiebel, Holzverkleidungen und Türen mit bemalten Scheiben. Diese Häuser wiesen auf etwas weit Schlimmeres als auf materielle, nämlich auf geistige Armut hin. Sie waren an der äußersten Grenze von Nottwich angelangt, dort wo die Grundstücksspekulanten ihre billig gebauten Häuser zur Miete und zum Kauf anpriesen.

Anne kam plötzlich der Gedanke, daß er sie hierher gebracht habe, um sie in den Schutthalden hinter den Neubauten umzubringen, dort wo das Gras im Lehm zerstampft war und die Baumstümpfe auf einen ehemaligen Wald wiesen. Sie trotteten weiter und kamen an einem Haus vorüber, dessen Tür offen stand, damit es jeder, von der Halle bis zum Badezimmer, besichtigen konnte. Ein großes Plakat sagte: »Treten Sie ein und besichtigen Sie ›Cozyholm‹. Zehn Pfund auf den Tisch, und das Haus gehört Ihnen!«

»Wollen Sie am Ende ein Haus kaufen?« fragte sie.

Er erwiderte: »Ich habe 190 Pfund in der Tasche und kann damit nicht einmal eine Schachtel Streichhölzer kaufen. Man hat mich betrogen. Ich habe das Geld gar nicht gestohlen. Ein Schuft hat es mir gegeben.«

»Sehr freigebig.«

Er hielt vor »Sleepy Nuik« an. Das Haus war ganz neu, und die Farbe der Anstreicher klebte noch auf den Fensterscheiben. Er sagte: »Es war für einen Auftrag, den ich ausgeführt habe. Ich habe ihn ehrlich ausgeführt, und er hätte mich ehrlich bezahlen müssen. Ich bin ihm hierher gefolgt. Der Schuft heißt Chol-mon-de-ley.«

Er schob sie durch die Gartentür vom »Sleepy Nuik«, den holprigen Weg entlang zur Hintertür. Da war auch die Nebelgrenze. Es schien, als stünden sie zwischen Tag und Nacht. Die langen Schwaden zerflossen im grauen Winterhimmel. Er stemmte sich mit der Schulter gegen die Hintertür, und das Schloß des Puppenspielzeugs sprang aus dem billigen Holz.

Nun standen sie in der Küche, wo eine Rolle elektrischer Drähte lag und ein Gasrohr auf den Anschluß an den Kocher wartete. »Stellen Sie sich dort an die Wand«, sagte er, »wo ich Sie beobachten kann.« Er setzte sich auf den Boden, den Revolver in der Hand. »Ich bin müde. Die ganze Nacht stehend im Zug. Ich kann nicht einmal klar denken. Ich weiß nicht, was ich mit Ihnen anfangen soll.«

Anne sagte: »Ich habe hier eine Anstellung bekommen. Ich habe keinen Penny, wenn ich sie verliere. Ich gebe Ihnen mein Ehrenwort, daß ich nichts ausplaudere, wenn Sie mich gehen lassen.« Sie fügte verzweifelt hinzu: »Aber Sie werden mir nicht glauben.«

»Die Menschen nehmen es mit dem Ehrenwort bei mir nicht genau«, sagte Raven. Er brütete düster vor sich hin, in dem staubigen Winkel beim Ausguß. Dann sagte er: »Hier bin ich so lange sicher, als Sie bei mir sind.« Er griff mit der Hand ins Gesicht und zuckte unter den Schmerzen zusammen, die ihm die Brandwunden verursachten. Anne machte eine Bewegung. »Rühren Sie sich nicht«, sagte er, »sonst schieße ich.«

»Darf ich mich nicht niedersetzen?« fragte sie. »Ich bin auch müde. Und ich werde den ganzen Nachmittag auf den Beinen sein müssen.« Aber während sie sprach, sah sie sich, mit verrenkten Gliedern, in einen Kasten gestopft, während das frische Blut noch sickerte. Sie fuhr fort: »Als Chinesin verkleidet. Ich muß auch singen.«

Aber er hörte ihr nicht zu. Er schmiedete seine eigenen Pläne in dem finsteren Winkel. Sie versuchte ihren Mut aufrechtzuerhalten. Es fiel ihr ein Lied ein, es erinnerte sie an Mather, und sie summte es vor sich hin:

> »It's only Kew
> To you,
> But to me
> It's Paradise.«

Dabei mußte sie an Mather denken, den langen Weg nach Hause und sein »Auf Wiedersehen! Morgen!«

Raven sagte: »Die Melodie kenne ich.« Er erinnerte sich nicht, wo er sie gehört hatte. Er erinnerte sich nur, daß es eine kalte dunkle Nacht gewesen war, daß er Hunger gehabt und daß eine Grammophonnadel gekratzt hatte. Es war ihm, als würde etwas Kaltes, Spitziges in sein Herz stechen, und es schmerzte sehr. Da saß er unter dem Ausguß, den Revolver in der Hand, und begann zu weinen.

Er weinte lautlos, und die Tränen liefen ihm aus den Augenwinkeln. Anne, die ihr Lied summte, bemerkte es eine Weile gar nicht.

>They say that's a snowflower
A man brought from Greenland —«

Da sah sie, wie er weinte, und sie fragte: »Was ist los mit Ihnen?«

Raven sagte: »Bleiben Sie an der Wand oder ich schieße!«

»Sie sind traurig.«

»Das ist nicht Ihre Sache!«

»Ich glaube, ich bin ein Mensch«, sagte Anne. »Und bis jetzt haben Sie mir noch kein Leid getan.«

Er sagte: »Das bedeutet nichts. Ich bin bloß müde.« Er sah sich in der staubigen, unfertigen Küche um. Er versuchte zu prahlen. »Ich habe es satt, in Hotels zu wohnen. Ich könnte die Küche schon herrichten. Früher war ich Elektriker. Ich habe alles mögliche gelernt.« Er sagte: »Sleepy Nuik, Schlummerwinkel. Ein schöner Name, wenn man müde ist. Aber sie haben >Nook< falsch geschrieben.«

»Lassen Sie mich gehen«, bat Anne. »Sie können mir vertrauen. Ich werde schweigen. Ich weiß doch nicht einmal, wer Sie sind.«

Er lachte verzweifelt. »Ihnen vertrauen? Das wäre schön. Wenn Sie in die Stadt kommen, werden Sie meinen Namen und meine Personenbeschreibung in allen Zeitungen sehen: wie alt ich bin und was ich anhabe. Ich habe das Geld nicht gestohlen und ich kann hinter dem Mann, den ich suche, keinen Steckbrief erlassen: Name Cholmondeley, Beruf Betrüger, dick, trägt einen Smaragdring . . .«

»Oh«, rief sie, »ich glaube, ich war mit einem solchen Mann im gleichen Zug. Ich hätte nie gedacht, daß er imstande wäre —«

»Er ist nur der Vermittler«, sagte Raven. »Aber wenn ich ihn erwische, könnte ich schon die Namen aus ihm herauspressen...«

»Warum stellen Sie sich nicht? Und sagen der Polizei, was geschehen ist?«

»Das ist eine wunderbare Idee! Ich soll ihnen sagen, daß es Cholmondeleys Freunde waren, die den alten Minister umbringen ließen. Sie sind ein gescheites Mädchen!«

»Den alten Minister?« schrie sie auf. Der Nebel stieg über die verwundeten Felder empor, und es wurde lichter in der Küche. Dann fuhr sie fort: »Sie meinen die Sache, von der alle Zeitungen voll sind?«

»So ist es«, sagte er mit dumpfem Stolz.

»Sie kennen den Mann, der ihn erschossen hat?«

»So gut wie mich selbst.«

»Und Cholmondeley ist darin verwickelt... Heißt das nicht — daß sich die ganze Welt irrt?«

»Die Zeitungen wissen gar nichts darüber.«

»Und Sie und Cholmondeley wissen alles. Wenn Sie also Cholmondeley finden, kommt es gar nicht zum Krieg...?!«

»Ich scher' mich den Teufel, ob es zum Krieg kommt oder nicht. Ich will nur wissen, wer mich betrogen hat. Ich will meine Rechnung glattstellen«, erklärte er und sah nach ihr hinüber, wobei er die Hand vor den Mund hielt, um die Hasenscharte zu verstecken. Er bemerkte, daß sie jung und hübsch war, aber das machte auf ihn nicht mehr Eindruck, als wenn ein Wolf im Käfig vor seiner Nase eine gutgenährte Hirschkuh stehen sieht. »Der Krieg wird den Menschen nicht schaden«, sagte er. »Er wird ihnen zeigen, wie das Leben wirklich ist, und ihnen einen Begriff von ihren eigenen Methoden geben. Ich kenne sie. Für mich hat es immer nur Krieg gegeben.« Er wies auf den Revolver. »Meine einzige Sorge ist, wie ich Sie für vierundzwanzig Stunden zum Schweigen bringen kann.«

Sie flüsterte tonlos: »Sie werden mich doch nicht töten, nicht wahr?«

»Wenn es der einzige Ausweg ist...«, erwiderte er. »Lassen Sie mich nachdenken.«

»Aber ich würde zu Ihnen halten«, beschwor sie ihn, sich an jede Möglichkeit einer Rettung klammernd.

»Niemand hält zu mir«, sagte Raven. »Das habe ich schon erfahren. Selbst der Schuft von einem Doktor . . . Sehen Sie: ich bin häßlich. Ich kann mich nicht aufspielen wie einer eurer hübschen Jungens. Aber ich bin gebildet. Und ich gehe den Dingen auf den Grund.« Er sagte schnell: »Schade um jede Minute, ich muß von hier fortkommen.«

»Was wollen Sie tun?« rief sie und sprang auf.

»Oh«, sagte er enttäuscht, »Sie fürchten sich ja schon wieder! Und Sie waren so nett, als Sie keine Angst hatten.« Er stand ihr gegenüber, die Mündung des Revolvers auf ihre Brust gerichtet. »Sie brauchen keine Angst zu haben. Die Lippe.«

»Ihre Lippe stört mich nicht«, rief sie verzweifelt. »Sie sind gar nicht häßlich. Sie sollten ein Mädel haben. Das würde Ihnen die Ideen der Lippe schon austreiben.«

Er schüttelte den Kopf. »Sie reden nur so, weil Sie Angst haben. Sie werden mich auf diese Weise nicht drankriegen. Aber Pech haben Sie, daß ich gerade Sie erwischt habe. Sie sollten sich vor dem Tod nicht fürchten. Wir müssen alle sterben. Wenn es Krieg gibt, müssen Sie sowieso sterben. Es geht schnell und tut nicht weh«, sagte er und mußte an den toten alten Mann denken — so war der Tod: so leicht, wie man ein Ei zerbricht.

Sie flüsterte: »Werden Sie mich erschießen?«

»Aber nein«, beruhigte er sie. »Drehen Sie sich um, und gehen Sie hinüber zu dieser Tür. Wir werden schon was finden, wo ich Sie für ein paar Stunden einsperren kann.« Er richtete seinen Blick fest auf ihren Rücken; er wollte sie gut treffen — leiden sollte sie nicht.

Sie sagte: »Sie sind gar nicht so schlecht. Wenn wir einander auf andere Art getroffen hätten, wären wir vielleicht gute Freunde geworden. Wenn hier zum Beispiel die Bühnentür wäre. Haben Sie schon je ein Mädel vom Bühneneingang abgeholt?«

»Ich?« sagte er, »nein, wer würde mich denn anschauen?«

»Sie sind nicht häßlich«, sagte sie. »Und mir ist Ihre Lippe noch lieber als die eingedrückten Nasen, auf die manche Burschen so stolz sind. Die Mädels sind ganz verrückt mit den

Boxern, wenn sie im Trikot sind. Aber im Smoking sehen sie lächerlich aus.«

Raven überlegte: Wenn ich sie hier erschieße, kann man sie durchs Fenster sehen; ich werde es oben im Badezimmer tun. Dann sagte er: »Gehen Sie! Vorwärts!«

»Aber lassen Sie mich, bitte, noch heute nachmittag frei«, sagte sie. »Sonst verliere ich meine Stellung am Theater.«

Nun waren sie in der kleinen glänzenden Halle, die nach Farbe roch.

Sie sagte: »Ich gebe Ihnen gern eine Eintrittskarte zur Vorstellung.«

»Gehen Sie die Stiegen hinauf!« befahl er.

»Es lohnt sich hinzugehen«, sagte sie. »Alfred Bleek als Witwe Twankey.« In dem kleinen Vorraum gab es bloß drei Türen; eine davon hatte Milchglasscheiben.

»Machen Sie die Tür auf«, sagte er, »und gehen Sie hinein.« Er war entschlossen, sie in dem Augenblick, wo sie die Schwelle betrat, zu erschießen; so würde er bloß die Tür schließen müssen, um sie nicht mehr zu sehen. In seiner Erinnerung hörte er eine klägliche alte Stimme verzweifelt durch eine geschlossene Tür flüstern. Bisher hatten ihn noch nie Erinnerungen gequält. Was störte ihn der Tod? Es war dumm, sich in dieser winterlichen Welt vor dem Tode zu fürchten. Er fragte heiser: »Sind Sie glücklich? Ich meine, lieben Sie Ihren Beruf?«

»Oh, nicht den Beruf«, sagte sie. »Aber das wird ja nicht immer so bleiben. Glauben Sie nicht, daß mich einmal jemand heiraten könnte? Ich hoffe doch!«

Er flüsterte: »Gehen Sie weiter. Schauen Sie zum Fenster hinaus.« Dabei hatte er schon den Finger am Abzug. Sie ging gehorsam nach vorn; er hob den Revolver, und seine Hand zitterte nicht, da er sich sagte, daß sie nicht leiden würde. Der Tod war nichts, worüber sie erschrecken mußte. Sie hatte ihr Täschchen unter dem Arm hervorgezogen; er bemerkte die hypermoderne Fasson: auf der Seite ein Reifen aus Spiegelglas und darauf die verchromten Buchstaben A. C. Sie war im Begriff, sich herzurichten.

Da wurde eine Tür zugeschlagen, und eine Stimme sagte: »Sie werden entschuldigen, daß ich Sie so früh hergebracht habe, aber ich muß bis spätabends im Büro bleiben . . .«

»Schon gut, schon gut, Mr. Graves. Nun, ist das nicht ein reizendes kleines Haus?«

Als Anne sich umwandte, ließ er den Revolver sinken. Sie flüsterte atemlos: »Kommen Sie hier herein, schnell.« Er gehorchte ihr, aber er begriff nichts und war entschlossen zu schießen, wenn sie schreien sollte. Sie sah den Revolver und sagte: »Geben Sie das weg. Es wird Ihnen nur Unannehmlichkeiten bringen.«

Raven meinte: »Ihre Koffer sind in der Küche.«

»Ich weiß. Aber sie sind durch die vordere Tür gekommen.«

»Gas und elektrisches Licht«, sagte eine Stimme, »sind eingeleitet. Legen Sie zehn Pfund nieder, unterschreiben Sie, und Sie können einziehen.«

Eine Stimme, die sehr gut zu einem Zwicker und einem hohen, steifen Kragen paßte, erklärte: »Natürlich muß ich mir das noch überlegen.«

»Kommen Sie und sehen Sie sich den oberen Stock an, Mr. Graves.«

Sie hörten sie die Halle durchqueren und die Treppe emporsteigen, während der Agent ununterbrochen schwatzte. Raven sagte: »Ich schieße, wenn Sie . . .«

»Seien Sie still«, erwiderte Anne. »Sprechen Sie nicht. Haben Sie diese Banknoten? Geben Sie mir zwei davon.« Als er zögerte, flüsterte sie drängend: »Wir müssen etwas riskieren.« Der Agent und Mr. Graves waren jetzt im Schlafzimmer. »Stellen Sie es sich mit gemustertem Kreton vor, Mr. Graves«, sagte der Agent.

»Sind die Wände schalldicht?«

»Durch ein besonderes Verfahren. Schließen Sie die Tür!« Die Tür wurde geschlossen, und die Stimme des Agenten fuhr leiser, aber deutlich vernehmbar fort: »Sie werden im Gang draußen kein Wort hören. Diese Häuser sind speziell für Familien gebaut.«

»Und jetzt«, sagte Mr. Graves, »möchte ich gern das Badezimmer sehen.«

»Rühren Sie sich nicht!« drohte Raven.

»Ach, nehmen Sie das Ding weg und seien Sie vernünftig«, sagte Anne. Sie zog die Badezimmertür hinter sich zu und ging zur Schlafzimmertür. Diese ging auf, und der Agent, der in allen Bars von Nottwich als galanter Mann bekannt war, sagte sofort: »Oh, was sehe ich zu meinem Vergnügen?«

»Ich kam vorbei«, sagte Anne, »und sah die Tür offen. Ich wollte Sie aufsuchen, glaubte aber nicht, Sie schon so zeitig anzutreffen.«

»Für eine hübsche junge Dame bin ich jederzeit zu sprechen«, antwortete der Agent.

»Ich möchte dieses Haus kaufen.«

»Hören Sie«, fiel Mr. Graves ein. Er war ein altaussehender junger Mann, in einem dunklen Anzug und mit einem bleichen Gesicht, auf dem man den Kummer über schreiende kleine Kinder in dumpfen Zimmern und schlaflose Nächte las: »Das können Sie nicht. Ich interessiere mich für dieses Haus.«

»Mein Mann sandte mich her, um es zu kaufen.«

»Ich war zuerst hier.«

»Haben Sie es schon gekauft?«

»Erst muß ich es mir doch ansehen, nicht wahr?«

»Hier«, sagte Anne und ließ zwei Fünfpfundnoten sehen. »Alles, was ich jetzt noch zu tun habe . . .«

»Zu unterschreiben«, sagte der Agent.

»Lassen Sie mir Zeit«, bat Mr. Graves.

»Das Haus gefällt mir.« Er trat zum Fenster. »Die Aussicht gefällt mir.« Er blickte auf die zerstörten Felder, die sich im Nebel dehnten. »Es ist ganz ländlich«, fuhr er fort. »Es wird der Frau und den Kindern guttun.«

»Es tut mir leid«, sagte Anne, »aber Sie sehen, daß ich schon zahle und unterschreibe.«

»Referenzen?« fragte der Agent.

»Die bringe ich Ihnen heute nachmittag.«

»Darf ich Ihnen ein anderes Haus zeigen, Mr. Graves?« sagte der Agent und räusperte sich entschuldigend.

»Nein«, sagte Mr. Graves, »wenn ich nicht dieses Haus da haben kann, kaufe ich gar keines.« Und bleich und betrübt pflanzte er sich im besten Schlafzimmer von »Sleepy Nuik« auf, entschlossen, dem Schicksal die Stirn zu bieten.

»Nun«, sagte der Agent und zuckte die Achseln, »das hier können Sie nicht mehr haben. Wer zuerst kommt, mahlt zuerst.«

Mr. Graves sagte »Guten Morgen« und beförderte seine traurige, engbrüstige Gestalt die Treppe hinunter; er hatte zumindest die Genugtuung, daß er sich auch diesmal nicht mit einem Ersatz hatte abspeisen lassen.

»Ich komme mit Ihnen in Ihr Büro«, sagte Anne, »gleich jetzt«, und nahm den Arm des Agenten. Sie wandte der Badezimmertür, wo im Dunkel ein Mann mit dem Revolver in der Hand wartete, den Rücken und ging die Stiegen hinab in den kalten, nebligen Tag hinaus, der ihr wie der schönste Sommertag vorkam, denn nun war sie in Sicherheit.

IV

>What did Aladdin say,
When he came to Pekin?«

Und ergeben wiederholte die lange Reihe der Girls, sich vorbeugend und auf die Knie klatschend, »Chin, Chin«. Sie probten nun schon fünf Stunden.

»So geht das nicht. Es ist kein Tempo. Noch einmal von Anfang an, bitte.«

»What did Aladdin say . . .«

»Wie viele von euch haben sie auf diese Weise schon umgebracht?« fragte Anne leise. »Chin, Chin.«

»Oh, ein halbes Dutzend.«

»Ich bin froh, daß ich erst im letzten Augenblick kam. Vierzehn solche Tage! Nein, danke schön!«

»Könnt ihr euch nicht anstrengen?« beschwor sie der Regisseur.

»Habt ihr Mädels denn gar keinen Ehrgeiz? Das ist doch keine gewöhnliche Pantomime, es ist ein Ballett.«

»What did Aladdin say . . .«

»Du siehst elend aus«, sagte Anne.

»Du auch nicht besser.«

»Flink wird hier gearbeitet!«

»Noch einmal von vorn, Mädels, und dann nehmen wir Miss Maydews Szene durch.«

>What did Aladdin say,
When he came to Pekin?«

»Wenn du erst eine Woche hier bist, wirst du anders denken.«

Miss Maydew saß in der ersten Reihe, die Beine auf einer Logenbrüstung. Sie trug Tweed und sah nach Golf aus. Ihr richtiger Name war Binns, und Lord Fordhaven war ihr Vater. Sie sagte mit überfließender Freundlichkeit zu Alfred Bleek: »Ich wünsche aber nicht, vorgestellt zu werden.«

»Wer ist der Mann in der Loge?« flüsterte Anne. Sie sah ihn nur wie einen Schatten.

»Ich weiß nicht. War noch nie hier. Ich denke, einer der Geldgeber, der was zu sehen bekommen will.« Sie begann einen Mann nachzuahmen: »Wollen Sie mich nicht den Mädels vorstellen, Mr. Collier? Ich möchte ihnen für ihre Arbeit danken, mit der sie der Revue zum Erfolg verhelfen wollen. Wie wäre es mit einem kleinen Souper, Fräuleinchen?«

»Hören Sie auf zu schwatzen, Ruby«, sagte Mr. Collier.

»What did Aladdin say,
When he came to Pekin?«

»So, jetzt ist es in Ordnung.«

»Bitte, Mr. Collier«, sagte Ruby, »darf ich Sie etwas fragen?«

»Jetzt Ihre Szene, Miss Maydew, mit Mr. Bleek. Was wollen Sie wissen, Ruby?«

»Was hat Aladdin eigentlich gesagt?«

»Ich wünsche Disziplin«, schrie Mr. Collier, »und ich werde sie mir verschaffen!« Er war ziemlich klein, hatte lebhafte Augen, strohblondes Haar und ein zurückweichendes Kinn. Er sah beständig über die Schulter, als ob er sich fürchtete, daß ihn jemand von rückwärts überfalle. Er war kein guter Regisseur, und seine Stellung verdankte er nur Protektion. Jemand schuldete jemandem Geld, der einen Neffen hatte . . ., aber Mr. Collier war nicht der Neffe; die Glieder der Kette waren noch sehr verschlungen, ehe sie Mr. Collier erreichten. Irgendwo drin spielte auch Miss Maydew eine Rolle, aber die Kette war so lang, daß man sie gar nicht verfolgen konnte. Und so bekam man die merkwürdige Vorstellung, daß Mr. Collier seine Stellung seinen Verdiensten verdankte. So viel beanspruchte nicht einmal Miss Maydew für sich. Sie schrieb in einer billigen Frauenzeitschrift Artikel über »Harte Arbeit als einziger Weg zum Bühnenerfolg«.

Sie zündete sich eine neue Zigarette an und fragte: »Sprechen Sie mit mir?« Dann wandte sie sich an Alfred Bleek, der seinen

Abendanzug trug und einen roten, gestrickten Schal um den Hals geschlungen hatte: »Es war nur, um von allen diesen... königlichen Gartenfesten loszukommen.«

Mr. Collier sagte: »Niemand verläßt das Theater.« Dabei schielte er nervös über die Schulter nach dem dicken Herrn, der jetzt aus dem Dunkel der Loge ins Licht trat und der eines der Räder der Maschine war, die Collier nach Nottwich in diese Stellung auf der Bühne und in das Angstgefühl gebracht hatte, daß man ihm nicht gehorchen würde.

»Wollen Sie mich nicht den Mädels vorstellen, Mr. Collier?« bat der dicke Herr. »Wenn Sie aufhören. Ich will nicht stören.«

»Aber selbstverständlich«, sagte Collier. »Meine Damen, das ist Mr. Davenant, einer unserer größten Geldgeber!«

»Davis, nicht Davenant«, sagte der Dicke. »Ich habe Davenant seinen Anteil abgekauft.« Er winkte mit der Hand. Der Smaragd an seinem Ringfinger blitzte auf und erregte Annes Aufmerksamkeit. Er sagte: »Ich möchte mir gestatten, jede von den Damen zum Abendessen einzuladen, während diese Revue läuft. Um Ihnen zu beweisen, wie sehr ich Ihre Mühe schätze, dem Stück zum Erfolg zu verhelfen. Mit wem soll ich beginnen?« Und er blickte mit lustiger Verzweiflung um sich. Er sah wie ein Mann aus, der plötzlich entdeckt, daß er nichts hat, worüber er nachdenken kann, und sich nun krampfhaft bemüht, die Leere auszufüllen.

»Miss Maydew«, meinte er schüchtern, als wollte er den Choristinnen seine gute Absicht dadurch beweisen, daß er die Hauptdarstellerin zuerst einlud.

»Es tut mir leid«, sagte Miss Maydew, »aber ich bin mit Bleek verabredet.«

Anne stahl sich weg; sie wollte Davis nicht von oben herab behandeln; aber seine Gegenwart hier erschreckte sie. Sie glaubte fest an Geschick und Gott und Laster und Tugend, an das Kindlein in der Krippe und den ganzen holden Weihnachtszauber; sie glaubte an unsichtbare Mächte, die Begegnungen herbeiführten, die Leute auf Wege lockten, die sie nicht betreten wollten. Sie aber, dazu war sie fest entschlossen, wollte nicht dabei helfen. Sie wollte weder Gott noch dem Teufel ins Handwerk pfuschen. Sie war Raven entwischt, sie hatte ihn im Badezimmer des leeren Hauses zurückgelassen, und seine Angelegenheiten gingen sie weiter nichts an.

Anzeigen würde sie ihn nicht, denn sie war noch nicht ganz auf seiten der großen Organisation, genannt Polizei; aber helfen wollte sie ihm auch nicht. Als sie sich aus der Garderobe wegschlich und das Theater verließ, schlug sie damit einen streng neutralen Kurs ein.

Was sie in der Nottwich High Street sah, ließ sie innehalten. Die Straße war mit Menschen erfüllt. Sie drängten sich vor dem Theater bis hinunter zum Markt. Sie alle blickten hinauf, wo elektrische Glühbirnen auf die Fassade eines Warenhauses die Abendberichte in die Nacht flammten. Seit der letzten Wahl hatte sie so etwas nicht gesehen; aber heute war es anders, denn es gab kein Hurrageschrei. Die Leute lasen von den Truppenverschiebungen in Europa und von Abwehrmaßnahmen gegen Luftangriffe. Anne war nicht alt genug, um sich zu erinnern, wie der letzte Krieg ausgebrochen war; aber gelesen hatte sie von der Menschenmenge, die sich vor dem Buckingham Palace gestaut hatte, der Begeisterung, dem Gedränge vor den Werbelokalen; und deshalb stellte sie sich vor, daß jeder Krieg so begann. Sie fürchtete ihn nur um Mathers willen. Für sie blieb er eine persönliche Tragödie, die sich vor einem Hintergrund von Hurrarufen und Fahnen abspielte.

Aber das hier war anders: diese schweigenden Menschen jubelten nicht, sie hatten Angst! Die gegen den Himmel gewandten blassen Gesichter trugen ein stummes Flehen zur Schau. Sie beteten nicht zu irgendeinem Gott; sie flehten nur inbrünstig, daß die Leuchtschrift eine andere Nachricht verkünden solle. Es hatte sie hier erreicht, auf dem Heimweg von der Arbeit, beladen mit Werkzeugen oder einer Aktentasche, und da standen sie, angezogen von der glühenden Schrift, und begriffen einfach nicht, wie ihnen geschah.

Anne überlegte: kann es möglich sein, daß dieser dicke Herr ... daß der Junge mit der Hasenscharte weiß ... Dann sagte sie sich: ich glaube an Bestimmung, ich kann nicht einfach weggehen. Ich stecke bis zum Halse in der Sache. Wenn bloß Jimmy hier wäre!

Aber Jimmy, und der Gedanke schmerzte sie, war ja auf seiten der anderen; er gehörte zu denen, die Raven hetzten. Und man mußte Raven die Möglichkeit geben, zuerst sein Wild zu erreichen. Sie ging wieder ins Theater zurück.

Mr. Davenant-Davis-Cholmondeley, wie immer sein wahrer

Name lautete, erzählte eben eine Anekdote. Miss Maydew und Alfred Bleek waren gegangen. Die meisten Girls waren in den Garderoben. Mr. Collier hörte nervös zu. Er bemühte sich vergeblich, sich zu erinnern, wer Mr. Davis eigentlich war. Mr. Davenant war Fabrikant von Seidenstrümpfen gewesen und hatte Callitrope gekannt, der wieder der Neffe des Mannes war, dem Dreid Geld schuldete. Bei Davenant hatte sich Mr. Collier ausgekannt, aber bei Davis war er seiner Sache gar nicht sicher... Diese Revue würde nicht ewig laufen, und es war ebenso unangenehm, sich mit den unrichtigen Leuten zu weit einzulassen wie mit den richtigen auseinanderzukommen. Möglicherweise war Davis der Mann, mit dem Lewis gestritten hatte, oder war er vielleicht der Onkel dieses Mannes? Das Echo dieses Streites klang noch immer in den engen Garderoben und Gängen des zweitklassigen Provinztheaters. Mr. Collier machte den traurigen Versuch, die richtige Einstellung zu finden, und lachte nervös.

»Ich glaube, jemand sagte etwas von einem Abendessen«, meinte Anne. »Ich bin hungrig.«

»Wer zuerst kommt, mahlt zuerst«, rief Davis-Cholmondeley heiter. »Sagen Sie den Mädels, ich komme dann wieder. Wo wollen Sie hingehen, Miss?«

»Ich heiße Anne.«

»Hübscher Name«, sagte Davis-Cholmondeley. »Ich heiße Willie.«

»Sie kennen die Stadt hier sicher besser als ich«, sagte Anne. »Ich bin hier fremd.«

Sie trat an die Rampe heran, um sich ihm genau zu zeigen; sie wollte sehen, ob er sie erkannte. Aber Davis pflegte sich nie die Gesichter anzusehen. Er sah an den Menschen vorbei. Sein feistes Gesicht brauchte nichts dergleichen, um seine Macht zu beweisen. Diese Macht lag in seinem ganzen Wesen; man mußte, wie bei einem großen Hund, unwillkürlich staunen, wieviel Nahrung diese Masse brauchte, um sich am Leben zu erhalten.

Mr. Davis winkte Collier, der sich wütend entschloß, ihn anzusehen, und sagte: »Ja, ich kenne mich hier aus. Ich habe die Stadt sozusagen erbaut. Es gibt nicht viel Auswahl. Da ist das ›Grand‹ oder das ›Metropole‹. Das ›Metropole‹ ist intimer.«

»Dann gehen wir also ins ›Metropole‹.«

»Sie haben dort auch die besten Sundaes.«

Die Straße war nicht mehr überfüllt; nur die gewöhnliche Anzahl von Fußgängern, die nach Hause oder ins Imperialkino gingen oder die Auslagen betrachteten. Anne dachte: Wo kann Raven jetzt sein? Wo kann ich ihn finden?

»Es lohnt sich nicht, ein Taxi zu nehmen«, sagte Mr. Davis.

»Das ›Metropole‹ ist um die Ecke. Es wird Ihnen dort gefallen«, und er wiederholte: »Es ist intimer als das ›Grand‹.« Aber es war nicht das, was man sich unter intim vorstellte. Es nahm die ganze eine Seite des Hauptplatzes ein, groß wie ein Bahnhof, aus gelben und roten Ziegeln erbaut, mit einem Turm und einer Uhr.

»Wie ein Rathaus, nicht?« fragte Mr. Davis. Man merkte, wie stolz er auf Nottwich war.

Zwischen den Fenstern waren Steinfiguren; da standen alle historischen Berühmtheiten von Nottwich in steifen neugotischen Stellungen, von Robin Hood bis zum Bürgermeister von Nottwich im Jahre 1864. »Die Leute kommen von weit her, um sich das anzuschauen«, sagte Mr. Davis.

»Und das ›Grand‹? Wie sieht das ›Grand‹ aus?«

»Oh, das ›Grand‹«, sagte Mr. Davis, »das ›Grand‹ schaut protzig aus.«

Er schob sie vor sich her durch die Drehtür, und Anne bemerkte, daß ihn der Portier erkannte. Es würde also nicht schwer sein, dachte sie, Mr. Davis in Nottwich aufzuspüren. Aber wie sollte sie Raven finden?

Das Restaurant hatte Raum für die Passagiere eines großen Dampfers; das Dach ruhte auf Säulen, die mit salbeigrünen und goldenen Streifen bemalt waren. Die gewölbte Decke war blau; und darauf verstreut sah man naturgetreu die Sterne des Firmaments. »Das ist eine der Sehenswürdigkeiten von Nottwich«, erklärte Mr. Davis. »Ich habe stets meinen Tisch unter der Venus«, er lachte nervös, und Anne bemerkte, daß sie gar nicht unter der Venus saßen, sondern unter dem Jupiter.

»Sie sollten unter dem Großen Bären sitzen«, sagte sie.

»Haha, das ist ausgezeichnet«, sagte Mr. Davis. »Das muß ich mir merken.« Er beugte sich über die Weinkarte. »Ich weiß, die Damen lieben süßen Wein.« Dann gestand er: »Ich habe selbst eine Schwäche für Süßigkeiten.« Er studierte die Karte und vergaß alles um sich her. Er interessierte sich nicht mehr für sie. Wichtig war ihm momentan nur das Menü, das er bestellt hatte, das mit Austern begann. Dieser pompöse Saal war sein erwähltes Zuhause; das war seine Vorstellung von Intimität: ein Tisch zwischen zweihundert Tischen.

Anne dachte, er hätte sie zum Flirten hierher gebracht. Sie hatte sich vorgestellt, es würde leicht sein, sich mit ihm zu vertragen, obwohl die üblichen Formalitäten sie ein wenig erschreckten. Fünf Jahre Arbeit an Provinztheatern hatten sie noch nicht gelehrt, wie weit sie gehen durfte, ohne bei einem Manne mehr Leidenschaft zu erwecken, als sie zurückweisen könnte. Ihr Rückzug war deshalb immer unvermittelt und gefährlich. Bei den Austern dachte sie an Mather und an das Gefühl der Sicherheit, wenn man einen einzigen Mann liebt. Dann tastete sie sich vorwärts, bis ihr Knie das Knie Mr. Davis' berührte. Aber Davis, mit seinen Austern beschäftigt, bemerkte es nicht. Er hätte ebensogut allein sein können. Sich so vernachlässigt zu sehen, machte sie unbehaglich. Es war nicht natürlich. Sie berührte nochmals sein Knie und fragte: »Geht Ihnen was im Kopf herum, Willie?«

Die Augen, die er auf sie richtete, kamen ihr vor wie die Linsen eines starken Mikroskopes. Er sagte: »Was ist los? Gut sind die Austern, nicht?« Er starrte an ihr, vorbei auf die größtenteils unbesetzten Tische des Restaurants, geschmückt mit Mistelzweigen. Er rief: »Kellner, eine Abendzeitung!« und wandte sich wieder den Austern zu. Als die Zeitung kam, blätterte er zuerst den Börsenteil auf. Er schien zufrieden mit dem, was er las.

Anne sagte: »Entschuldigen Sie mich für einen Augenblick, Willie?« Sie nahm drei Kupfermünzen aus ihrem Handtäschchen und verschwand in der Toilette. Sie besah sich im Spiegel über dem Waschbecken. Alles schien ganz in Ordnung. Sie wandte sich an die alte Frau dort: »Schaue ich ordentlich aus?«

Die Alte grinste: »Vielleicht hat er so viel Lippenstift nicht gern.«

»Ach nein«, meinte Anne. »Er ist nicht so. Abwechslung vom Zuhause.« Nach einer Weile: »Wer ist er eigentlich? Er heißt Davis. Er sagt, er hat die Stadt gegründet.«

»Entschuldigen Sie, aber Ihr Strumpf hat eine Laufmasche.«

»Seine Schuld ist es jedenfalls nicht. Wer ist er?«

»Ich habe noch nie was von ihm gehört. Fragen Sie den Portier.«

»Ja, das werde ich tun!«

Dann ging sie zur Hoteltür. »Es ist so heiß im Restaurant«, sagte sie. »Ich mußte an die frische Luft.« Der Portier des Metropole hatte gerade einige ruhige Minuten. Niemand kam, niemand ging. Er sagte: »Draußen ist es kalt.«

Am Straßenrand stand ein Mann mit einem Holzbein und verkaufte Zündhölzchen; Straßenbahnen fuhren vorüber, kleine rauchige, beleuchtete Häuschen. Irgendwo schlug eine Uhr halb acht, und von fern hörte man die Stimmen vieler Kinder einen Weihnachtschoral singen. Anne sagte: »Ich muß wieder zu Mr. Davis zurück.« Und nach kurzem Zögern: »Wer ist eigentlich Mr. Davis?«

»Er hat viel Geld«, sagte der Portier.

»Er sagt, er hat die Stadt gegründet.«

»Das ist übertrieben«, sagte der Portier. »Die Midland Steel haben die Stadt gemacht. In den Tanneries können Sie die Büros sehen. Aber jetzt runinieren sie die Stadt. Früher haben sie fünfzigtausend Leute beschäftigt. Heute nicht einmal zehntausend. Ich war dort einmal Portier. Aber sogar die Portiers haben sie abgebaut.«

»Gemein von ihnen«, sagte Anne.

»Für ihn war es noch ärger«, sagte der Portier und wies mit dem Kopf auf den Einbeinigen. »Er war zwanzig Jahre dort. Dann verlor er ein Bein, und das Gericht hat entschieden, daß es aus Fahrlässigkeit war; so gaben sie ihm keinen Penny. Auch da haben sie gespart. Er war nachlässig, schön, er war eingeschlafen, aber wenn man eine Maschine bedient, die alle zwei Sekunden acht Stunden hindurch das gleiche tut, ist es ein Wunder, wenn man da einschläft?«

»Aber Mr. Davis?«

»Oh, über Mr. Davis weiß ich nichts. Vielleicht hat er was mit der Schuhfabrik zu tun. Oder er ist einer der Direktoren von Wallace. Die haben Geld wie Mist.« Durch die Drehtür trat eine Frau, die einen Pekinesen im Arm hielt; sie trug einen kostbaren Pelzmantel. Sie fragte: »War Mr. Alfred Piker hier?«

»Nein, gnädige Frau.«

»Na, also! Genau wie sein Onkel! Einfach verschwinden!« sagte sie. »Halten Sie den Hund!« Sie verschwand über die Straße.

»Das ist die Bürgermeisterin«, sagte der Portier.

Anne ging zurück. Inzwischen war aber etwas geschehen. Die Weinflasche war fast leer, und die Zeitung lag am Boden zu Mr. Davis' Füßen. Zwei Sundaes waren serviert worden, aber Mr. Davis hatte seinen nicht berührt. Es war nicht Höflichkeit; etwas hatte ihn aus der Fassung gebracht. Er fuhr sie an: »Wo waren Sie?«

Sie versuchte zu sehen, was er gelesen hatte; es waren nicht mehr die Börsennachrichten, aber sie konnte nur die Überschrift entziffern: »Urteil gegen Lady ...«, der Name war zu kompliziert, um ihn verkehrt lesen zu können, und »Todesurteil gegen Motorfahrer«.

Mr. Davis sagte: »Ich weiß nicht, hier stimmt was nicht. Haben die am Ende Salz in die Sundaes geschüttet?« Er wandte sein wütendes schlaffes Gesicht dem Kellner zu, der eben vorbeiging: »Das heißt bei euch ›Knickerbocker‹?«

»Ich bringe Ihnen einen anderen, Sir.«

»Ich verzichte darauf! Meine Rechnung!«

»Das heißt also ›Adieu‹!« sagte Anne.

Mr. Davis sah von der Rechnung auf, und in seinen Augen lag etwas wie Furcht. »Nein, nein«, sagte er hastig, »das habe ich nicht gemeint. Sie wollen mich doch nicht allein lassen?«

»Was haben Sie denn noch vor?«

»Ich dachte, Sie kommen zu mir und trinken bei Radiomusik ein Gläschen Wein, eh?« Er sah sie nicht an, und seine Gedanken waren wahrscheinlich ganz woanders. Er sah nicht gefährlich aus. Anne dachte, sie würde ihn mit einem oder zwei Küssen abspeisen können. Er schien zu den Männern zu gehören, denen man eine sentimentale Geschichte erzählen konnte, wenn sie betrunken waren, bis sie einen als ihre unglückliche Schwester betrachteten. Das sollte ihr letztes Abenteuer werden: bald würde sie Mathers Frau sein und geborgen. Zuerst aber mußte sie erfahren, wo Mr. Davis wohnte.

Als sie auf die Straße traten, fielen die kleinen Weihnachtssänger über sie her, sechs kleine Buben, die ganz falsch sangen. Sie trugen Wollhandschuhe und wollene Halstücher.

»Taxi gefällig?« fragte der Portier.

»Nein.« Mr. Davis erklärte Anne: »Wenn man eines vom Standplatz in den Tanneries nimmt, spart man drei Pence.« Aber die Knaben verstellten ihm den Weg und hielten ihm bittend ihre Kappen hin. »Marsch! Aus dem Weg!« fertigte er sie ab, und die Kinder fühlten instinktiv, daß sie an die falsche Adresse gelangt waren. Müßiggänger begannen aufmerksam zu werden, jemand klatschte Beifall.

Mr. Davis fuhr plötzlich herum und packte den Jungen, der ihm zunächst stand, bei den Haaren. Er zog ihn derart, daß er schrie. Er ließ nicht los, bis ihm ein Büschel in der Hand blieb. Er rief: »Das wird euch zur Lehre dienen —«

Als er einige Sekunden später im Taxi saß, sagte er selbstgefällig: »Mit mir ist nicht zu spaßen.« Dabei stand sein Mund offen, und seine Lippen waren feucht; er verweilte bei diesem seinem Siege ebenso lange wie bei den Austern. Er kam jetzt Anne weit weniger harmlos vor als früher. Sie bemühte sich daran zu denken, daß er nur ein Agent war. Er kannte den Mörder, hatte Raven gesagt, aber er hatte nicht selbst das Verbrechen begangen.

»Was ist das für ein Gebäude?« fragte sie, als ihr ein hohes, meist aus Glasfenstern bestehendes Haus auffiel, das seltsam aus der alten viktorianischen Straße hervorstach, in der ehemals die Gerber ihre Felle bearbeitet hatten.

»Midland Steel«, sagte Davis.

»Arbeiten Sie hier?«

Es war das erstemal, daß Mr. Davis ihren Blick voll erwiderte. »Wieso kommen Sie auf diese Idee?«

»Ich weiß nicht«, sagte Anne und mußte zu ihrem Schrekken bemerken, daß Mr. Davis nur einfältig war, wenn es ihm beliebte.

»Könnten Sie mich liebgewinnen?« fragte Mister Davis und legte seine Hand auf ihr Knie.

»Ich glaube schon.«

Das Taxi hatte die Tanneries verlassen. Es lief über Straßenbahngeleise und kam in die Nähe des Bahnhofes. »Leben Sie außerhalb der Stadt?«

»Gerade am Ende«, sagte Mr. Davis.

»Die könnten mehr Geld für die Straßenbeleuchtung hier draußen ausgeben.«

»Sie sind ein kluges kleines Mädel«, sagte Mister Davis... »Sie kennen sich aus.«

»Zum Goldsuchen ist's hier jedenfalls zu dunkel«, sagte Anne, als sie unter der stählernen Eisenbahnbrücke hindurchfuhren, über die die Linie nach York ging. In der ganzen nach der Station hin abfallenden Straße waren bloß zwei Bogenlampen. Hinter einem Holzzaun sah man ausrangierte Schwellen und Kohle, zum Verladen bereit. Ein altes Taxi und ein Autobus warteten auf Passagiere vor dem Ausgang des schmutzigen Bahnhofes. Im Jahre 1860 erbaut, hatte er mit der raschen Entwicklung von Nottwich nicht Schritt gehalten.

»Sie haben einen weiten Weg in Ihr Büro«, sagte Anne.

»Wir sind gleich da.«

Das Taxi wandte sich nach links. Anne las den Namen der Straße: »Khyber Avenue«, eine lange Reihe billiger Villen, in denen Zimmer zu vermieten waren. Das Taxi hielt am Ende der Straße. Anne sagte: »Sie leben doch nicht wirklich hier?« Mister Davis bezahlte den Chauffeur. »Nummer 61«, sagte er und lächelte süßlich und fuhr fort: »Innen ist es wirklich nett, meine Liebe.«

Er steckte den Schlüssel ins Schloß und schob sie energisch in eine kleine, schlecht erleuchtete Halle mit einem Hutständer. Er hängte seinen Hut auf und begann sich auf den Zehenspitzen der Treppe zu nähern. Es roch nach Gas und Grünzeug. In der Ecke stand eine verstaubte Topfpflanze.

»Wir werden das Radio aufdrehen«, sagte Davis, »und Tanzmusik hören.«

Eine Tür ging im Korridor auf, und eine Frauenstimme fragte: »Wer ist da?«

»Ich bin's, Mr. Cholmondeley.«

»Vergessen Sie nicht, gleich zu bezahlen!«

»Erster Stock«, sagte Davis. »Das Zimmer gerade gegenüber. Ich komme sofort.« Er wartete auf den Stiegen, bis sie an ihm vorbei war. Die Münzen klimperten in seiner Tasche, als er hineingriff.

Es war tatsächlich ein Radioapparat im Zimmer, er stand auf dem marmornen Waschtisch; und Platz zum Tanzen war sicher nicht, da das breite Doppelbett den ganzen Raum ausfüllte. Nichts wies darauf hin, daß der Raum bewohnt war. Auf dem Spiegel lag Staub, und die Wasserkanne neben dem Radioapparat war leer. Anne sah durch das Fenster auf einen kleinen dunklen Hof hinab. Ihre Hand, die auf dem Sims lag, zitterte: das war mehr, als sie abgemacht hatte. Mr. Davis öffnete die Tür.

Sie war ziemlich ängstlich. Das erweckte ihre Angriffslust. Sie sagte ohne jede Einleitung: »Sie heißen also Cholmondeley?«

Er blinzelte sie an und schloß die Tür leise hinter sich: »Und?«

»Sie sagten, daß Sie mich in Ihre Wohnung bringen. Das ist nicht Ihre Wohnung!«

Davis setzte sich auf den Bettrand und begann seine Schuhe auszuziehen. Er sagte: »Wir dürfen keinen Lärm machen, meine Liebe. Die Alte kann das nicht leiden.« Er öffnete die Tür des Waschtisches und nahm eine Pappschachtel heraus; als er damit zu ihr kam, rann Staubzucker auf das Bett und den Fußboden. »Da, nehmen Sie, türkischer Honig.«

»Das ist nicht Ihre Wohnung!« beharrte sie.

Mr. Davis, die Finger auf halbem Wege zum Munde, sagte: »Natürlich nicht. Oder haben Sie wirklich geglaubt, ich bringe Sie in meine Wohnung? Sie sind doch nicht so unerfahren. Ich kann doch nicht meinen Ruf aufs Spiel setzen.« Er fuhr fort: »Wollen wir vorerst ein wenig Musik hören?« Er drehte herum und brachte den Apparat zum Kreischen. »Atmosphärische Störungen«, sagte er.

Er drehte so lange an den Knöpfen herum, bis man ganz aus der Ferne eine Jazzkapelle spielen hörte. Mit Mühe unterschied man die Melodie: »Night light, Love light . . .«. »Das ist unser Nottwich-Programm«, sagte Mr. Davis. »Selbst Midland Regional hat keine bessere Kapelle. Vom ›Grand‹. Tanzen wir.« Er faßte sie um die Mitte und begann in dem Winkel zwischen Wand und Bett wackelnd umherzuschieben.

»Ich hab' schon bessere Parkettböden gesehen«, sagte Anne und versuchte verzweifelt, sich durch ihren eigenen Humor aufrecht zu erhalten. »Aber niemals welche, die besser quietschten.« Und Mister Davis sagte: »Das ist ausgezeichnet. Das muß ich mir merken.«

Plötzlich blies er die Zuckerstückchen weg, die ihm an den Mundwinkeln hängengeblieben waren, und wurde leidenschaftlich. Er klebte seine Lippen auf ihren Hals. Sie stieß ihn fort und lachte ihn gleichzeitig an. Sie durfte ihren Kopf nicht verlieren. »Jetzt weiß ich, wie sich ein Felsen fühlt«, sagte sie, »wenn die Sturmwogen des Ozeans —«

»Sehr gut«, sagte Mr. Davis mechanisch und drängte sie in eine Ecke.

Sie begann schnell über Dinge zu reden, die ihr gerade durch den Kopf gingen: »Ich bin neugierig, wie dieser Gaskrieg aussehen wird. War es schrecklich, wie sie die alte Frau durch die Augen schossen?«

Bei diesen Worten ließ er sie los, obwohl sie sich wirklich nichts dabei gedacht hatte. »Wie kommen Sie darauf?«

»Ich habe gerade zuvor darüber gelesen«, erwiderte Anne. »Der Mann muß die Wohnung in schöne Unordnung gebracht haben.«

Mr. Davis flehte: »Schweigen Sie! Um Himmels willen, hören Sie auf!«

Und dann fand er eine lahme Erklärung: »Ich habe nämlich einen schwachen Magen und vertrage solche Sachen nicht.« Er lehnte sich an das Bett.

»Ich schwärme für Kriminalromane«, rief Anne. »Gestern habe ich einen gelesen . . .«

»Ich habe eine sehr lebhafte Phantasie«, meinte Davis.

»Ich erinnere mich, einmal schnitt ich mich in den Finger . . .«

»Nicht! Bitte nicht!«

Der Erfolg machte sie verwegen. Sie sagte: »Ich habe auch eine sehr lebhafte Phantasie. Ich bilde mir ein, daß jemand dieses Haus beobachtet.«

»Was sagen Sie da?« platzte Davis heraus. Er war nun sehr verängstigt. Aber sie ging zu weit. »Da war ein dunkel gekleideter Bursche«, sagte sie. »Er hatte eine Hasenscharte.«

Mr. Davis ging zur Tür und drehte den Schlüssel um. Dann stellte er den Radioapparat ganz leise. »Auf zwanzig Schritte gibt es draußen keine Lampe. Sie hätten seinen Mund gar nicht sehen können.«

»Ich glaubte . . .«

»Es würde mich interessieren, wieviel er Ihnen erzählt hat«, sagte Mr. Davis. Er setzte sich aufs Bett und betrachtete seine Hände. »Sie wollten wissen, wo ich wohne, wo ich mein Büro habe . . .« Er brach mitten im Satz ab und sah sie voll Entsetzen an. Aber irgendwie spürte sie, daß er vor ihr keine Angst mehr hatte; es war etwas anderes, was ihn erschreckte.

Er sagte: »Man würde Ihnen nie glauben.«

»Wer würde mir nicht glauben?«

»Die Polizei. Es ist eine phantastische Geschichte.« Zu ihrem Erstaunen begann er leise zu weinen, während er auf dem Bett saß und seine großen haarigen Hände streichelte. »Es muß einen Ausweg geben. Ich will Ihnen nichts zuleide tun. Ich will überhaupt niemandem etwas zuleide tun. Ich habe einen sehr schwachen Magen.«

Anne sagte: »Ich weiß überhaupt nichts. Bitte, sperren Sie die Tür auf.«

Mr. Davis sagte leise, wütend: »Seien Sie still. Sie haben sich alles allein zuzuschreiben.«

Sie wiederholte: »Ich weiß von gar nichts.«

»Ich bin bloß ein Agent«, sagte Mr. Davis. »Ich bin nicht verantwortlich.« Er erklärte ihr das freundlich, während er in Strümpfen dasaß und Tränen aus seinen schlauen Augen kamen: »Es war immer unsere Taktik, sich auf nichts einzulassen. Es ist nicht mein Fehler, daß der Bursche davonkam. Ich tat mein Bestes. Habe immer mein Bestes getan. Aber er wird es mir nie verzeihen.«

»Ich schreie, wenn Sie die Tür nicht aufsperren!«

»Schreien Sie nur! Sie werden nur die Alte ärgern.«

»Was haben Sie vor?«

»Mehr als eine halbe Million steht auf dem Spiel«, sagte Davis. »Diesmal muß ich auf Nummer Sicher gehen.« Er erhob sich und kam mit ausgestreckten Händen auf sie zu. Sie schrie und rüttelte an der Tür, floh von dort, weil sich nichts rührte, und rannte ums Bett herum. Er ließ sie rennen, es gab in dem winzigen Raum kein Entkommen. Er stand da und murmelte zu sich selbst: »Schrecklich! Schrecklich!« Man sah, daß ihm fast übel wurde, aber die Angst vor etwas trieb ihn vorwärts.

Anne beschwor ihn: »Ich will alles versprechen, was Sie wollen.«

Er schüttelte den Kopf: »Er wird es mir nie verzeihen.« Er beugte sich übers Bett und ergriff ihr Handgelenk. Er flüsterte erstickt: »Wehren Sie sich nicht. Wenn Sie sich nicht wehren, werde ich Ihnen nicht weh tun«, und zog sie übers Bett zu sich hin, während er mit der anderen Hand nach einem Kissen tastete.

Selbst jetzt sagte sie sich: Das bin doch gar nicht ich. Es ist jemand anderer, der ermordet wird. Nicht ich. Ihr Lebensdrang, der sie nicht glauben ließ, daß dies das Ende von allem sei, tröstete sie sogar noch, als das Polster schon auf ihren Mund gepreßt lag. Er ließ sie noch hoffen, als sie sich instinktiv gegen seine kräftigen, vom Zucker klebrigen Hände zur Wehr setzte.

V

Der Regen kam vom Osten her über den Weevilfluß daher-gepeitscht. Während der bitterkalten Nacht verwandelte er sich in Eis, das am Asphalt haftete und wie Lack auf der braunen Farbe der Holzbänke lag. Ein Polizist, dessen schwerer Regen-mantel wie feuchter Makadam glänzte, kam gemächlich daher und leuchtete mit seiner Blendlaterne in die dunklen Stellen zwischen den Bogenlampen. Er wünschte Raven »Gute Nacht«, ohne näher hinzusehen. Pärchen waren es, die er trotz des De-zemberregens hier zu finden erwartete.

Raven, bis über die Ohren vermummt, ging weiter auf der Suche nach einer Zuflucht. Er wollte an Cholmondeley denken und wie er ihn in Nottwich finden konnte. Aber er ertappte sich stets dabei, daß er nur immer wieder an das Mädel dachte, das er am Morgen so rauh angefaßt hatte. Dann wieder fiel ihm das Kätzchen ein, das er in dem Hotel in Soho zurückgelassen hatte. Dieses Kätzchen hatte er sehr geliebt. Dem Tier war seine Häßlichkeit nicht zu Bewußtsein gekommen.

»Ich heiße Anne ... Sie sind gar nicht häßlich ...« Sie wußte nicht, dachte er, daß er sie hatte töten wollen; sie war so unschuldsvoll wie jene Katze, die er seinerzeit ertränken mußte. Dann fiel es ihm voll Erstaunen ein, daß sie ihn nicht verraten hatte, obwohl er ihr gesagt hatte, daß die Polizei hinter ihm her war. Es war möglich, daß sie ihm geglaubt hatte.

Diese Gedanken waren kälter und unangenehmer als der Eis-regen. Er war nur an Bitterkeit gewöhnt. Der Haß hatte ihn zu der finsteren, mörderischen Gestalt gemacht, die jetzt gejagt durch den Regen hetzte. Seine Mutter hatte ihn geboren, wäh-rend sein Vater im Gefängnis saß. Und sechs Jahre später, als der Vater wegen eines anderen Verbrechens gehängt worden war, hatte sie sich das Leben genommen. Nachher war das Asyl gewesen.

Er hatte nie für irgend jemand Zärtlichkeit empfunden; er konnte nur hassen, und darauf war er sonderbarerweise stolz. Er wünschte sich gar nicht anders zu sein. Mit Schrecken kam ihm plötzlich zu Bewußtsein, daß er gerade jetzt hart bleiben müsse, wenn er entkommen wollte. Sentimentalitäten helfen nicht, den Maschen des Gesetzes zu entfliehen.

Jemand in einem der großen Häuser am Fluß hatte die Garagentür offengelassen; der Raum wurde offensichtlich nicht als Garage benützt, sondern beherbergte einen Kinderwagen, eine Gehschule, ein paar verstaubte Puppen und einige Ziegel. Dorthinein flüchtete Raven. Er fror durch und durch, mit Ausnahme der Stelle in seinem Körper, die seit jeher eiskalt gewesen. Und dieser Eisklumpen schmolz unter großen Schmerzen.

Er stieß die Garagentür auch ein wenig weiter auf; er wollte sich nicht verbergen, falls zufällig jemand vorüberkam; schließlich durfte sich bei diesem Wetter ein jeder in einer leeren Garage unterstellen — mit Ausnahme eines Mannes mit einer Hasenscharte, der von der Polizei gesucht wurde.

Die Häuser in dieser Straße waren alle durch ihre Garagen verbunden. Raven hörte von beiden Seiten das Radio spielen. In dem einen Hause schwoll es an und wurde wieder leiser, weil ein rastloser Finger fortwährend die Wellenlänge wechselte, bald eine Rede aus Berlin, bald eine Oper aus Stockholm aus dem Äther hervorzaubernd. Im Ortsprogramm des anderen Apparates las ein ältlicher Kritiker Gedichte. Und Raven hörte, wie er neben dem Kinderwagen in der kalten Garage stand und in den Regen hinausstarrte:

> »A shadow flits before me
> Not thou, but like to thee.«

Er grub die Fingernägel in die Handflächen und dachte an seinen Vater und an die Mutter und an alle die Menschen, die ihn zu dem gemacht, was er schließlich geworden. Er dachte: Nur warten. Sie wird schon zur Polizei laufen. So geht es einem letzten Endes immer, wenn man sich mit Weibern einläßt, und er versuchte, sein Herz wieder hart und eiskalt zu machen.

»Mr. Druce Winton hat eine Auswahl aus ›Maud‹ von Lord Tennyson gelesen. Damit ist unser Programm beendigt. Gute Nacht, meine Damen. Gute Nacht, meine Herren . . .«

DRITTES KAPITEL

I

Mathers Zug kam am gleichen Abend um elf Uhr an, und er fuhr mit Saunders durch die beinahe menschenleeren Straßen zur Polizeidirektion. Nottwich ging früh schlafen; die Kinos waren um halb elf zu Ende, und eine Viertelstunde darauf hatte jeder das Zentrum der Stadt mittels Autobus oder Straßenbahn verlassen. Das einzige Straßenmädchen von Nottwich lungerte halberfroren am Hauptplatz herum, und in der Halle des Hotels Metropole rauchten zwei Geschäftsleute noch schnell eine Zigarre. Der Wagen schleuderte auf der vereisten Straße.

Gerade vor der Polizeidirektion bemerkte Mather auf einer Anschlagsäule das Plakat von »Aladdin«. Er sagte zu Saunders: »Mein Mädel spielt in dieser Revue.« Er fühlte sich stolz und glücklich.

Der Polizeichef war zum Bahnhof gekommen, um Mather zu treffen. Die Tatsache, daß Raven bewaffnet war und verzweifelt, gab der Sache ein ernsteres Aussehen, als es sonst der Fall gewesen wäre. Der Polizeichef war dick und leicht erregbar. Er hatte seinerzeit als Geschäftsmann viel Geld verdient und bekleidete während des Krieges die Stellung eines Vorsitzenden des lokalen Militärgerichtes. Er war damals stolz darauf, als Schrecken der Pazifisten zu gelten. Das versöhnte ihn ein wenig mit seinem unerfreulichen Zuhause und der Frau, die ihn verachtete. Und er war zu Mathers Begrüßung erschienen, weil es ein Anlaß war, sich zu Hause damit zu rühmen.

Mather sagte: »Natürlich wissen wir nicht mit Sicherheit, ob er hier ist. Aber er war bestimmt im Zug, und seine Fahrkarte wurde von einer Frau abgegeben.«

»Eine Komplicin?« meinte der Polizeichef.

»Möglich. Wenn wir die Frau ausfindig machen, können wir vielleicht auch Raven fassen.«

Der Polizeichef schluckte hinter der vorgehaltenen Hand. Er hatte Flaschenbier getrunken, und das löste immer diese Wirkung bei ihm aus. Der Revierinspektor sagte: »Wir versandten, sobald wir die Nummern der Banknoten von Scotland Yard erfahren hatten, sofort Zirkulare an alle Geschäfte, Pensionen und Hotels.«

»Ist das eine Karte, Sir«, fragte Mather, »mit allen Polizei-stationen?«

Sie gingen zur Wand hinüber, und der Inspektor bezeich-nete mit einem Bleistift die wichtigsten Punkte von Nottwich: den Bahnhof, den Fluß, die Polizeidirektion.

»Und das Royal Theatre? Irgendwo hier?« fragte Mather.
»Richtig.«

»Warum er gerade nach Nottwich gekommen ist?« murrte der Polizeichef.

»Ich wollte, wir wüßten das, Sir. Und die Straßen hier um den Bahnhof? Sind da Hotels?«

»Ein paar Pensionen. Aber die schlechtesten«, sagte der Inspektor und kehrte, in Gedanken versunken, dem Chef den Rücken. »Viele von ihnen vermieten auch stundenweise.«

»Es wäre gut, bei ihnen anzufragen.«

»Viele würden sich um eine polizeiliche Anfrage nicht viel kümmern. Stundenhotels, Sie verstehen doch. Für hastige zehn Minuten. Und Tag und Nacht geöffnet.«

»Unsinn«, schnarrte der Chef, »so etwas haben wir in Nott-wich gar nicht.«

»Wenn Sie gestatten, Sir, möchte ich vorschlagen, die Polizei-posten vor solchen Hotels zu verdoppeln. Schicken Sie die tüch-tigsten Leute, die Sie haben, aus. Ich nehme an, daß die Abend-blätter seine Personenbeschreibung gebracht haben? Er scheint ein recht tüchtiger Kassenschränker zu sein.«

»Es scheint, wir können heute abend nicht mehr viel unter-nehmen«, meinte der Inspektor. »Der arme Teufel tut mir leid, wenn er für die Nacht keine Unterkunft gefunden hat.«

»Haben Sie eine Flasche Whisky hier, Inspektor?« fragte der Chef. »Ein Schluck täte uns allen gut. Ich habe zu viel Bier getrunken. Whisky ist besser, aber meine Frau kann den Geruch nicht vertragen.« Er lehnte sich im Sessel zurück, schlug seine fetten Beine übereinander und sah den Inspektor mit einem kindlich-glücklichen Ausdruck an. Er schien zu sagen: Was für Glück, wieder mit den Jungens trinken zu können. Aber der Inspektor wußte, wie unmenschlich er zu denen war, die schwä-cher waren als er. »Nur einen Tropfen, Inspektor.« Dann sagte er über sein Glas hinweg: »Den alten Baines haben Sie gut erwischt«, und wandte sich erklärend zu Mather: »Straßen-wetten. Er hat uns monatelang zu schaffen gemacht.«

»Er war eigentlich recht anständig. Es macht mir wenig Spaß, solche Leute zu jagen. Nur weil er Macpherson geschäftlich schadete . . .«

»Ah«, sagte der Chef. »Aber das ist gesetzlich. Macpherson hat ein Büro und ein Telefon. Er hat Geschäftsspesen. Prost, Jungens. Auf die Frauen!« Er leerte sein Glas. »Noch einen Schluck, Inspektor!« Er dehnte sich behaglich. »Wie wäre es, wenn wir etwas Kohle nachlegten? Machen wir es uns gemütlich. Heute nacht können wir sowieso nichts mehr unternehmen.«

Mather fühlte sich unbehaglich. Es war wahr, man konnte nicht mehr viel unternehmen, aber er haßte Untätigkeit. Er blieb vor der Karte stehen. Nottwich war keine große Stadt. Eigentlich konnte es nicht lange dauern, bis man Raven fand, aber er war hier fremd. Er wußte nicht, welche Schlupfwinkel, welche Klubs und Tanzlokale durchsucht werden mußten. Er sagte: »Wir sind der Ansicht, er ist jemandem hierher nachgefolgt. Ich würde vorschlagen, am Morgen zuerst den Sperrenschaffner neuerlich zu verhören. Würde gern wissen, an wie viele hier wohnende Leute er sich erinnert. Vielleicht haben wir Glück.«

»Kennen Sie die Geschichte über den Erzbischof von York?« fragte der Chef. »Ja, schon gut. Das machen wir. Aber es eilt nicht. Machen Sie es sich bequem, und trinken Sie einen Whisky. Sie sind jetzt in den Midlands. Den langsamen Midlands, nicht wahr, Inspektor? Wir übereilen nichts, aber wir kommen nie zu spät.«

Er hatte natürlich recht. Es war nicht so eilig, und man konnte um diese Zeit wirklich nichts unternehmen, aber Mather, der noch immer neben der Karte stand, war es, als ob ihm jemand zuriefe: »Beeile dich, beeile dich, beeile dich, oder du kommst zu spät!«

Er fuhr die Hauptstraßen mit dem Finger entlang. Er wollte sie ebenso kennenlernen wie die City von London. Hier war die Hauptpost, der Marktplatz, das Hotel Metropole, die High Street: was war das? die Tanneries. »Was ist das für ein großer Häuserblock in den Tanneries, Sir?« fragte er.

»Die Midland Steel-Gesellschaft«, erklärte der Inspektor, und zum Chef gewendet meinte er geduldig: »Nein, Sir. Ich habe die Geschichte nicht gekannt. Sie ist sehr gut.«

»Der Bürgermeister hat sie mir erzählt«, sagte der Chef.

»Er ist ein lustiges Huhn, der alte Piker. Sie würden ihm nicht mehr als vierzig Jahre geben. Wissen Sie, was er während unserer Komiteesitzung für den Luftschutz gesagt hat? ›Da werden wir endlich Gelegenheit haben, in ein fremdes Bett zu kriechen.‹ Er meinte, die Frauen würden nicht erkennen, wer unter der Gasmaske steckt. Sie verstehen?«

»Sehr witziger Mann, dieser Mr. Piker, Sir.«

»Ja, Inspektor, aber ich war ihm damals noch überlegen. Was glauben Sie, habe ich gesagt?«

»Was, Sir?«

»Ich sagte: ›Sie werden nicht imstande sein, ein fremdes Bett zu finden.‹ Verstehen Sie den Witz? Ein großer Windhund, der alte Piker.«

»Was für Vorkehrungen haben Sie für den Luftschutz getroffen, Sir?« fragte Mather, während sein Finger auf dem Rathaus lag.

»Man kann von den Leuten nicht verlangen, daß sie Gasmasken um fünfundzwanzig Shilling kaufen, aber übermorgen haben wir einen Luftangriff mit Rauchbomben vom Hanlow-Flughafen aus, und jeder, der ohne Gasmaske in den Straßen gefunden wird, wird von der Ambulanz ins Hauptspital gebracht. Wer also zu beschäftigt ist, um zu Hause bleiben zu können, muß eine Gasmaske kaufen. Die Midland Steel verteilt Masken an alle Arbeiter und Angestellten, ihr Betrieb bleibt daher aufrecht.«

»Eine Art Erpressung«, sagte der Inspektor. »Bleib zu Hause oder kauf eine Gasmaske. Die Verkehrsgesellschaften haben eine nette Summe für Masken ausgegeben.«

»Wann findet der Angriff statt?«

»Das verraten wir nicht. Die Sirenen werden heulen. Pfadfinder auf Fahrrädern. Wir haben ihnen Gasmasken geliehen. Wir wissen aber, daß alles noch vor Mittag zu Ende sein wird.«

Mather betrachtete wieder die Karte. »Diese Kohlenhöfe rings um den Bahnhof«, sagte er, »sind sie gut bewacht?«

»Wir behalten sie im Auge«, entgegnete der Inspektor. »Das habe ich sofort, als Scotland Yard anrief, veranlaßt.«

»Tüchtige Arbeit, Jungens, tüchtige Arbeit«, sagte der Chef und stürzte den Rest seines Whiskys hinunter. »Jetzt muß ich nach Hause. Morgen haben wir alle einen anstrengenden Tag. Wollen Sie sich am Morgen mit mir beraten, Inspektor?«

»Ich will Sie so zeitig nicht stören, Sir.«

»Nun, wenn Sie einen Rat brauchen — ich bin immer telefonisch zu erreichen. Gute Nacht.«

»Gute Nacht, Sir. Gute Nacht.«

»In einer Hinsicht hat der Alte recht.« Der Inspektor stellte die Whiskyflasche in den Schrank zurück. »Heute können wir nichts mehr unternehmen.«

»Ich will Sie wirklich nicht aufhalten. Glauben Sie nicht, daß ich nervös bin, Saunders wird es Ihnen bestätigen, aber etwas an diesem Fall . . . Ich komme nicht los davon. Eine merkwürdige Sache. Ich sah mir den Plan an und versuchte mir vorzustellen, wo ich mich verstecken würde. Was sind das für schraffierte Flächen hier im Osten?«

»Eine neue Wohnkolonie.«

»Halbfertige Häuser?«

»Ich habe zwei Mann draußen postiert.«

»Sie haben gute Arbeit geleistet. Sie brauchen uns wirklich gar nicht.«

»Nach dem Alten dürfen Sie uns nicht beurteilen.«

»Ich bin unruhig. Er ist jemandem hierher nachgefolgt. Er ist ein kühner Bursche. Wir konnten ihm bisher nichts nachweisen, und die letzten vierundzwanzig Stunden hat er Fehler über Fehler gemacht. Der Chef sagte, er hat eine ›brennende‹ Fährte, und das stimmt. Ich glaube, er bemüht sich verzweifelt, eine bestimmte Person zu fangen.«

Der Inspektor warf einen Blick auf die Uhr.

»Ich gehe schon«, sagte Mather. »Auf Wiedersehen morgen früh. Gute Nacht, Saunders. Ich mache noch einen kleinen Spaziergang, bevor ich ins Hotel gehe. Ich will mich hier ein wenig umsehen.«

Er ging hinaus in die High Street. Der Regen hatte aufgehört, und die Nässe fror im Rinnstein. Er glitt aus und mußte sich an einer Laterne anhalten. Nach elf Uhr wurden in Nottwich die Lampen ganz klein gedreht. Auf der anderen Seite des Marktplatzes, vielleicht fünfzig Yard entfernt, sah er das Portal des Royal Theatre. Auch dort keine Lichter mehr. Er ertappte sich dabei, wie er »But to me it's Paradise« summte. Er dachte: Es ist schön zu lieben, jemand Bestimmten, um den sich alles konzentriert, nicht nur einfach zu lieben, einmal da, einmal dort.

Er war für Ordnung; und deshalb sollte auch die Angelegenheit so bald wie möglich in Ordnung gebracht sein. Er war für gestempelte Liebe, besiegelte; und die Lizenz sollte bezahlt sein. Er war von einer dumpfen Zärtlichkeit erfüllt, die er außerhalb der Ehe nie würde offenbaren können. Er war kein Liebhaber. Er war bereits so gut wie verheiratet, aber wie ein Mann, der schon viele Jahre lang glücklich verheiratet ist.

Dann tat er das Verrückteste, was er seit ihrer Bekanntschaft unternommen: er ging und sah sich ihre Wohnung an. Die Adresse hatte er. Sie hatte sie ihm telefonisch gegeben, und die Suche nach der All Saints Road paßte ganz gut zu seinem Vorhaben. Unterwegs sah er, da er die Augen offenhielt, eine Menge Dinge: deshalb war es keine Zeitvergeudung. Zum Beispiel erfuhr er die Namen der hiesigen Zeitungen: »Nottwich Journal« und »Nottwich Guardian«, die miteinander rivalisierten und beide ihre Büros in der Chatton Street neben einem großen, prunkenden Kino hatten. Nach ihren Schaukästen konnte er ihr Leserpublikum beurteilen: das »Journal« war volkstümlich, der »Guardian« für den besseren Leser. Er erfuhr auch, wo die besten Fisch- und Fleischläden waren und die Schenken für die Grubenleute. Er entdeckte den Park, einen Platz mit kläglich zugestutzten Bäumen und Zäunen und Kieswegen für Kinderwagen. Jede dieser Tatsachen konnte ihm nützlich sein, und außerdem wurde er mit Nottwich so bekannt wie mit London, wo er arbeitete.

Die All Saints Road bestand aus zwei Reihen steinerner neugotischer Häuser, die wie die Soldaten bei einer Parade dastanden. Vor Nummer vierzehn blieb er stehen und fragte sich, ob sie noch wach sei. Am Morgen wartete eine Überraschung auf sie; er hatte in Euston eine Karte aufgegeben, in der er ihr mitteilte, daß er in der »Krone« absteigen würde.

Im Erdgeschoß war Licht, die Frau des Portiers war noch wach. Er hätte ihr gern eine raschere Botschaft als diese Karte zukommen lassen. Er kannte die Düsterkeit der möblierten Zimmer, den Frühstückstee, die mürrischen Gesichter. Und es schien ihm, daß das Leben sie nicht freundlich genug behandeln konnte.

Der Wind fuhr ihm eilig bis an die Knochen, aber er stand noch immer zögernd auf dem Gehsteig gegenüber und zerbrach sich den Kopf darüber, ob sie auch genug Decken im Bett und ob sie den Shilling für den Gasofen hätte. Das Licht im Erdgeschoß ermutigte ihn fast, anzuläuten und die Frau des Portiers zu fragen, ob Anne alles habe, was sie brauchte. Aber schließlich machte er sich doch auf den Weg in die »Krone«. Lächerlich wollte er sich nicht machen. Und er würde ihr nicht einmal erzählen, daß er vor ihrem Haus gestanden war, um zu sehen, wo sie schlief.

II

Ein Klopfen an der Tür weckte ihn. Es war kaum sieben Uhr. Eine Frauenstimme sagte: »Sie werden am Telefon verlangt!« und er hörte ein Schlürfen über die Stiegen und das Kratzen des Besens am Geländer. Heute würde es ein schöner Tag werden.

Mather ging hinunter zum Telefon, das hinter dem Pult im leeren Schankzimmer war. Er fragte: »Hier Mather. Wer spricht?« und hörte die Stimme des Sergeanten: »Wir haben Neuigkeiten für Sie. Vergangene Nacht hat er in der Kirche von St. Mark geschlafen. Und vorher wurde er unten am Fluß gesehen.«

Als er in die Polizeidirektion kam, waren weitere Meldungen eingelaufen. Der Agent einer neuen Wohnkolonie hatte in der Zeitung von den gestohlenen Banknoten gelesen und zwei Noten zur Polizei gebracht, die er von einem Mädchen, das ein Haus kaufen wollte, erhalten hatte. Es kam ihm sonderbar vor, weil sie nicht erschienen war, um den Vertrag zu unterzeichnen.

»Das wird das Mädchen sein, das seine Fahrkarte abgab«, sagte der Inspektor. »Sie arbeiten gemeinsam.«

»Und die Kirche?« fragte Mather.

»Eine Frau sah ihn heute früh herauskommen. Als sie dann nach Hause ging und die Zeitung las, erzählte sie alles einem Schutzmann. Wir werden die Kirchen nachts sperren müssen.«

»Nein, bewachen«, sagte Mather. Er wärmte seine Hände über dem Eisenofen. »Ich möchte mit dem Häuseragenten sprechen.«

Der Mann trat ein, er trug besonders weite Knickerbockers. »Mein Name ist Green«, sagte er.

»Könnten Sie mir sagen, Mr. Green, wie dieses Mädchen aussah?«

»Ein hübsches, nettes Ding«, sagte Mr. Green.

»Klein? Unter einem Meter sechzig?«

»Nein, das möchte ich nicht sagen.«

»Sie sagten nett.«

»Oh«, sagte Mr. Green, »weil sie mir gefiel, verstehen Sie? Leicht zugänglich.«

»Blond? Dunkel?«

»Kann ich nicht sagen. Ich schaue nie auf die Haare. Gute Beine.«

»Fiel Ihnen was an ihrem Benehmen auf?«

»Eigentlich nicht. Drückt sich gut aus. Schien einen Spaß zu verstehen.«

»Erinnern Sie sich an die Farbe ihrer Augen?«

»Ja, das allerdings. Die Augen hübscher Mädchen sehe ich mir immer an. Das haben sie gern. Bißchen poetisch. Das ist meine Taktik, Sie verstehen.«

»Was für eine Farbe?«

»Grünlich mit einem Goldschimmer.«

»Wie war sie gekleidet? Erinnern Sie sich daran?«

»Selbstverständlich«, sagte Green. Er machte eine ausholende Bewegung mit den Händen. »Es war etwas Weiches, Schwarzes. Sie verstehen, was ich meine?«

»Und der Hut? Stroh?«

»Nein, es war kein Stroh.«

»Filz?«

»Vielleicht eine Art Filz. Er war auch dunkel.«

»Würden Sie sie wiedererkennen?«

»Selbstredend«, erwiderte Green. »Ich vergesse nicht so bald ein Gesicht.«

»Danke«, sagte Mather. »Sie können gehen. Vielleicht werden wir Sie später brauchen, um das Mädel zu identifizieren. Das Geld behalten wir zurück.«

»Aber«, wandte Green ein, »die Noten sind echt. Sie gehören der Firma.«

»Betrachten Sie das Haus als weiterhin verkäuflich.«

»Ich habe den Schaffner vorladen lassen«, sagte der Inspektor. »Natürlich erinnert er sich an nichts, was uns helfen kann. In den Romanen liest man immer, daß sich die Menschen an irgendwas erinnern, aber im wirklichen Leben sagen sie bloß: sie trug was Dunkles. Oder was Helles.«

»Haben Sie das Haus durchsuchen lassen? Hier ist die Aussage des Mannes, der das Haus kaufen wollte. Merkwürdig, sie muß geradewegs vom Bahnhof hingegangen sein. Warum? Und wozu die Komödie des Hausankaufs und die Bezahlung mit den gestohlenen Banknoten?«

»Es scheint, sie war verzweifelt bemüht, den Mann vom Kauf abzubringen. Als ob sie dort irgendwas versteckt hätte. Sie täten gut daran, das Haus gründlichst zu durchsuchen. Aber natürlich wird man nicht viel finden. Wäre noch etwas dort gewesen, so wäre sie zur Unterfertigung der Verträge erschienen.«

»Nein«, meinte der Inspektor, »sie hätte sich gefürchtet, man ist daraufgekommen, daß es gestohlene Noten sind.«

»Sehen Sie«, sagte Mather, »ich war an diesem Fall nicht sehr interessiert. Er schien kleinlich. Einen simplen Dieb jagen, während die ganze Welt wegen eines Mörders, den die am Kontinent nicht fassen konnte, bald in Brand stehen wird. Aber jetzt beginnt er mich zu interessieren. Es ist irgendwas Seltsames daran. Habe ich Ihnen erzählt, was mein Chef über Raven sagte? Er sagte, er hat eine brennende Spur hinterlassen, aber bis jetzt gelang es ihm immer, uns eine Nasenlänge voraus zu sein. Kann ich die Aussage des Schaffners sehen?«

»Es steht nichts Besonderes drin.«

»Ich bin nicht Ihrer Meinung«, sagte Mather, während der Inspektor die Mappe von seinem Schreibtisch holte. »Die Romane haben recht. Gewöhnlich erinnern sich die Menschen an irgend etwas. Wenn sie sich an gar nichts erinnerten, wäre das sonderbar. Sogar dieser Agent erinnerte sich an die Farbe ihrer Augen.«

»Wahrscheinlich falsch«, sagte der Inspektor. »Hier ist der Akt. Alles, was er weiß, ist, daß sie zwei Koffer trug. Es ist natürlich etwas, aber nicht viel.«

»Oh, daraus lassen sich schon Schlüsse ziehen. Glauben Sie nicht?« Mather wollte sich vor der kleinstädtischen Polizei nicht allzusehr herausstreichen; er bedurfte ihrer Mitarbeit. »Sie kam für einen längeren Aufenthalt (eine Frau kann sehr viel in einem Koffer unterbringen) oder, wenn sie auch seinen Koffer trug, war er derjenige, der die Situation beherrschte. Er hält es für richtig, sie grob zu behandeln, und läßt sie die Koffer tragen. Das paßt zu Ravens Charakter. Was das Mädel anlangt —

nun, wahrscheinlich hat sie es gern, wenn man sie so behandelt. Ich stelle sie mir anhänglich und geldgierig vor. Wenn sie ein wenig mehr Mut hätte, so müßte er wenigstens einen Koffer tragen, oder sie würde Krach machen.«

»Ich dachte, dieser Raven ist sehr häßlich.«

»Stimmt«, gab Mather zu. »Vielleicht gefällt ihr gerade das. Regt sie irgendwie auf.«

Der Inspektor lachte. »Sie lesen eine Menge aus den Koffern heraus. Schauen Sie sich den Bericht durch, und Sie werden mir ihre Personenbeschreibung geben. Hier ist er. Aber der Mann erinnert sich an gar nichts, nicht einmal an ihre Kleider.«

Mather las. Er las langsam. Er sagte nichts. Aber etwas von seinem Schrecken und seiner Ungläubigkeit teilte sich auch dem Inspektor mit. Der sagte: »Stimmt etwas nicht? Was ist los?«

»Sie sagten, ich werde Ihnen ihre Personenbeschreibung geben«, sagte Mather. Er zog einen Zeitungsausschnitt aus dem Deckel seiner Uhr. »Hier ist ihre Fotografie. Lassen Sie sie an alle Polizeistationen und Zeitungen weitergeben.«

»Aber im Bericht steht nichts davon«, sagte der Inspektor hilflos.

»Jeder erinnert sich an irgendwas. Sie hätten aber nicht daraufkommen können. Anscheinend habe ich private Informationen über dieses Verbrechen, nur habe ich es bis jetzt nicht gewußt.«

Der Inspektor wiederholte: »Er erinnert sich an gar nichts, bloß an die Koffer.«

»Dafür müssen wir Gott danken«, sagte Mather. »Sehen Sie, er sagt, einer der Gründe, warum er sich an sie erinnert, ist, daß sie die einzige Frau war, die in Nottwich aus dem Zug stieg. Und das Mädel, das ich kenne, fuhr mit diesem Zug. Sie hat ein Engagement am hiesigen Theater.«

Der Inspektor, der sich des Hiebs, den seine Frage enthielt, gar nicht bewußt war, fragte: »Ist sie der Typ, den Sie beschrieben haben? Liebt sie häßliche Männer?«

»Bisher war ich nicht dieser Ansicht«, murmelte Mather und starrte gedankenlos durch die Fenster auf die Straße, wo sich die Menschen an diesem kalten Morgen an ihr Tagewerk begaben.

»Anhänglich und geldgierig, eh?«

»Verflucht! Nein!«

»Wenn sie ein wenig mehr Mut hätte —«, höhnte der Inspektor. Er dachte, Mather wäre mißgestimmt, weil sich seine Schlüsse als unrichtig herausgestellt hatten.

»Sie bewies so viel Mut, als möglich war«, beharrte Mather. Er wandte sich wieder um. Er vergaß, daß der Inspektor sein Vorgesetzter war. Er vergaß, daß man zu diesen Provinzbeamten höflich sein muß. Er sagte: »Zum Teufel, verstehen Sie denn nicht? Er trug den Koffer nicht selbst, weil er sie mit einem Revolver in Schach halten mußte. Er zwang sie, in die Villenkolonie hinauszugehen.« Und nach einer Pause: »Ich muß hin. Er wollte sie ermorden.«

»Nein, nein«, sagte der Inspektor. »Sie vergessen, daß sie Green das Geld gab und mit ihm allein das Haus verließ. Er begleitete sie bis zum Ausgang.«

»Ich könnte aber schwören«, sagte Mather, »daß sie mit der Sache nichts zu tun hat. Es wäre sinnlos.« Er sagte: »Wir wollten heiraten.«

»Das ist hart«, meinte der Inspektor. Er zögerte, er griff nach einem abgebrannten Streichholz und begann seine Nägel zu säubern, dann schob er die Fotografie zurück. »Stecken Sie sie ein«, sagte er. »Wir werden das Ding von einer anderen Seite anpacken.«

»Nein«, sagte Mather. »Den Fall führe ich. Lassen Sie es drucken. Es ist sehr unscharf.« Er vermied es, das Bild anzusehen. »Es sieht ihr gar nicht ähnlich. Aber ich werde um eine bessere Aufnahme telefonieren. Ich habe eine ganze Menge zu Hause. Ihr Gesicht von allen Seiten. Fotomaton. Wie für eine Zeitung geschaffen.«

»Es tut mir leid, Mather«, sagte der Inspektor. »Soll ich nicht lieber mit Scotland Yard telefonieren? Daß sie einen anderen herschicken?«

»Einen, der sich besser für diesen Fall eignet, werden Sie kaum kriegen. Ich kenne sie. Wenn man sie überhaupt finden kann, werde ich sie finden. Ich gehe jetzt, mir das Haus anschauen. Vielleicht hat Ihr Mann irgendwas übersehen. Ich kenne sie.«

»Vielleicht läßt sich alles aufklären«, sagte der Inspektor.

»Begreifen Sie denn nicht«, sagte Mather, »daß es nur eine einzige Erklärung dafür geben könnte? Sie ist in Gefahr.«

»Dann hätten wir ihre Leiche gefunden.«

»Wir haben nicht einmal den lebenden Mann gefunden!«
sagte Mather. »Sagen Sie Saunders, er soll mir nachkommen.
Wie ist die Adresse?«

Er schrieb sie sich sorgfältig auf, wie er sich immer alles auf-
schrieb. Er vertraute seinem Kopf nur, soweit es sich um Ver-
mutungen und Theorien handelte.

Die Fahrt zur Wohnkolonie dauerte lang. Er hatte Zeit, verschiedene Möglichkeiten zu bedenken. Vielleicht war sie eingeschlafen und bis nach York weitergefahren. Vielleicht hatte
sie gar nicht diesen Zug benützt ... und in dem geschmacklosen
kleinen Haus war nichts, was seiner Annahme widersprach.

In dem Raum mit dem schimmernden Kamin, der später
einmal das schönste Zimmer des Hauses sein würde, fand er
einen Kriminalpolizisten in Zivil vor. »Nichts«, sagte der
Mann, »gar nichts. Natürlich sieht man, daß jemand hier war.
Der Staub wurde aufgewirbelt. Aber er liegt nicht dick genug,
um eine Fußspur aufzunehmen. Hier werden wir nichts finden.«

»Man kann überall etwas finden«, sagte Mather. »Wo
haben Sie Spuren gefunden? In allen Zimmern?«

»Nein. Aber das ist kein Beweis. Hier in diesem Zimmer
waren keine Spuren, aber hier lag der Staub nicht so dick. Vielleicht haben die Bauarbeiter hier sorgfältiger gefegt. Man
könnte sagen, daß niemand hier war.«

»Wie kam sie ins Haus?«

»Das Schloß der Hintertür ist erbrochen.«

»Kann das ein Mädchen gemacht haben?«

»Sicher. Sogar ein wütender Hund.«

»Green sagt, er benützte den vorderen Eingang. Er öffnete
die Tür dieses Zimmers und führte seinen Kunden direkt in den
ersten Stock, in ein Schlafzimmer. Als er die anderen Räume
zeigen wollte, kam das Mädchen hinzu. Sie gingen miteinander
hinunter und verließen gemeinsam das Haus. Vorher ging das
Mädchen in die Küche und holte ihren Koffer. Er ließ den
Haupteingang offen und glaubt, daß sie ihnen sofort nachkam.«

»Sie war wirklich in der Küche. Und im Badezimmer.«

»Wo ist das?«

»Oben, zur linken Hand.«

Die beiden großen Männer füllten das winzige Badezimmer
fast zur Gänze aus. »Sieht aus, als hätte sie sich hier versteckt,
als sie sie kommen hörte«, sagte der Detektiv.

»Weshalb kam sie überhaupt herauf? Wenn sie in der Küche war, brauchte sie nur beim rückwärtigen Ausgang hinauszuschlüpfen.«

Mather stand in dem engen Raum zwischen der Badewanne und dem Waschbecken und dachte: Sie war gestern hier. Es war unfaßbar! Und paßte gar nicht zu ihr. Sie waren jetzt sechs Monate verlobt; sie hätte sich nicht so lange verstellen können. Er dachte an die Fahrt im Autobus, an jenen letzten Abend. Vorher hatten sie sich ein Kinoprogramm zweimal angesehen, weil er nicht mehr das Geld hatte, sie zum Abendessen einzuladen. Sie hatte sich gar nicht darüber beklagt. Sie war anständig und aufrichtig, darauf konnte er schwören!

Die andere Möglichkeit war so schrecklich, daß er gar nicht daran zu denken wagte. Raven war alles zuzutrauen. Er hörte sich sagen: »Raven war hier. Er hat sie mit vorgehaltenem Revolver hier heraufgejagt. Er wollte sie hier einsperren — oder vielleicht erschießen. Dann hörte er Stimmen. Er gab ihr die Banknoten und befahl ihr, die Leute loszuwerden. Wenn sie ihn verriet, würde er schießen. Zum Teufel, ist das nicht klar?«

Aber der Detektiv wiederholte nur, was schon der Inspektor kritisch festgestellt hatte: »Sie verließ mit Green das Haus. Nichts hat sie gehindert, sofort die Polizei zu verständigen.«

»Vielleicht ist er ihr in einiger Entfernung gefolgt.«

»Ich glaube«, sagte der Detektiv, »daß Sie sich die unwahrscheinlichste Möglichkeit aussuchen.« Mather konnte aus seiner ganzen Haltung ersehen, wie erstaunt er war: diese Londoner sind zu spitzfindig! Da war ihm der gesunde Menschenverstand der Midlands lieber ...

Mather fühlte sich in seinem Berufsstolz getroffen. Er empfand eine Art Haß gegen Anne, die ihn in diesen Zwiespalt zwischen Liebe und Beruf gebracht hatte. Er sagte: »Wir haben keinen Beweis, daß sie nicht versucht hat, zur Polizei zu gehen.« Dabei dachte er: Wünsche ich sie mir eigentlich tot und unschuldig oder lebend und schuldig? Er begann, das Badezimmer einer sorgfältigen Prüfung zu unterziehen. Er schob sogar den Finger, so weit es ging, in die Armaturen, denn plötzlich war ihm der sonderbare Gedanke gekommen, daß Anne, wenn sie tatsächlich hier gewesen wäre, sicher versucht hätte, irgendeine Nachricht zu hinterlassen. Ungeduldig richtete er sich auf. »Hier ist gar nichts.« Eine andere Möglichkeit fiel ihm ein: sie konnte den Zug versäumt haben. »Ich brauche ein Telefon«, sagte er.

»Drüben im Büro des Agenten wird eines sein.«

Mather rief das Theater an. Niemand war dort, außer dem Portier. Aber zufällig konnte ihm dieser sagen, daß bei den Proben niemand gefehlt hatte. Der Regisseur, Mr. Collier, ließ die Fehlenden immer am Anschlagbrett vermerken. Mr. Collier hielt sehr auf Disziplin. Er erinnerte sich auch, daß eine Neue da war und daß er gesehen hatte, wie sie um die Dinnerzeit, nach der Probe, mit einem Herrn wegging, gerade als er zurückgekommen war, um ein wenig Ordnung zu machen. Er hatte sich gedacht: Aha, ein neues Gesicht. Wer der Mann war, wußte er nicht. Vielleicht einer der Geldgeber.

»Warten Sie einen Augenblick«, rief Mather. Er mußte überlegen, was jetzt geschehen sollte; also war sie das Mädchen, das dem Agenten die gestohlenen Banknoten gegeben hatte. Er mußte vergessen, daß es Anne war, die so sehnlich gewünscht hatte, noch vor Weihnachten zu heiraten, die ihren Beruf haßte, weil er sie mit Männern zusammenbrachte, und die in jener Nacht im Autobus versprochen hatte, allen reichen Theaterleuten und den herumlungernden Müßiggängern vor der Bühnentür aus dem Weg zu gehen. Er fragte: »Wo kann ich Mr. Collier finden?«

»Er ist heute abend im Theater. Um acht Uhr ist eine Probe.«

»Ich muß ihn sofort sprechen.«

»Das geht nicht. Er ist mit Mr. Bleek nach York gefahren.«

»Wo kann ich ein paar von den Mädels treffen, die bei der Probe waren?«

»Ich weiß nicht. Ich habe keine Adressen.«

»Es muß doch jemand, der bei der Probe war, zu erreichen sein?!«

»Miss Maydew, natürlich.«

»Wo?«

»Ich weiß nicht, wo sie wohnt, aber Sie können sie im Basar treffen.«

»Was für ein Basar?«

»Sie eröffnet um zwei Uhr den Wohltätigkeitsbasar für die St.-Lukas-Kirche.«

Durch das Bürofenster beim Agenten sah Mather Saunders

den gefrorenen Weg zwischen den Häusern heraufkommen. Er hängte ab.

»Etwas Neues?« fragte er.

»Ja«, sagte Saunders. Der Inspektor hatte ihm alles erzählt. Er war bestürzt. Er liebte Mather. Er verdankte ihm alles. Mather hatte seine Beförderung durchgesetzt, er hatte die Vorgesetzten davon überzeugt, daß ein Mann, der stotterte, einen ebenso guten Detektiv abgeben konnte wie jemand, der bei ihren Veranstaltungen Klavier spielte. Aber er hätte ihn auch sonst geliebt, weil Mather ein Idealist war und so blind an seine Arbeit glaubte.

»Nun? Laß hören.«

»Es ist wegen deines M-m-m-ädels. Sie ist verschwunden.« Er nahm sich einen Anlauf und stieß alles in einem Atemzug hervor: »Ihre Wirtin rief die Polizei an und sagte, sie ist seit gestern abend nicht nach Hause gekommen.«

»Durchgebrannt«, sagte Mather.

»Aber g-g-glaub das nicht. Du sagtest ihr doch selbst, welchen Zug sie nehmen soll. Sie wollte doch erst mit dem F-f-frühzug fahren.«

»Du hast recht«, sagte Mather. »Das habe ich vergessen. Sie hat ihn zufällig getroffen. Aber es war eine schlechte Wahl, Saunders. Vielleicht lebt sie jetzt nicht mehr.«

»Warum hätte er ihr was tun sollen? Wir suchen ihn doch bloß w-w-wegen Diebstahls. Was willst du jetzt tun?«

»Zurück zur Polizeidirektion. Und dann, um zwei Uhr, ein Wohltätigkeitsbasar.« Er lächelte kläglich.

III

Der Vikar hatte Sorgen. Er hörte Mather kaum zu. Er hatte mit sich selbst genug zu tun. Der Kurat war es gewesen — er kam von einer Londoner Eastend-Pfarre —, der vorgeschlagen hatte, Miss Maydew zur Eröffnung des Basars einzuladen. Er dachte, sie würde eine Zugkraft sein, aber wie der Vikar Mather erklärte, den er in dem kleinen Vorraum der Kirche St. Lukas festhielt, war jeder Basar ein Erfolg. Eine Schlange von vielleicht fünfzig Frauen mit Körben am Arm wartete, daß das Tor geöffnet wurde: sie waren nicht gekommen, um Miss Maydew zu sehen, sondern um einen guten Fang zu machen. Die Basare der St.-Lukas-Kirche waren berühmt in Nottwich.

Eine vertrocknete Frau mit einer Kameenbrosche steckte den Kopf zur Tür herein. »Henry«, sagte sie, »das Komitee plündert die Stellagen. Kannst du nichts dagegen machen? Bis der Verkauf beginnt, wird nichts mehr übrig sein.«

»Wo ist Mander? Das ist seine Sache«, sagte der Vikar.

»Mander ist natürlich Miss Maydew abholen gegangen.« Die hagere Frau schneuzte sich und schrie: »Constance, Constance!« Dann verschwand sie.

»Dagegen kann man nichts machen«, meinte der Vikar. »So geht es jedes Jahr. Die guten Frauen opfern uns freiwillig ihre Zeit. Ohne sie wäre die Kirchengemeinde in einer sehr traurigen Lage. Deshalb erwarten sie, sich von den gesandten Dingen aussuchen zu können, was sie wollen. Unangenehm ist natürlich, daß sie die Preise festsetzen.«

»Henry«, die Frau war wieder in der Tür erschienen, »du mußt unbedingt eingreifen. Mrs. Penny hat für den schönen Hut, den Lady Cundifer geschickt hat, den Preis von drei Shilling festgesetzt und ihn selbst gekauft!«

»Was soll ich tun, meine Liebe? Sie würden uns sonst nie wieder helfen. Vergiß nicht, daß sie Zeit und Arbeit hatten...«, aber er sprach zu einer verschlossenen Tür. »Was mich beunruhigt«, wandte er sich an Mather, »ist, daß diese junge Dame einen begeisterten Empfang erwartet. Sie wird nicht verstehen, daß es den Leuten ganz egal ist, wer den Basar eröffnet. Wir sind hier nicht in London.«

»Sie kommt zu spät«, sagte Mather.

»Sie sind imstande, die Türen einzurennen«, sagte der Vikar und warf einen nervösen Blick durchs Fenster auf die anwachsende Schlange. »Ich bekenne, ich habe zu einer kleinen Kriegslist gegriffen. Schließlich ist sie unser Gast. Sie opfert uns Zeit.« Zeit und Mühe waren Geschenke, mit denen der Vikar öfter zu rechnen hatte als mit Kupfermünzen im Klingelbeutel. Er fuhr fort: »Haben Sie draußen auch einige junge Burschen gesehen?«

»Nur Frauen«, sagte Mather.

»Mein Gott! Und ich bat doch Lance, den Führer der Pfadfinder, darum. Sehen Sie, ich dachte, wenn ein oder zwei Pfadfinder, natürlich in Zivil, mit Autogrammbüchern erscheinen, würde das Miss Maydew beweisen, wie sehr wir sie schätzen.«

Dann sagte er kläglich: »Aber die Gruppe von St. Lukas ist immer die unverläßlichste . . .«

Ein grauhaariger Mann mit einer Werkzeugtasche schob den Kopf zur Tür herein. »Mrs. Harris sagt, an der Heizung ist etwas nicht in Ordnung.«

»Ah, Mrs. Bacon«, rief der Vikar, »das ist nett von Ihnen! Gehen Sie nur in die Halle, dort werden Sie Mrs. Harris finden. Soviel ich weiß, ist etwas verstopft.«

Mather sah auf die Uhr. Er sagte: »Ich muß unverzüglich mit Miss Maydew sprechen —«

Ein junger Mann trat ungestüm ein. »Entschuldigen Sie, Mr. Harris«, sagte er, »aber wird Miss Maydew sprechen?«

»Ich hoffe, nein. Ich hoffe ernstlich, nein«, entgegnete der Vikar. »Es ist schwer genug, die Frauen so lange von den Stellagen fernzuhalten, bis ich ein Gebet gesprochen habe. Wo ist mein Gebetbuch? Wer hat mein Gebetbuch gesehen?«

»Weil ich nämlich fürs ›Journal‹ da bin; und wenn sie nicht spricht, kann ich weggehen —«

Mather hätte am liebsten gesagt: Hören Sie mich an. Euer verdammter Basar ist unwichtig. Mein Mädel ist in Gefahr. Am Ende ist sie schon tot. Er wollte handeln, aber er stand da, schwerfällig, unbeweglich und geduldig, und seine private Sache ging unter in den Gewohnheiten seines Berufes: man durfte keinen Ärger aufkommen lassen, man ging langsam Schritt für Schritt vorwärts. Und wenn das Mädel, das einem gehörte, ums Leben kam, hatte man die Befriedigung, daß man nach bestem Wissen gehandelt hatte, würdig der besten Polizei der Welt. Während der Vikar sein Gebetbuch suchte, fragte er sich bitter, ob das ein Trost wäre.

Mr. Bacon kam zurück und sagte: »Jetzt funktioniert sie.« Er verschwand, während das Werkzeug in seiner Tasche klirrte. Eine laute Stimme sagte: »Bitte nur weiterzugehen, Miss Maydew, bitte einzutreten!« und der Kurat trat ein. Er trug Wildlederhandschuhe, hatte ein glänzendes Gesicht und an den Kopf geklebte Haare, und er trug unter dem Arm einen Schirm wie einen Kricketschläger. Er wandte sich an den Vikar: »Ich habe Miss Maydew von unseren Dramatikern erzählt.«

Mather bat: »Kann ich Sie einen Augenblick allein sprechen, Miss Maydew?«

Aber der Vikar zog sie mit sich. »Einen Augenblick! Einen

Augenblick! Zuerst kommt unsere kleine Feier. Constance! Constance!« und gleich darauf war der Vorraum leer, bis auf Mather und den Journalisten, der auf der Tischkante saß, mit den Beinen baumelte und seine Zigarette herauszog.

Aus dem Nebenraum drang ein sonderbares Geräusch. Es war wie das Trampeln einer Herde, die dann plötzlich vor eine Zaun zum Stillstand kam. In der augenblicklich eintretenen Stille hörte man die Stimme des Vikars, der das Gebet beendete, und dann Miss Maydews klare Knabenstimme: »Und somit erkläre ich diesen Basar feierlichst —« Dann begann das Getrampel von neuem. Sie hatte sich versprochen, denn ihre vornehme Mutter hatte immer »feierlichst« Grundsteine gelegt. Aber niemand hatte es bemerkt. Alle waren sehr erleichtert, daß sie keine Rede gehalten hatte.

Mather ging zur Tür. Ein halbes Dutzend Knaben stand mit Autogrammbüchern bewaffnet vor Miss Maydew: also war die Sektion St. Lukas diesmal doch nicht unverläßlich gewesen. Ein Mannweib mit einem kleinen Hütchen sagte zu Mather: »Dieser Stand wird Sie interessieren. Es sind Herrensachen.« Und Mather erblickte eine Anzahl schmieriger Tintenwischer, Pfeifenreiniger und Tabaksbeutel. Jemand hatte sogar eine Anzahl alter Pfeifen gespendet. Er log gewandt: »Ich rauche nicht.«

Die kräftige Frau erwiderte kampflustig: »Sie sind doch hergekommen, um ›pflichtgemäß‹ Geld auszugeben, nicht wahr? Sie können auch etwas kaufen, was Sie brauchen können. Bei den anderen Ständen werden Sie sicher nichts finden.« Und Mather gelang es, zwischen den Schultern der Frauen einen Blick in die angegebene Richtung zu werfen. Er sah geschmacklose Vasen, beschädigte Fruchtschalen und Stöße vergilbter Kinderwäsche. »Ich habe einige Paare Hosenträger. Sie können mir Hosenträger abnehmen.«

Mather sagte, sehr zu seinem eigenen Erstaunen: »Am Ende ist sie tot ...«

Die Frau fragte: »Wer ist tot?« und drückte ihm ein Paar gelbliche Hosenträger in die Hand.

»Entschuldigen Sie«, sagte Mather. »Ich war ganz in Gedanken.« Das Nachlassen seiner Energie erschreckte ihn. Er dachte: Ich hätte doch erlauben sollen, daß sie einen Ersatzmann für mich herschicken. Es wird zuviel! Als er sah, daß der letzte Pfadfinder sein Album zuklappte, murmelte er: »Entschuldigen Sie . . .«

Er führte Miss Maydew in den Vorraum. Der Journalist war fort. Er sagte: »Ich suche eine Choristin Ihrer Truppe, Anne Crowder.«

»Kenne ich nicht«, sagte Miss Maydew.

»Sie kam erst gestern.«

»Sie sehen alle gleich aus, als Chinesen verkleidet«, sagte Miss Maydew. »Und ihre Namen merke ich mir nie.«

»Sie ist blond, grüne Augen, gute Stimme.«

»Das ist bei der Truppe ausgeschlossen! Ich kann nicht einmal zuhören, so falsch singen sie alle.«

»Sie erinnern sich nicht, daß sie gestern nach der Probe mit einem Mann wegging?«

»Was gehen mich diese schmutzigen Geschichten an?!«

»Er hat Sie auch eingeladen.«

»Ach so! Der dicke Narr!« rief Miss Maydew.

»Wer ist er?«

»Ich weiß nicht. Er heißt Davenant, sagte Collier. Oder sagte er Davis? Habe ich nie zuvor gesehen. Ich glaube, er ist der Mann, mit dem Lewis den Streit hatte.«

»Die Sache ist wichtig, Miss Maydew. Das Mädchen ist verschwunden.«

»Das kommt bei diesen Gastspielreisen immer vor. Wenn man in ihre Garderoben kommt, sprechen sie immer nur über Männer. Kein Wunder, wenn sie nie eine anständige Rolle bekommen.«

»Sie können mir also nicht helfen? Sie wissen nicht, wo ich diesen Davenant finden kann?«

»Collier wird es wissen. Er ist heute abend zurück. Aber vielleicht weiß er es auch nicht. Ich glaube nicht, daß er diesen Davenant schon lange kennt. Jetzt fällt mir ein: Collier hielt ihn für Davis, und er sagte, er heiße nicht Davis, sondern Davenant. Er hat Davis seinen Anteil abgekauft.«

Mather entfernte sich niedergeschlagen. Sein Instinkt, der ihn immer Orte aufsuchen ließ, wo viele Menschen beisammen waren, weil man in verlassenen Zimmern und Straßen schwerlich Anhaltspunkte fand, hieß ihn, die Halle zu betreten. Beim Anblick dieser aufgeregten, gierigen Weiber vergaß man, daß England vor dem Ausbruch eines Krieges stand. »Wenn Sie mich meinen, sagte ich zu Mrs. Hopkinson...«, »Das wird Dora reizend stehen...« Ein altes Weiblein schrie über einen Berg von Kunstseidenstrümpfen hinweg: »Fünf Stunden lag er auf den Knien vor mir.« Ein Mädchen lachte schrill auf. »Es war großartig, wie er rot wurde.« Warum sollten sich diese Menschen wegen des Krieges den Kopf zerbrechen? Sie schoben und drängten sich langsam von Stand zu Stand, und die Luft war zum Ersticken. Eine Frau mit einem vergrämten Gesicht berührte Mathers Arme; sie mochte sechzig Jahre alt sein. Wenn sie redete, beugte sie den Kopf seitwärts, als erwarte sie einen Schlag, dann aber hob sie den Kopf wieder, mit einem boshaften Lächeln. Er hatte sie, ohne sie zu kennen, beobachtet, während sie näherkam. Jetzt zerrte sie an seinem Ärmel, und er verspürte einen leichten Fischgeruch, der ihren Händen entströmte. »Reichen Sie mir das Stückchen Stoff dort, lieber Mann«, sagte sie. »Sie haben lange Arme. Nicht dieses, das andere, das rosafarbene«, und sie begann nach Geld zu suchen — in Annes Handtasche.

IV

Mathers Bruder hatte Selbstmord begangen. Ebenso wie Mather hatte er den Wunsch gehabt, einer mächtigen Organisation anzugehören, um geschult zu werden und gehorchen zu können, aber zum Unterschied von Mather war es ihm nicht geglückt, diese Organisation zu finden. Als die Dinge schiefgingen, brachte er sich um. Und Mather wurde in die Totenhalle gerufen, um ihn zu identifizieren. Er hatte gehofft, es handle sich um einen Fremden, bis man das Tuch von dem bleichen Gesicht des Ertrunkenen wegzog. Den ganzen Tag hatte er den Bruder gesucht, war von Adresse zu Adresse geeilt, und als er ihn dann so daliegen sah, empfand er keinen Schmerz. Er dachte: Jetzt habe ich keine Eile mehr und kann mich niedersetzen. Er ging in ein Kaffeehaus und bestellte eine Portion Tee. Erst nach der zweiten Tasse begann er Schmerz zu empfinden.

Jetzt war es ebenso. Er dachte: Ich hätte mich nicht zu beeilen brauchen. Ich hätte vor der Frau mit den Hosenträgern keinen Narren aus mir machen sollen. Sie ist sicher tot. Ich hätte nichts überstürzen sollen.

Die alte Frau sagte: »Danke Ihnen, mein Lieber«, und verstaute den rosafarbenen Stoff. Wegen der Handtasche gab es nicht den geringsten Zweifel. Er hatte sie ihr selbst geschenkt; es war eine kostbare Tasche und nicht von der Art, wie man sie in Nottwich zu finden erwartet. Und — überdies sah man noch in einem Ring aus geschliffenem Glas den Platz, wo die zwei Buchstaben des Monogramms entfernt worden waren.

Jetzt war alles aus. Er brauchte sich nicht mehr zu eilen. Bald würde er den gleichen Schmerz empfinden wie damals vor einer Tasse Tee. Momentan aber fühlte er die kalte, berechnende Befriedigung, die Beweise bereits in der Hand zu haben. Jemand würde dafür büßen. Die Alte hatte jetzt einen Büstenhalter ergriffen und erprobte anzüglich lächelnd die Zugkraft des Gummis, denn das Stück war für ein junges, hübsches Wesen bestimmt. »Komisches Zeug, das sie tragen«, sagte sie.

Er hätte sie sofort verhaften können, aber hatte sich schon entschlossen, es nicht zu tun. Die alte Frau war nicht wichtig. Alle würde er erwischen, und je länger die Jagd dauerte, desto besser: so würde er erst an die Zukunft denken müssen, bis alles vorüber war. Er war fast dankbar dafür, daß Raven bewaffnet war, denn das zwang ihn, auch einen Revolver zu tragen, und, wer weiß, vielleicht hatte er Gelegenheit, davon Gebrauch zu machen?

Er sah auf. Und dort auf der anderen Seite des Verkaufsstandes, die Augen wie festgebannt auf Annes Tasche geheftet, stand die dunkle Gestalt, die er so lange gesucht hatte. Die Hasenscharte war von einem wenige Tage alten Schnurrbart überwuchert.

VIERTES KAPITEL

I

Raven war den ganzen Morgen auf den Beinen gewesen. Er mußte ständig seinen Aufenthalt wechseln. Er konnte nicht einmal das wenige Kleingeld, das ihm geblieben war, für Essen ausgeben, da er nicht wagte, stehenzubleiben und jemand so Gelegenheit zu geben, sein Gesicht näher zu betrachten.

Vor dem Postamt kaufte er eine Zeitung und fand seine eigene Personenbeschreibung, schwarz eingerahmt. Er war ärgerlich, weil sie auf der zweiten Seite stand. Die erste Seite füllte die Lage in Europa aus. Um die Mittagszeit, immer auf den Beinen und nach Cholmondeley ausspähend, war er todmüde. Er blieb einen Augenblick stehen und sah sein Gesicht in der Auslage eines Friseurs; seit seiner Flucht hatte er sich nicht rasiert. Ein Schnurrbart würde sein Gebrechen verdecken, aber er wußte aus Erfahrung, daß sein Bart ungleichmäßig wuchs, am Kinn sehr kräftig, dünn um die Lippen herum und links und rechts von der Hasenscharte gar nicht. Sein unrasiertes Kinn ließ ihn jetzt verdächtig erscheinen, aber er wagte nicht, in den Laden zu treten.

Er kam bei einem Schokoladeautomaten vorbei, aber der nahm bloß Sixpencestücke oder Shillingstücke auf, und gerade die besaß er nicht. Wäre nicht sein grimmiger Haß gewesen, er hätte sich der Polizei gestellt; sie konnten ihm nicht mehr als fünf Jahre geben. Aber da er so müde war, lag der Tod des alten Ministers wie ein Mühlstein um seinen Hals. Er konnte fast nicht glauben, daß man ihn nur wegen eines Diebstahls verfolgte.

Er fürchtete sich, Alleen oder Sackgassen aufzusuchen. Wenn dort ein Wachmann vorüberging und er der einzige auf der Straße war, sah es verdächtig aus. Wehe, wenn ihm der Polizist noch einen zweiten Blick zuwarf ... So zog er die belebten Straßen und die hundert verschiedenen Arten des Erkanntwerdens vor.

Es war ein trüber, kalter Tag, aber es regnete wenigstens nicht. Die Geschäfte waren voll von Weihnachtsgeschenken, der ganze nutzlose Plunder, der das Jahr über versteckt gewesen, war hervorgezogen worden und lag nun in den Schaufenstern; Broschen mit Fuchsköpfen, Briefbeschwerer in Form des Zenotaphs, Wollhüllen für gekochte Eier, zahllose Geduldspiele und dergleichen mehr. In einem Devotionaliengeschäft neben einer Kirche fand er sich wieder vor den Abbildern, die ihm in Soho aufgefallen waren: die gipserne Madonna mit dem Kind, die Weisen aus dem Morgenlande und die Schäfer. Sie waren in einer Höhle von braunem Papiermaché zwischen Bibeln aufgestellt: »Die Heilige Familie.«

Er preßte sein Gesicht gegen die Scheibe: »Weil sie in

Bethlehem keinen Platz fanden.« Er erinnerte sich, wie sie in Reihen auf den Bänken saßen und auf das Weihnachtsessen warteten, während eine spitze Stimme predigte, und wie jeder dann nach Hause ging, um besteuert zu werden. Niemand wurde am Weihnachtstag bestraft; alle Strafen wurden für später aufgeschoben. Liebe, Hilfsbereitschaft, Geduld, Demut: er wußte alles über diese Tugenden, er hatte gesehen, was sie wert waren. Sie verdrehten alles; selbst die Sache im Schaufenster; sie war historisch, aber sie drehten und wendeten sie nach ihrem Gutdünken. Sie hatten ihn zu ihrem Gott gemacht, damit sie nicht verantwortlich waren für die fürchterliche Behandlung, die sie ihm hatten widerfahren lassen. Er war damit einverstanden gewesen; oder nicht? Das war ihr Argument, denn er hätte ja die »himmlischen Heerscharen« zu Hilfe rufen können, wenn er der Kreuzigung entgehen wollte. Er hätte es, dachte Raven bitter, ebensowenig können wie sein Vater, als man ihn gehängt hatte.

Da stand er nun, das Gesicht an der Scheibe, und wartete vergebens, daß jemand des Weges kam und ihm seine Theorie der Bitterkeit widerlegte.

Ein Polizist kam die Straße herauf und ging vorüber, ohne Raven eines Blickes zu würdigen. Er begann darüber nachzudenken, wieviel die eigentlich wußten. Hatte ihnen das Mädel ihre Geschichte erzählt? Er nahm es an. Übrigens würde das in der Zeitung stehen, und er sah nach. Kein Wort über sie. Es durchlief ihn kalt. Er hatte sie fast umgebracht, und sie hatte ihn nicht angezeigt: das bedeutete, sie hatte ihm geglaubt.

Er fühlte sich augenblicklich in die Garage neben dem Weevil zurückversetzt, im Regen, in der Einsamkeit, mit dem Bewußtsein, einen Irrtum begangen zu haben, aber nun gab es keinen Trost mehr. »Nur Zeit ... so geht es immer, wenn man sich mit einem Weiberkittel abgibt.« Er wollte sie finden, aber er dachte: Keine Aussicht. Er konnte nicht einmal Cholmondeley finden. Er starrte auf das Kindlein in der Krippe und flüsterte: »Du bist ein Gott und weißt, daß ich ihr nichts zuleide tun wollte. Du mußt mir eine Chance geben, und wenn ich mich umwende, steht sie vor mir auf dem Gehsteig.« Halb hoffend wandte er sich im, aber natürlich war sie nicht da.

Als er weiterging, sah er ein Sixpencestück im Rinnstein. Er hob es auf und ging den Weg zum Schokoladeautomaten zurück. Er stand vor einem Bonbongeschäft neben einer Kirche, wo eine Menge Frauen ungeduldig auf die Eröffnung irgendeines Wohltätigkeitsverkaufes warteten. Sie waren ungeduldig und machten Lärm, und er dachte: Was für eine Gelegenheit für einen geübten Taschendieb! Sie standen eng aneinandergepreßt und hätten sicher den kleinen Riß am Arm nicht bemerkt. Dieser Gedanke war durchaus nicht persönlich; so tief war er noch nie gesunken, dachte er, daß er einer Frau das Täschchen gezogen hätte.

Aber trotzdem schenkte er ihnen, als er die Reihe entlang schritt, eine gewisse Aufmerksamkeit. Eine Tasche hing etwas aus der Reihe hervor. Sie gehörte einer alten, ziemlich schäbig gekleideten Frau und fiel ihm auf, weil sie neu war und kostspielig aussah. Die Tasche hatte er schon irgendwo gesehen! Und da erinnerte er sich auch schon, wo: das kleine Badezimmer, der drohend erhobene Revolver, die Puderdose, die sie aus ihrer Tasche genommen . . .

Das Tor wurde geöffnet, und die Frauen drängten sich hinein. Gleich darauf stand er allein auf dem Gehsteig, zwischen dem Schokoladeautomaten und dem Anschlagzettel: »Eintritt zum Basar sechs Pence.« Es mußte nicht ihre Tasche sein, sagte er sich, sicher gab es Hunderte von der Art. Aber trotzdem folgte er der Frau durch das Tor. »Und führe uns nicht in Versuchung«, sprach der Vikar von einem Podium am anderen Ende der Halle oberhalb der Stände mit alten Hüten, beschädigten Vasen und vergilbten Wäschestücken. Als das Gebet zu Ende war, wurde er von der Menge gegen einen Stand von »Luxusgegenständen« gedrückt: kleine Aquarelle von Seelandschaften, farbige Zigarettendosen von vergangenen Urlaubstagen in Italien, Messingschalen und eine Serie zerlesener Romane. Dann wurde er von neuem von der Menge erfaßt und dem beliebtesten Stand entgegengetragen.

Er war machtlos. Er konnte sich in dieser Menge nicht nach der Frau umsehen, aber das machte nichts, denn auf einmal fand er sich vor einem Verkaufsstand, an dessen anderer Seite die alte Frau mit der Handtasche stand. Er beugte sich vor und starrte auf die Tasche. Er erinnerte sich, wie das Mädel gesagt hatte: »Ich heiße Anne.« Und dort auf dem Leder waren die feinen Umrisse eines A, wo der Chrombuchstabe entfernt worden war. Er sah auf, seine Augen hingen im Geiste noch immer an der alten Frau, und so bemerkte er den Mann nicht, der daneben stand und ihn anstarrte.

Er war darüber ebenso entsetzt wie über Cholmondeleys doppeltes Spiel. Hinsichtlich des alten Ministers empfand er keine Reue; das war einer von denen gewesen, die einen »Platz an der Sonne« ihr eigen nennen; und wenn ihn manchmal das Gewissen wegen der Sekretärin quälte, die hinter der Tür gelegen und geflüstert hatte, so sagte er sich, daß er in Notwehr geschossen hatte. Böse und schlecht aber war, wenn Menschen derselben Klasse einander übelwollten. Er drängte sich näher, bis er neben der Frau stand. Er beugte sich vor und flüsterte: »Woher haben Sie diese Handtasche?«

Aber der habgierige Kopf eines alten Weibes schob sich zwischen sie. Die Frau konnte nicht einmal sehen, wer ihr die Worte zugeflüstert hatte. Sie dachte, es wäre eine Frau gewesen, die annahm, sie habe die Tasche hier erstanden. Trotzdem brachte sie die Frage aus der Fassung. Raven sah, wie sie sich mit den Ellbogen den Weg zum Ausgang bahnte, und versuchte ihr zu folgen.

Als es ihm gelungen war, aus der Halle herauszukommen, sah er gerade ihren altmodischen langen Rock um eine Ecke verschwinden. Er ging rasch. In seiner Eile merkte er nicht, daß er seinerseits von einem Mann verfolgt wurde, in dem er trotz der Zivilkleider sofort den Detektiv erkannt hätte.

Die Straße, die er ging, kam ihm bekannt vor. Er war damals diesen Weg mit dem Mädchen gegangen. Jetzt würde sofort ein Papierladen auftauchen, damals stand ein Wachmann davor, er hatte vorgehabt, sie dort hinauszuführen, irgendwohin zwischen den Häusern, und ihr ganz einfach in den Rücken zu schießen. Das verwitterte, boshafte Gesicht, das ihn über den Verkaufsstand hinweg angeblinzelt hatte, schien ihm zuzunicken: »Schon gut, das haben wir für dich besorgt.«

Unglaublich, wie rasch die Alte lief. In der einen Hand hielt sie die Tasche, mit der anderen hatte sie den Rock zusammengerafft. Sie sah wie ein weiblicher Rip van Winkle aus, der in Kleidern, die vor fünfzig Jahren modern gewesen, vom Schlafe erwacht war. Er dachte: Sie haben ihr etwas zuleide getan. Wer waren aber diese »sie«? Bei der Polizei war sie nicht gewesen; sie hatte seine Geschichte geglaubt. Also konnte sie nur wegen Cholmondeley verschwunden sein. Es war das erstemal seit dem Tode seiner Mutter, daß er um einen anderen Menschen zitterte, wissend, daß Cholmondeley keine Skrupel kannte.

Hinter dem Bahnhof bog sie in die Khyber Avenue ein, wo eine Reihe schäbiger Häuser stand. Schmutzige graue Spitzenvorhänge verbargen das Innere der kleinen Zimmer, hie und da sah man hinter den Fensterscheiben staubige Palmen. Geranien gab es hier nicht; diese Pflanzen blieben einer ärmeren Menschenklasse, als es die Bewohner von Khyber Avenue waren, vorbehalten. Vor Nummer einundsechzig blieb die Alte stehen und suchte nach ihrem Schlüssel. So hatte er Zeit, sie einzuholen. Er schob seinen Fuß zwischen die Tür und sagte: »Ich möchte Sie was fragen.«

»Machen Sie, daß Sie weiterkommen. Wir wollen mit Leuten Ihrer Art nichts zu tun haben.«

Er lehnte sich mit Gewalt gegen die Tür, die sie zuschlagen wollte. »Sie täten gut daran, mich anzuhören«, sagte er. Sie stolperte in die unordentliche kleine, dunkle Halle, die er haßerfüllt betrachtete: »Woher haben Sie diese Handtasche?« fragte er. »Vergessen Sie nicht, es wäre eine Kleinigkeit für mich, Ihnen die Gurgel zusammenzudrücken!«

»Acky!« schrie die Alte. »Acky!«

»Was treiben Sie hier, he?!« Er öffnete aufs Geratewohl eine von den zwei Türen und sah einen breiten, billigen Divan, einen großen Spiegel und ein Bild, auf dem man ein nacktes, bis zu den Knien im Wasser stehendes Mädchen sah; das Zimmer roch nach billigem Parfüm und Gas.

»Acky!« schrie die Alte von neuem. »Acky!«

»Also, so steht die Sache, du alte Kupplerin«, sagte er, und er trat in die Halle zurück. Aber sie hatte jetzt Verstärkung erhalten. Acky war bei ihr. Er war durch den rückwärtigen Eingang eingetreten, auf Gummisohlen, ganz lautlos. Er war groß und kahlköpfig und betrachtete Raven mit einem unsteten, frömmelnden Blick. »Was wollen Sie, mein Lieber?« Er gehörte einer ganz anderen Gesellschaftsklasse an. Eine gute Schule hatte seine Aussprache gebildet. Die gebrochene Nase allerdings hatte er sich woanders geholt.

»Was für eine Sprache?« rief die Alte und wandte sich, durch Ackys Schutz kühn gemacht, gegen Raven.

Raven sagte: »Ich habe Eile und will hier keinen Lärm schlagen. Woher haben Sie diese Tasche?«

»Wenn Sie die Handtasche meiner Frau meinen«, sagte der Kahlköpfige, »sie wurde ihr — nicht wahr, Tiny? — von einer Mieterin geschenkt.«

»Wann?«

»Vor ein paar Tagen.«

»Wo ist sie jetzt?«

»Sie blieb nur eine Nacht.«

»Warum hat sie Ihnen die Tasche geschenkt?«

»Der Pfarrer predigt nur einmal«, sagte Acky, »Sie wissen, was das bedeutet.«

»War sie allein?«

»Natürlich war sie nicht allein«, sagte die Alte. Acky hustete, legte seine Hand auf ihren Mund und schob sie sacht beiseite. »Ihr Bräutigam«, sagte er, »war mit ihr.«

Dann trat er näher an Raven heran. »Ihr Gesicht kommt mir irgendwie bekannt vor. Tiny, meine Liebe, hol mir eine Nummer des ›Journal‹.«

»Nicht nötig«, sagte Raven. »Ich bin es. Aber wegen der Tasche haben Sie gelogen. Wenn das Mädchen hier war, dann gestern abend. Ich werde jetzt dieses Kupplernest durchsuchen.«

»Tiny, geh durch die Hintertür und hol die Polizei«, sagte Acky. Ravens Hand fuhr an den Revolver, aber er blieb unbeweglich und brachte ihn nicht zum Vorschein. Sein Blick hing an der Alten, die unentschlossen in der Küche zögerte. »Eil dich, Tiny!«

Raven sagte: »Wenn ich glauben würde, daß sie zur Polizei geht, würde ich Sie sofort niederschießen, aber sie geht nicht. Ihr habt mehr Angst vor der Polizei als ich. Jetzt ist sie in der Küche und versteckt sich in einem Winkel.«

Acky erwiderte: »O nein! Überzeugen Sie sich nur, daß sie gegangen ist. Sehen Sie selbst nach«, und als Raven an ihm vorbeiging, hob er seine Hand und versetzte ihm mit einem Schlagring einen Hieb hinters Ohr.

Aber Raven hatte etwas Ähnliches erwartet. Er duckte sich und gelangte so glücklich durch die Küchentür, den Revolver in der Hand. »Stehenbleiben«, befahl er. »Der Revolver macht keinen Lärm. Wenn Sie sich rühren, mache ich Sie kalt.« Die Alte war, wie er es erwartet hatte, zwischen einem Schrank und der Tür im Winkel versteckt. Sie stöhnte: »Oh, Acky, du hättest stärker zuschlagen sollen!«

Acky begann zu fluchen. Flüche und Gemeinheiten flossen mühelos von seinen Lippen wie Regentropfen, aber der Tonfall, der Akzent blieb unverändert, salbungsvoll. Es gab da eine Menge lateinischer Worte, die Raven nicht verstand. Er sagte ungeduldig: »Also, wo ist das Mädel?« Aber Acky beachtete ihn einfach nicht. Er stand da, und die Iris seiner Augen war, wie bei einem hysterischen Anfall, ganz nach oben unter die Lider verschwunden. Die lateinischen Worte, die er vor sich hinmurmelte, konnten nach Ravens Begriff auch ein Gebet sein. Er fragte nochmals: »Wo ist das Mädel?«

»Lassen Sie ihn in Ruhe«, fauchte die Alte. »Er hört Sie nicht«, winselte sie aus ihrer Ecke hervor. »Acky, es ist schon gut. Du bist zu Hause.« Dann zu Raven gewandt: »Da sehen Sie, was Sie angestellt haben! Er hat wieder seinen Anfall.«

Plötzlich hörten die Gemeinheiten auf. Der Mann schlug die Küchentür zu. Die Hand mit dem Schlagring griff nach Ravens Rockschößen, und Acky sagte: »Unter uns gesagt, Eminenz, auch Sie . . . in jungen Jahren . . . ich bin überzeugt . . .«

Raven sagte: »Sagen Sie ihm, daß er gehen soll. Ich werde jetzt das Haus durchsuchen.« Er ließ die beiden nicht aus den Augen. Das kleine, dumpfige Haus ging ihm auf die Nerven, und in der Küche gingen Verbrechen und Wahnsinn um. Haßerfüllt beobachtete ihn die Alte von ihrem Winkel aus. Raven sagte: »Du lieber Gott, wenn ihr sie getötet habt . . . Wißt ihr, was das heißt, eine Kugel in den Magen zu kriegen? Dann liegt man und blutet und blutet . . .« Plötzlich brüllte er den Mann an: »Aus dem Weg!«

Acky stammelte: »Selbst Sankt Paul . . .«, sah ihn mit glasigen Augen an und rührte sich nicht von der Tür weg. Raven schlug ihm ins Gesicht und wich dann vor dem wie ein Dreschflegel ausholenden Arm zurück. Er hob den Revolver, und die Frau schrie: »Wagen Sie nicht, Acky anzurühren! Ich bringe ihn schon hinaus. Sie haben ihn schon arg genug behandelt.«

Sie nahm den Arm ihres Mannes. Sie reichte ihm kaum bis zur Schulter. »Acky, mein Lieber«, sagte sie zärtlich, »komm in den Salon.« Und sie rieb ihr altes, böses, runzliges Gesicht an seinem Ärmel. »Acky, ein Brief vom Bischof ist gekommen!«

Seine Pupillen bewegten sich, gleich denen einer Puppe, starr nach abwärts. Nun kam er wieder zu sich. Er sagte: »Hm! Es scheint, daß ich mich ein wenig gehenließ.« Und dann, als würde er Raven erst jetzt erkennen: »Der Bursche ist noch immer hier, Tiny.«

»Komm in den Salon, Acky. Ich muß mit dir sprechen.« Er ließ sich von ihr in die Halle ziehen, und Raven folgte ihnen und stieg die Treppen hinauf. Den ganzen Weg über hörte er sie sprechen; anscheinend heckten sie gemeinsam einen Plan aus. Vielleicht würden sie, sobald er fort und um die Ecke war, hinausschlüpfen und die Polizei holen. Wenn das Mädel tatsächlich nicht hier war oder wenn sie sie fortgeschafft hatten, mußten sie die Polizei nicht fürchten.

Auf dem ersten Treppenabsatz war ein großer gesprungener Spiegel, aus dem ihm sein Bild entgegentrat: unrasiert, mit der Hasenscharte, häßlich. Das Herz hämmerte ihm gegen die Rippen. Hätte er jetzt in Selbstverteidigung und schnell schießen müssen, er hätte sich auf Hand und Auge nicht verlassen können. Verzweifelt fuhr ihm durch den Kopf: Das ist das Ende — es ist aus mit meiner Sicherheit — eine Frau hat das aus mir gemacht. Er öffnete die am nächsten liegende Tür und betrat das anscheinend beste Schlafzimmer: ein breites Doppelbett mit einer geblümten Daunendecke, geäderte Ahornmöbel, eine gestickte Kammtasche und am Waschtisch ein Wasserglas Lysol für weiß Gott welche falsche Zähne.

Er öffnete den Kleiderschrank, und der dumpfe Geruch von alten Kleidern und Naphthalin schlug ihm entgegen. Er trat ans geschlossene Fenster und sah auf die Khyber Avenue hinaus, und während er hinaussah, hörte er die ganze Zeit das Geflüster aus dem Salon: Tiny und Acky verabredeten sich miteinander. Einen Augenblick lang galt seine Aufmerksamkeit einem schwerfällig aussehenden Mann mit einem Filzhut, der am gegenüberliegenden Gehsteig stand und mit einer Frau sprach. Dann kam ein zweiter Mann hinzu, und beide verschwanden.

Auf den ersten Blick hatte er erkannt: Polizei. Vielleicht hatten sie ihn gar nicht gesehen und hatten hier nur zufällig dienstlich zu tun. Er trat rasch auf den Gang hinaus und lauschte. Tiny und Acky waren jetzt verstummt. Zuerst dachte er, daß sie das Haus verlassen hätten, dann aber hörte er, als er angestrengt lauschte, das pfeifende Atmen der Alten irgendwo am Fuße der Treppe.

Auf dem Gang befand sich noch eine Tür. Er drückte die

Klinke herunter. Sie war versperrt. Wegen der alten Leute unten durfte er keine Zeit mehr verlieren. Er durchschoß das Schloß und stieß die Tür krachend auf. Aber auch dieses Zimmer war leer. Es war winzig klein, und das große Doppelbett nahm fast den ganzen Raum ein. Der ungeheizte Kamin lag hinter einem Messinggitter. Er blickte aus dem Fenster und sah nichts außer einem kleinen steingepflasterten Hof, dann einen Kehrichtbehälter, eine hohe Mauer, die vor den neugierigen Augen der Nachbarn schützen sollte, und das graue Licht des Nachmittags. Auf dem Waschtisch stand ein Radioapparat, und der Kasten war leer. Er zweifelte nicht einen Augenblick an der Bestimmung dieses Raumes.

Etwas aber hielt ihn wie gebannt zurück: irgendwas zitterte in der Luft, wie der Schrecken, den ein Mensch ausgestanden hatte. Er konnte das Zimmer nicht verlassen, und da war auch die versperrte Tür. Warum hatten sie einen leeren Raum versperrt, wenn er nicht etwas für sie Gefährliches verbarg?

Er wandte die Kissen des Bettes um, den Revolver in der Hand. Sein Hirn arbeitete fieberhaft. Oh, wissen, nur wissen! Er spürte die Schwäche des Mannes, der sich immer nur auf sein Schießeisen verlassen hatte. Ich bin doch gebildet, verhöhnte er sich selbst; und wußte dabei ganz genau, daß einer der beiden Polizisten draußen weit mehr in dem Zimmer hier finden würde als er. Er kniete nieder und sah unters Bett. Nichts. Der ordentliche Zustand, in dem sich das Zimmer befand, war verdächtig und unnatürlich; als ob man nach einem verübten Verbrechen aufgeräumt hätte. Sogar die Teppiche sahen aus, als hätte man sie geklopft.

Er begann sich zu fragen, ob er sich das alles nicht nur einbilde? Vielleicht hatte das Mädel der Alten wirklich die Tasche gegeben? Aber er konnte nicht vergessen, daß sie gelogen hatten hinsichtlich der Nacht, die sie angeblich hier verbracht hatte; und warum hatten sie das Monogramm von der Tasche entfernt? Und dann hatten sie die Tür versperrt. Es gab Leute, die Türen versperrten, wegen Einbrecher, aber dann ließen sie sicher den Schlüssel von außen stecken! Aber für alles gab es einfache Erklärungen, das wußte er. Es war selbstverständlich, daß man nicht ein fremdes Monogramm auf einer Handtasche tragen wollte. Hatte man viele Mieter, konnte man sehr leicht vergessen, welche Nacht ...

Ja, Erklärungen gab es, aber er konnte den Gedanken nicht loswerden, daß hier etwas geschehen, daß hier etwas verborgen war, und verzweifelt kam ihm zum Bewußtsein, daß er der einzige Mensch war, der bei der Suche nach dem Mädchen nicht die Polizei zu Hilfe rufen konnte. Weil er ein Ausgestoßener war, stand sie auch außerhalb des Gesetzes. »Herr Jesus, wäre es doch möglich!« Der Regen peitschte den Weevil-Fluß. Das Kindlein aus Gips, das Nachmittagslicht im trüben Hof, sein eigenes häßliches Bild im Spiegel und unterhalb der Stiege Tinys pfeifender Atem. »Vergib uns unsere Sünden.«

Er trat wieder auf den Korridor hinaus, aber etwas zog ihn zurück, als wollte er einen Raum verlassen, der ihm teuer war. Er begann den zweiten Stock zu durchsuchen. Aber in allen Zimmern gab es nichts als Betten, Schränke und den Geruch billigen Parfüms und in einem Kasten einen zerbrochenen Spazierstock. Alle Zimmer aber sahen unordentlicher aus, staubiger und abgenützter als das Zimmer, welches er eben verlassen hatte.

Er stand da zwischen den leeren Räumen und lauschte; jetzt war kein Laut mehr zu hören; Tiny und ihr Acky waren ganz still geworden und warteten, daß er herunterkäme. Hatte er sich am Ende lächerlich gemacht und alles aufs Spiel gesetzt? Wenn die beiden aber nichts zu verbergen hatten, warum riefen sie nicht die Polizei? Er hatte sie allein gelassen, und solange er im Oberstock war, hatten sie nichts zu fürchten, aber irgend etwas hielt sie im Hause zurück, gerade so wie es ihn im ersten Stock zurückhielt.

Jetzt mußte er wieder dorthin. Er wurde sofort ruhiger, als er die Tür hinter sich geschlossen hatte und in dem engen Raum zwischen dem riesigen Bett und der Wand stand. Sein Herz schlug ruhiger, und er begann wieder klar zu denken. Er machte sich daran, den Raum Zoll für Zoll genau zu untersuchen. Sogar den Radioapparat hob er vom Waschtisch herab. Dann hörte er die Stiegen krachen. Er hielt das Ohr an die Tür und hörte, wie jemand, wahrscheinlich Acky, sehr vorsichtig, Stufe um Stufe, heraufgeschlichen kam. Jetzt huschte er über den Korridor, und jetzt mußte er vor der Tür stehen und horchen. Ausgeschlossen, daß die alten Leute ein reines Gewissen hatten.

Raven schritt die Wand entlang, wo das Bett stand, und drückte mit den Fingerspitzen die großgeblumten Tapeten ab.

Er hatte schon gehört, daß man Einbuchtungen in der Wand mit Tapeten verkleidete. Dann kam er zum Kamin und hakte das Messinggitter los.

In den Kamin förmlich hineingestopft fand er einen Frauenkörper, die Beine unten, den Kopf oben. Sein erster Gedanke war Rache. Wenn es das Mädel ist, dachte er, und sie tot ist — dann erschieße ich alle beide; ich erschieße sie so, daß es sehr weh tut und sie langsam und qualvoll sterben. Dann fiel er auf die Knie, um den Körper hervorzuziehen.

Ihre Hände und Füße waren gefesselt, und man hatte ihr eine alte Wollweste als Knebel zwischen die Zähne gestopft. Die Augen waren geschlossen. Zuerst entfernte er den Knebel, er wußte nicht, ob sie lebte oder nicht, und schrie sie an: »Wach auf, Mädel, wach auf!« Er beugte sich über sie und flehte: »Wach doch auf!« Er wagte nicht, sie allein zu lassen, aber im Krug war kein Wasser, und er wußte nicht, was er tun konnte.

Nachdem er die Stricke durchgeschnitten hatte, setzte er sich neben sie auf den Boden, die Augen auf die Tür gerichtet, eine Hand auf ihrem Herzen, in der anderen den Revolver. Als er ihren Atem unter seiner Hand aufkeimen spürte, war es ihm, als beginne er ein neues Leben.

Sie wußte nicht, wo sie war. Sie sagte schwach: »Bitte! Die Sonne! Sie blendet.« Aber im Zimmer war gar keine Sonne; bald würde es sogar zum Lesen schon zu dunkel sein. Er dachte: Wie lange hat man sie in dieser Finsternis vergraben gehalten? Er hielt seine Hand schützend vor ihre Augen. Dann sagte sie müde: »Ich möchte jetzt schlafen. Jetzt habe ich genug Luft.«

»Nein«, sagte Raven, »wir müssen fort von hier.« Er war erstaunt über ihre Bereitwilligkeit: »Ja, wohin?«

Er sagte: »Sie erinnern sich nicht, wer ich bin. Ich habe kein Heim. Aber ich will Sie irgendwohin bringen, wo Sie sicher sind.«

Sie sagte: »Ich habe alles herausgefunden.« Er dachte, daß sie von dem Schrecken, den sie ausgestanden, sprach, daß sie Tod und Furcht meinte, aber dann wurde ihre Stimme kräftiger, und sie erklärte: »Es war der Mann, von dem Sie erzählten. Cholmondeley.«

»Sie haben mich also doch erkannt«, sagte Raven. Aber sie

ignorierte ihn vollkommen. Es war, als habe sie im Dunkel die ganze Zeit über auswendig gelernt, was sie sagen mußte, wenn man sie entdecken würde, weil sie keine Zeit verlieren wollte, sofort.

»Ich wollte herauskriegen, wo er arbeitet. Irgendeine Gesellschaft. Das schien ihn zu erschrecken. Wahrscheinlich arbeitet er wirklich dort. Ich erinnere mich nicht an den Namen. Ich muß mich aber erinnern.«

»Quälen Sie sich nicht«, sagte Raven, »Sie sind ein tapferes Mädel. Es wird Ihnen schon einfallen. Aber wieso sind Sie nicht verrückt geworden? Himmel, haben Sie Nerven!«

Sie sagte: »Ich habe den Namen der Gesellschaft bis jetzt gewußt. Dann hörte ich Sie ins Zimmer kommen und mich suchen und wieder weggehen, und da vergaß ich alles.«

»Sind Sie kräftig genug, um zu gehen?«

»Natürlich. Wir müssen uns beeilen.«

»Wohin?«

»Ich habe alles überlegt gehabt. Es wird mir schon einfallen. Ich hatte genug Zeit, mir Gedanken zu machen.«

»Sie scheinen sich gar nicht gefürchtet zu haben.«

»Ich wußte, man würde mich finden. Ich hatte es so eilig. Wir haben nicht viel Zeit. Und ich habe auch über den Krieg nachgedacht.«

Er wiederholte bewundernd: »Sie haben gute Nerven.«

Jetzt begann sie Hände und Füße systematisch zu bewegen, als ob sie einem Plan folgen würde, den sie sich selbst vorgezeichnet: »Ich habe viel über den Krieg nachgedacht. Irgendwo habe ich gelesen, daß ganz kleine Kinder keine Gasmasken tragen können, weil sie zu wenig Luft kriegen.« Sie richtete sich auf die Knie auf, wobei sie sich mit der Hand auf seine Schulter stützte. »Da drinnen war auch nicht viel Luft. Da wurden alle Dinge viel klarer. Ich dachte, man muß den Krieg verhindern. Wir müssen es. Es hört sich dumm an, daß wir zwei es tun sollen, nicht wahr. Aber es ist niemand anderer da.«

Dann fuhr sie fort: »In meinen Beinen kribbelt es wie von Ameisen. Das bedeutet, daß das Blut wieder zirkuliert.« Sie versuchte sich aufzurichten, aber es ging nicht.

Raven beobachtete sie. Er fragte: »Worüber haben Sie sonst noch nachgedacht?«

Sie sagte: »Über Sie. Ich wünschte, ich hätte nicht so weggehen müssen und hätte Sie nicht allein zurückgelassen.«

»Ich dachte, Sie sind zur Polizei gegangen.«

»Das würde ich nie tun.« Es gelang ihr endlich, die Hand auf seiner Schulter aufzustützen. »Ich halte zu Ihnen.«

Raven sagte: »Wir müssen trachten, von hier wegzukommen. Können Sie gehen?«

»Ja.«

»Lassen Sie mich los. Es steht jemand vor der Tür.« Er stand bei der Tür und lauschte, den Revolver in der Hand. Die beiden, dachte er, hatten eine Menge Zeit, einen Plan auszuhecken, jedenfalls mehr Zeit als er. Er stieß die Tür auf. Es war schon beinahe dunkel. Auf dem Gang war niemand. Er dachte: Der alte Teufel wartet hinter der Tür, um mir mit dem Schürhaken eins über den Schädel zu hauen. Ich werde laufen.

Und gleich darauf stolperte er über die Schnur, die sie vor die Schwelle gespannt hatten. Er stürzte auf die Knie und ließ den Revolver fallen. Er konnte nicht rechtzeitig aufspringen, und Ackys Schlag traf ihn an der linken Schulter. Er wankte, konnte sich nicht rühren und hatte gerade noch Zeit zu denken: jetzt schlägt er mich auf den Kopf! Zu dumm, ich hätte an eine Schnur denken können ...

Da hörte er Annes Stimme: »Lassen Sie den Schürhaken fallen!« Mühsam richtete er sich auf; das Mädchen hatte den Revolver im Fallen erwischt und zielte jetzt auf Acky. Erstaunt rief er: »Großartig!« Vom Treppenfuß her rief die Alte: »Acky, wo bist du?«

»Geben Sie mir den Revolver«, sagte Raven. »Gehen Sie die Treppe hinunter; vor der alten Hexe brauchen Sie keine Angst zu haben.«

Er folgte ihr nach, den Revolver immer auf Acky gerichtet, aber die beiden Alten waren mit ihrer Weisheit zu Ende. Er meinte bedauernd: »Wenn er sich gerührt hätte, hätte ich ihm eine Kugel in den Leib gejagt.«

»Das hätte mich weiter nicht aufgeregt«, erwiderte Anne. »Ich hätte es selbst getan.«

Er sagte: »Sie sind ein feines Mädel.« Er vergaß beinahe die Detektive, die er auf der Straße gesehen hatte, aber erinnerte sich daran, als er die Hand auf die Klinke legte.

Dann sagte er: »Ich werde vielleicht flüchten müssen, wenn Polizisten draußen sind.« Er zögerte ein wenig, dann fuhr er vertraulich fort: »Ich habe ein Versteck für die Nacht gefunden. In den Güterhöfen. Einen Schuppen, der nicht mehr benützt wird. Ich warte heute nacht auf Sie fünfzig Meter vom Bahnhof, an der Mauer.«

Er öffnete das Tor. Auf der Straße war kein Mensch. Sie gingen miteinander hinaus in den Nebel. Anne fragte: »Haben Sie den Mann bemerkt, im Haustor gegenüber?«

»Ja«, sagte Raven, »ich habe ihn gesehen.«

»Ich dachte schon, es wäre — aber das ist nicht möglich —«

»Am Ende der Straße war noch einer. Es waren Polizisten, aber sie wissen nicht, wer ich bin. Wenn sie es gewußt hätten, hätten sie versucht, mich zu fangen.«

»Hätten Sie geschossen?«

»Wahrscheinlich. Aber sie haben mich ja nicht erkannt.« Und er lachte aus voller Kehle, so daß ihm die Feuchtigkeit des Abends in die Lungen drang. »Ich habe sie schön zum Narren gehalten.«

Drüben in der Stadt flammten nach und nach Lichter auf, aber da, wo sie waren, blieb es so dunkel wie zuvor, und vom Bahnhof her drang das Stampfen einer Lokomotive.

»Weit kann ich nicht gehen«, sagte Anne. »Es tut mir leid. Ich glaube, mir ist doch ein wenig übel.«

»Es ist nicht mehr weit«, sagte Raven. »Da ist eine lose Planke. Ich habe das alles heute morgen für mich hergerichtet. Und sogar Säcke sind da, eine ganze Menge. Es ist so gemütlich wie zu Hause.«

»Wie zu Hause?«

Er antwortete nicht, sondern tastete den geteerten Zaun entlang, dabei erinnerte er sich an die Küche im Erdgeschoß und an seine Mutter, die sterbend über dem Küchentisch lag. Sie hatte nicht daran gedacht, die Tür abzusperren: so wenig hatte sie an ihn gedacht. Er selbst hatte schon genug Böses in seinem Leben getan, aber einer solchen Handlung wäre er nie fähig gewesen. Selbstmord war Sünde; und deshalb konnte er den Anblick nicht vergessen. Eines Tages würde er ihn vergessen können, und dann würde es sein, als ob er ein neues Leben begänne: man mußte andere Erinnerungen haben, auf die man zurückblickte, wenn jemand vom Tod erzählte.

»Ein bißchen kahl für ein ›Zuhause‹«, sagte Anne.

»Sie müssen keine Angst vor mir haben«, sagte Raven. »Ich will Sie nicht zurückhalten. Sie können sich ein wenig niedersetzen und mir erzählen, was Cholmondeley Ihnen getan hat, und dann können Sie fortgehen, wohin Sie wollen.«

»Ich könnte keinen Schritt weiter, selbst wenn Sie mir dafür bezahlten«, sagte Anne.

Er mußte sie unter dem Arm stützen und versuchte, ihr etwas von seiner unerschöpflichen Energie einzuflößen. »Aushalten«, ermunterte er, »wir sind gleich da.« Es war kalt, und es fröstelte ihn. Er bemühte sich, in der Dunkelheit ihr Gesicht zu sehen. »Sie können sich im Schuppen ausruhen«, sagte er. »Dort sind eine Menge Säcke.«

Es war, wie wenn jemand voll Stolz von seinem Palast erzählt, den er mit seinem eigenen Geld gekauft oder mit seiner Hände Fleiß erbaut hat, Stein für Stein.

II

Mather stand im Schatten des Hauseinganges. In einer Beziehung war es schlimmer als alles, was er befürchtet hatte. Er legte die Hand an den Revolver. Er brauchte nur herauszutreten und Raven zu verhaften — oder eine Kugel zu erwidern. Er war Polizist und durfte nicht zuerst schießen. Am Ende der Straße wartete Saunders auf sein Einschreiten. Weiter weg wartete ein Polizist auf sie beide. Aber er machte die Bewegung nicht. Er ließ sie ruhig und in dem Glauben, allein zu sein, die Straße hinabgehen. Dann folgte er ihnen bis zur Ecke und holte Saunders. Saunders sagte: »T-t-teufel!«

»Ach nein«, sagte Mather. »Es ist bloß Raven mit — Anne.« Er zündete ein Streichholz an und hielt es unter die Zigarette, die er während der letzten zwanzig Minuten im Mund gehalten hatte. Sie sahen den Mann und die Frau undeutlich im Dunkel bei den Güterschuppen verschwinden, aber vor ihnen flackerte ein anderes Streichholz auf. »Wir halten sie unter Beobachtung«, sagte Mather. »Wir werden sie nicht aus den Augen verlieren.«

»W-w-werden Sie beide verhaften?«

»Wir können hier wegen des Mädels keine Schießerei

machen«, sagte Mather. »Was würden die Zeitungen dazu sagen, wenn eine Frau verwundet wird. Wenn er einen Mord auf dem Gewissen hätte, wäre es etwas anderes.«

»Wir müssen vorsichtig sein, wegen Ihres M-m-mädels.«

»Gehen wir weiter«, sagte Mather. »Über sie mache ich mir keine Gedanken mehr. Ich verspreche Ihnen, das ist vorüber. Sie hat mich drangekriegt. Ich denke gerade daran, wie wir am besten mit Raven fertig werden — und mit Komplicen, die er vielleicht in Nottwich hat. Wenn wir schießen müssen, werden wir auch schießen.«

Saunders machte ihn aufmerksam: »Sie sind stehengeblieben.« Er hatte schärfere Augen als Mather. Mather fragte: »Können Sie ihn von hier aus treffen, wenn ich ihn angreife?«

»Nein«, sagte Saunders. Er machte rasch einige Schritte vorwärts. »Er hat eine Planke gelockert. Sie schlüpfen durch.«

»Macht nichts«, sagte Mather. »Ich gehe ihnen nach. Holen Sie noch drei Mann und postieren Sie einen davon vor dem Loch im Zaun, wo ich ihn finden kann. Die Eingänge in den Hof sind bereits bewacht. Bringen Sie die andern hinein. Aber machen Sie keinen Lärm.« Er konnte das Scharren des Kieses unter den Schritten der beiden hören; die Verfolgung war, wegen des Geräusches, das die eigenen Schritte machten, nicht leicht. Sie verschwanden hinter einem Viehwagen, und es wurde immer dunkler und dunkler.

Er erhaschte blitzartig die Umrisse ihrer Gestalten, dann pfiff eine Lokomotive und blies eine Daunendecke von grauem Rauch um ihn. Einen Augenblick lang glaubte er in einem Bergnebel zu stehen. Warme, schmutzige Feuchtigkeit ließ sich auf sein Gesicht nieder; als es wieder um ihn klar wurde, hatte er sie aus den Augen verloren. Die Schwierigkeit, jemand im Dunkel des Güterbahnhofs hier zu finden, kam ihm zu Bewußtsein. Überall standen Viehwagen herum; sie konnten in einen hineinschlüpfen und sich niederlegen. Er stieß sich am Schienbein und fluchte verhalten.

Dann hörte er plötzlich Anne ganz deutlich flüstern: »Ich bringe es nicht zustande...« Zwischen ihnen lagen nur einige Viehwagen; dann begann das Geräusch von neuem; diesmal war es, wie wenn jemand eine schwere Last tragen würde.

Mather kletterte auf einen Waggon und starrte über die dunklen Schlackenhaufen und Kohlenberge, das Gewirr der

Schuppen und Geleise hinweg. Es sah wie Niemandsland aus, über dessen zerfetzte Stacheldrahtfelder ein Soldat seinen verwundeten Kameraden in seinen Armen wegschleppte. Mather beobachtete sie und begann sich zu schämen, als wäre er ein Spion. Der schmale, müde Schatten Ravens wurde zu einem Wesen aus Fleisch und Blut, welches das Mädchen kannte, das er liebte. Dadurch entstand eine Art Verbundenheit zwischen ihnen.

Er überlegte: Wieviel Jahre kann er für den Diebstahl bekommen? Er hatte keine Lust mehr zu schießen. Er dachte: Armer Teufel, er muß jetzt hübsch müde sein, wahrscheinlich sucht er einen Platz, wo er sich niedersetzen kann, und da war der Platz auch schon gefunden, ein kleiner Arbeitsschuppen aus Holzbrettern zwischen den Geleisen.

Mather zündete wieder ein Streichholz an, und sofort war Saunders zur Stelle. »Sie sind in dem Schuppen dort«, sagte Mather. »Stellen Sie Posten auf. Wenn sie zu fliehen versuchen, fassen Sie sie. Sonst warten Sie, bis es Tag wird. Wir wollen nicht unnötig Blut vergießen.«

»B-b-bleiben Sie nicht hier?«

»Sie werden es ohne mich leichter haben«, sagte Mather. »Ich bleibe die ganze Nacht in der Station.« Dann sagte er leise: »Denken Sie nicht an mich, Sie wissen, was Sie zu tun haben. Und passen Sie auf sich auf. Haben Sie Ihren Revolver?«

»Natürlich.«

»Ich werde Ihnen die Leute schicken. Es wird eine kalte Nacht, fürchte ich, aber es hat wenig Sinn, den Schuppen mit Gewalt zu nehmen. Er ist imstande und schießt ohne weiteres.«

»F-f-für Sie ist es sehr hart«, sagte Saunders.

Nun war es schon vollständig dunkel, und man sah das Gerümpel des Güterbahnhofs nur undeutlich. Das Innere des Schuppens verriet kein Lebenszeichen, kein Lichtschimmer drang heraus; bald konnte Saunders, der mit dem Rücken gegen einen Waggon saß, um sich vor dem Wind zu schützen, nicht mehr sagen, wo er eigentlich war. Er hörte nur das Atmen des Polizisten, der neben ihm stand.

»Wer kommt heute abend zum Dinner, meine Liebe?« fragte der Polizeichef und steckte den Kopf zur Schlafzimmertür hinein.

»Kümmere dich doch nicht darum«, sagte Mrs. Calkin energisch, »du mußt dich umkleiden ...«

»Ich dachte bloß, meine Liebe, du könntest ...«

»Du könntest ...?« unterbrach ihn Mrs. Calkin nachdrücklich.

»Das neue Stubenmädchen. Du könntest ihr beibringen, daß ich *Major* Calkin bin.«

Mrs. Calkin sagte: »Es wäre gescheiter, wenn du dich beeilst.«

»Kommt am Ende wieder die Bürgermeisterin?« Er schlenderte unlustig zum Badezimmer, dann kam ihm plötzlich ein Gedanke, und er stieg leise die Treppen zum Speisezimmer hinunter. Muß wegen der Getränke nachsehen, dachte er. Kam die Bürgermeisterin, dann gab es keine. Piker tauchte überhaupt nicht mehr auf; er nahm ihm das gar nicht übel. Jetzt, wo er schon da war, konnte er ebensogut einen Schluck machen. Er tat es in Eile und vergaß nicht, das Glas mit seinem Taschentuch trockenzuwischen. Er stellte das Glas auf den Platz, auf dem voraussichtlich die Bürgermeisterin sitzen würde. Dann rief er die Polizeidirektion an.

»Was Neues?« fragte er hoffnungslos. Er wußte, es bestand wenig Hoffnung, daß man ihn zu einer Besprechung rufen würde.

Die Stimme des Inspektors sagte: »Wir wissen, wo er steckt. Wir haben ihn eingekreist. Wir warten jetzt, bis es Tag wird.«

»Kann ich Ihnen irgendwie behilflich sein? Soll ich kommen und das Ganze mit Ihnen besprechen?«

»Das ist nicht notwendig, Sir.«

Er legte den Hörer kleinlaut nieder. So hatte er sich die Sache vorgestellt. Dann roch er zum Glase der Bürgermeisterin (sie würde nichts merken) und ging die Treppen hinauf. Major Calkin, dachte er schwerfällig, Major Calkin. Das Unglück ist, ich bin kein Frauenheld.

Er sah zum Fenster seines Ankleideraumes hinaus. Der verstreute Lichterglanz von Nottwich erinnerte ihn irgendwie an den Krieg, das Kriegsgericht und was es für ein Spaß gewesen war, die armen Teufel zu schinden. Seine Uniform hing noch immer im Kasten, neben dem Frack, den er einmal im Jahr, beim Bankett der Rotarier, trug, wo er endlich nur unter Männern war. Sie strömte einen leisen Geruch von Mottenkugeln aus.

Plötzlich wurde ihm wohler zumute. Mein Gott, dachte er, vielleicht sind wir in einer Woche wieder mittendrin. Dann werden wir den Kerlen zeigen, aus welchem Holz wir sind. Ob mir die Uniform noch paßt? Er konnte der Versuchung nicht widerstehen, den Waffenrock zu der Abendhose zu probieren, die er bereits anhatte. Ein bißchen eng war er, er konnte es nicht leugnen, aber der Eindruck, er besah sich im Spiegel, war recht gut. Man mußte natürlich die Nähte auslassen. Durch seinen Einfluß würde es ihm gelingen, in vierzehn Tagen wieder die Uniform zu tragen. Und mit ein wenig Glück würde er noch mehr erreichen als im letzten Krieg.

»Joseph!« sagte seine Frau. »Was treibst du da?« Im Spiegel sah er sie monumental in ihrem neuen schwarzen Kleid im Türrahmen stehen. Wie eine Holzpuppe im Schaufenster. »Zieh das sofort aus!« sagte sie. »Du wirst den ganzen Abend nach Mottenkugeln riechen. Die Bürgermeisterin legt schon den Mantel ab, und jeden Augenblick kann Sir Marcus —«

»Das hättest du mir früher sagen können«, meinte der Polizeichef. »Hätte ich gewußt, daß Sir Marcus kommt... Wie hast du den alten Knaben geködert?«

»Er hat sich selbst eingeladen«, erklärte Mrs. Calkin stolz. »Deshalb habe ich die Bürgermeisterin angerufen.«

»Kommt Piker nicht?«

»Er war den ganzen Tag nicht zu Hause.«

Der Polizeichef schlüpfte aus seiner Uniform und hängte sie sorgfältig auf. Wenn der Krieg ein Jahr länger gedauert hätte, wäre er Oberst geworden. Er hatte es verstanden, sich mit dem Hauptquartier gut zu vertragen, indem er die Offiziersmessen mit Gemüse versorgte, das er ihnen beinahe zum Selbstkostenpreis überließ. Aber im nächsten Krieg würde er Oberst werden.

Das Geräusch, das Sir Marcus' Wagen auf dem Kies machte, veranlaßte ihn, die Treppe hinunterzueilen. Die Bürgermeisterin suchte ihr Pekinesenhündchen unter dem Sofa, wohin es sich verkrochen hatte, um den fremden Leuten aus dem Wege zu gehen; sie lag auf den Knien, den Kopf unter dem Fransenbesatz, und schmeichelte: »Chinky, Chinky ...« Chinky knurrte unsichtbar.

»Nun«, rief der Polizeichef und bemühte sich, seinem Ton die richtige Wärme zu verleihen, »wie geht es Alfred?«

»Alfred?« sagte die Bürgermeisterin und begann nach und nach unter dem Sofa hervorzukriechen. »Es ist nicht Alfred. Es ist Chinky. Oh!« rief sie dann und begann langsam zu begreifen, was man von ihr wollte. »Sie meinen, wie es ihm geht? Alfred? Er ist wieder fort.«

»Chinky?«

»Nein, Alfred.« Mit der Bürgermeisterin wußte man nie, woran man war.

Jetzt trat Mrs. Calkin ein. Sie fragte: »Haben Sie ihn, meine Liebe?«

»Nein, er ist wieder fort«, sagte der Polizeichef, »wenn du nämlich Alfred meinst.«

»Er ist unter dem Sofa und will nicht hervorkommen«, sagte die Bürgermeisterin.

Mrs. Calkin sagte: »Ich hätte Sie warnen sollen, meine Liebe. Natürlich dachte ich, Sie wissen, daß Sir Marcus der bloße Anblick eines Hundes verhaßt ist. Aber wenn er bleibt, wo er ist, und sich ruhig verhält ...«

»Der arme Liebling«, sagte Mrs. Piker. »Er ist so empfindlich und wird sofort spüren, daß man ihn nicht mag.«

Plötzlich konnte es der Polizeichef nicht länger ertragen. Er sagte: »Alfred Piker ist mein bester Freund. Ich dulde nicht, daß Sie sagen, daß man ihn nicht mag!« Aber niemand schenkte ihm Beachtung. Das Mädchen hatte Sir Marcus gemeldet.

Sir Marcus trat auf den Fußspitzen ein. Er war ein sehr alter, sehr kranker Mann, und auf seinem Kinn hing wie ein Vogelflaum ein kleines weißes Bärtchen. Er sah aus wie eine Nuß, die in der Schale zusammengeschrumpft ist. Er sprach mit einem leicht fremdländisch klingenden Akzent, und es war schwer festzustellen, ob er Ausländer war oder aus einer der älteren englischen Familien stammte. Anscheinend hatte ihn das Leben an den verschiedensten Orten geschliffen. Wenn Lodz dabei war, so fehlte auch St. James nicht, und das Armenviertel irgendeiner mitteleuropäischen Stadt hielt den vornehmsten Cercles von Cannes die Waagschale.

»Es ist reizend von Ihnen, Mrs. Calkin, mir Gelegenheit zu geben ...« Es war schwer zu hören, was er sagte; er flüsterte. Seine alten Fischaugen musterten die Anwesenden gründlich. »Ich habe schon immer gehofft, die Bekanntschaft von ...«

»Darf ich Sie mit der Frau Bürgermeister bekannt machen, Sir Marcus?«

Er verbeugte sich mit der kriecherischen Grazie eines Mannes, der einer Pompadour als Bankier gedient haben mochte ... »Eine in Nottwich sehr bekannte Erscheinung.« Seine Worte enthielten nicht die geringste Ironie. Er war alt, und vor ihm waren alle gleich. Er nahm sich nicht die Mühe, Unterschiede zu machen.

»Ich glaubte Sie an der Riviera, Sir Marcus«, sagte der Polizeichef etwas stürmisch. »Nehmen Sie ein Gläschen Sherry. Die Damen, das weiß ich, lehnen ab.«

»Danke, ich trinke leider nicht«, flüsterte Sir Marcus. »Ich kam vor zwei Tagen zurück.«

»Die Kriegsgerüchte, nicht wahr? Die Hunde bellen, aber ...«

»Joseph!« sagte Mrs. Calkin scharf und warf einen bedeutungsvollen Blick auf das Sofa.

Die alten, kurzsichtigen Augen hellten sich ein wenig auf. »Ja, ja«, wiederholte Sir Marcus. »Die Gerüchte.«

»Sie haben Arbeiter bei der Midland Steel eingestellt, höre ich, Sir Marcus.«

»Ja, das hat man mir gesagt«, flüsterte Sir Marcus.

Das Mädchen meldete, daß angerichtet sei; ihre Stimme erschreckte Chinky, der unter dem Sofa knurrte, und es folgte ein schrecklicher Augenblick, während dem alle Sir Marcus beobachteten. Er hatte aber nichts gehört oder vielmehr, das Knurren hatte nur an sein Unterbewußtsein gerührt, denn als er Mrs. Calkin den Arm reichte, flüsterte er: »Die Hunde haben mich verjagt.«

»Für Mrs. Piker Limonade, Joseph«, sagte Mrs. Calkin. Der Polizeichef sah ihr beim Trinken reichlich nervös zu. Der Geschmack schien sie zu überraschen, sie hielt inne, probierte nochmals. »Nein«, sagte sie, »was für eine herrliche Limonade! Was für ein Aroma!«

Sir Marcus ließ die Suppe aus; er ließ den Fisch aus; als die Fleischspeise serviert wurde, beugte er sich über die silberne Vase mit der Inschrift: »Joseph Calkin von den Angestellten der Firma Calkin und Calkin anläßlich...« (dann machte es die Rundung der Vase unmöglich weiterzulesen) und flüsterte: »Könnte ich ein trockenes Biskuit und ein wenig heißes Wasser haben?«

Er erklärte: »Mein Arzt gestattet mir am Abend nichts anderes.«

»Das ist aber unangenehm«, meinte der Polizeichef. »Wenn ein Mann älter wird, bleibt ihm nicht viel mehr als Essen und Trinken.« Er starrte auf sein leeres Glas: wenn er doch nur zu seinen Leuten entkommen könnte! Dort fühlte er sich als Mensch.

Plötzlich platzte die Bürgermeisterin heraus: »Wie gut die Knochen Chinky schmecken würden!«

»Wer ist Chinky?« flüsterte Sir Marcus.

Mrs. Calkin antwortete rasch: »Mrs. Piker hat eine ganz reizende Katze.«

»Ich bin froh, daß es kein Hund ist«, flüsterte Sir Marcus. »Etwas ist an den Hunden« — die alte Hand, die das Biskuit hielt, machte eine verzweifelte Bewegung —, »und vor allem an den Pekinesen.« Dann machte er haßerfüllt: »Yap! Yap!« und nahm einen Schluck heißes Wasser. Er war ein Mann, der beinahe kein Vergnügen kannte; seine größte Erregung war Haß, seine Hauptbeschäftigung Verteidigung seines Vermögens, der schwachen Flamme seines Lebenslichtes, das er jährlich in Cannes zu erneuern trachtete, seines Lebens überhaupt. Er war ganz einverstanden damit, sein restliches Leben nur Käsebiskuits zu essen, wenn Käsebiskuits seine Tage verlängern konnten.

Viel würde der alte Knabe nicht hinterlassen, dachte der Polizeichef, während er zusah, wie Sir Marcus das letzte trockene Krümchen hinunterspülte und dann eine weiße Pille aus einem flachen Golddöschen hervorholte, das er in der Westentasche trug. Er hatte Herz, Geld auszugeben; man ersah das aus seiner Art zu sprechen, aus den Separatwaggons, in denen er reiste, wenn er sich der Eisenbahn bediente, den Rollstühlen, in denen er sich die Gänge im Hause der Midland Steel entlang fahren ließ. Er war ihm mehrmals bei öffentlichen

Empfängen begegnet; nach dem Generalstreik hatte Sir Marcus der Polizei in Anerkennung ihrer Verdienste eine vollkommen eingerichtete Sporthalle geschenkt, aber zu Hause hatte ihn Sir Marcus noch nie besucht.

Jedermann wußte eine Menge über Sir Marcus. Ärgerlich daran war nur, daß sich die Meinungen widersprachen. Es gab Leute, die ihn, wegen seines Taufnamens, für einen Griechen aus Kleinasien hielten; andere waren wieder der Ansicht, daß er in einem Getto geboren war. Seine Geschäftsfreunde sagten, daß er aus einer uralten, frommen englischen Familie stammte; seine Nase diente in keiner Richtung als Beweis; solche Nasen fand man sowohl dutzendweise in Cornwall als auch im Westen. Sein Name war nicht im »Who's Who« enthalten, und ein unternehmungslustiger Journalist, der es wagte, sein Leben zu beschreiben, fand große Lücken in den Registern; es war unmöglich, die Gerüchte bis zu ihrem Ursprung zu verfolgen. Sogar in den Polizeiregistern von Marseille (es hieß, Sir Marcus sei dort in seiner Jugend wegen eines Diebstahls angeklagt gewesen) gab es Lücken. Jetzt saß er da in dem reich ausgestatteten Speisezimmer, wischte die Krümchen von seiner Weste und war einer der reichsten Männer von Europa.

Selbst sein Alter kannte niemand außer vielleicht sein Zahnarzt; wenigstens glaubte der Polizeichef, daß man das Alter eines Menschen an seinen Zähnen erkennen könne. Aber wahrscheinlich waren es gar nicht mehr seine Zähne: also wieder eine Lücke.

»Nun, ihren Drinks werden wir sie nicht überlassen, denke ich«, sagte Mrs. Calkin, erhob sich und sah ihren Mann warnend an, »aber ich nehme an, daß die Herren eine Menge zu besprechen haben.«

Als die Tür geschlossen war, sagte Sir Marcus: »Diese Frau habe ich schon irgendwo mit einem Hund gesehen. Ich bin meiner Sache ganz sicher.«

»Gestatten Sie, daß ich mir ein Gläschen Portwein einschenke?« fragte der Polizeichef. »Ich trinke zwar nicht gern allein, aber wenn Sie absolut nicht wollen — eine Zigarre gefällig?«

»Nein«, flüsterte Sir Marcus. »Ich rauche nicht.« Dann fuhr er fort: »Ich wollte Sie — vertraulich — wegen dieses Raven sprechen. Davis hat Sorgen. Er hat den Mann nämlich kennengelernt. Ganz durch Zufall. Zu der Zeit, als der Raubüberfall bei seinem Freund in der Victoria Street geschah. Der Mann sprach unter irgendeinem Vorwand dort vor. Er ist der Ansicht, daß der verzweifelte Bursche ihn aus dem Wege räumen will. Als lästigen Zeugen.«

»Sagen Sie ihm«, sagte der Polizeichef stolz und goß sich noch ein Glas Portwein ein, »daß er ganz ruhig sein kann. Der Mann ist so gut wie verhaftet. Wir wissen, wo er sich im Augenblick aufhält. Er ist umstellt. Wir warten bloß bis zum Tagesanbruch, daß er sich zeigt ...«

»Wozu warten? Wäre es nicht besser«, flüsterte Sir Marcus, »wenn man den wahnsinnigen, verzweifelten Mann sofort festnähme?«

»Er ist bewaffnet. Im Dunkel kann allerlei geschehen. Er könnte versuchen, sich durch unsere Leute mit dem Revolver den Weg zu bahnen. Und dann noch etwas. Er hat seine Geliebte bei sich. Es wäre unangenehm, wenn er entkäme und das Mädel erschossen würde.«

Sir Marcus neigte den alten Kopf über die Hände, die müßig auf dem Tisch lagen, ohne Biskuit, ohne heißes Wasser, ohne weiße Pille.

Er sagte freundlich: »Ich möchte, daß Sie mich verstehen. Einesteils tragen auch Sie die Verantwortung. Wegen Davis. Wenn es Unannehmlichkeiten gäbe, wenn das Mädel getötet würde: unser ganzes Geld würde hinter der Polizei stehen. Wenn es zu einer Untersuchung kommt, wird der beste Anwalt ... Ich habe auch, wie Sie sich denken können, viele Freunde ...«

»Es wäre besser, wir warten, bis es Tag wird, Sir Marcus. Glauben Sie mir. Ich weiß, wie die Dinge stehen. Ich war Soldat, wie Sie wissen.«

»Ja, das weiß ich«, sagte Sir Marcus.

»Scheint, als ob die alte Bulldogge bald wieder beißen müßte, eh? Gott sei Dank, wir haben eine energische Regierung!«

»Ja, ja«, sagte Sir Marcus. »Jetzt kommt es schon fast sicher dazu.« Die alten Fischaugen blickten verschleiert nach der Weinflasche. »Trinken Sie ruhig Ihren Portwein, Major.«

»Nun, wenn Sie mich dazu animieren, Sir Marcus, so will ich, als Schlafmittel, noch ein Gläschen trinken.«

Sir Marcus sagte: »Ich freue mich, daß Sie für mich so gute Nachrichten haben. Es sieht nicht gut aus, wenn ein bewaffneter Verbrecher frei in Nottwich herumläuft. Sie dürfen nicht das Leben Ihrer Leute aufs Spiel setzen, Major. Besser, dieses mauvais sujet stirbt, als einer Ihrer prachtvollen Burschen.« Plötzlich sank er im Sessel zurück und schnappte nach Luft wie ein Fisch auf dem Trockenen. Er keuchte: »Eine Pille! Rasch! Bitte!«

Der Polizeichef nahm die Golddose aus der Tasche des Gastes, aber Sir Marcus hatte sich schon erholt. Die Tablette nahm er ohne Hilfe zu sich. Der Polizeichef fragte: »Soll ich Ihren Wagen vorfahren lassen, Sir Marcus?«

»Nein, nein, es ist nicht gefährlich«, flüsterte Sir Marcus. »Es schmerzt bloß.« Er starrte wie verwundert auf die Krümchen, die noch immer in den Falten seiner Beinkleider lagen. »Wovon sprachen wir? Ja, feine Burschen, Ihre Leute. Sie dürfen ihr Leben nicht aufs Spiel setzen. Das Vaterland wird sie brauchen.«

»Das ist wahr.«

Haßerfüllt flüsterte Sir Marcus: »Für mich ist — dieser Kerl — ein Verräter. Zu einer Zeit, wo jeder Mann gebraucht wird. Ich würde ihn auch wie einen Verräter behandeln.«

»Das ist Ansichtssache.«

»Noch ein Glas Portwein, Major?«

»Ja, gut.«

»Wenn man bedenkt, wie viele kräftige Männer dieser Schuft vom Dienst fürs Vaterland abhält, selbst wenn dabei niemand getötet wird. Aufseher, Polizisten. Wird auf Kosten des Volkes verpflegt, während andere brave Männer . . .«

»Sterben. Sie haben recht, Sir Marcus.« Der theatralische Ton hatte seine Wirkung nicht verfehlt. Er dachte an die Uniform im Kasten: die Knöpfe mußten geputzt werden; die Knöpfe auf des Königs Rock. Noch hatte er den Geruch der Mottenkugeln in der Nase. Er sagte: »Shakespeare hat das empfunden. Schon der alte, ehrwürdige Gaunt sagt —«

»Am besten wäre es, Major Calkin, Sie setzen Ihre Leute gar keiner Gefahr aus. Lassen Sie schießen, sobald er sich zeigt. Man muß das Unkraut ausrotten — samt der Wurzel.«

»Das wäre gut.«

»Sie sind der Vater Ihrer Mannschaft.«

»Genau dasselbe hat mir Piker einmal gesagt. Ich wollte, Sie würden mit mir trinken, Sir Marcus. Sie sind ein einsichtsvoller Mann. Sie verstehen das Empfinden eines Offiziers. Ich habe in der Armee gedient.«

»Dort sind Sie vielleicht schon in einer Woche wieder.«

»Sie verstehen mich, Sir Marcus. Ich möchte nicht, daß etwas zwischen uns tritt. Eines möchte ich Ihnen gern sagen. Es drückt mein Gewissen. Es war ein Hund unterm Sofa.«

»Ein Hund?«

»Ein Pekinese, Chinky. Ich wußte nicht . . .«

»Sie sagte doch, es wäre eine Katze.«

»Sie wollte nicht, daß Sie was davon erfahren.«

Sir Marcus sagte: »Ich lasse mich nicht gern anschwindeln. Piker wird bei den Wahlen an mich denken!« Er stieß einen leichten Seufzer aus, als ob all dies, woran er denken mußte, schon zuviel für ihn wäre, zuviel Zeit beanspruchte, wo doch schon so viel Zeit vergangen war, seit dem Getto, dem Skandal in Marseille, falls es überhaupt jemals ein Getto und einen Skandal in Marseille gegeben hatte. Er flüsterte unvermittelt: »Sie werden also telefonieren und Befehl geben, sofort zu schießen? Sagen Sie, daß Sie die Verantwortung übernehmen. Ich werde Sie schützen.«

»Ich weiß nicht, wie . . .«

Die Greisenhand fuhr ungeduldig durch die Luft. »Hören Sie. Ich verspreche nie etwas, was ich nicht halten kann. Zehn Meilen von hier liegt ein Traindepot. Ich werde veranlassen, daß Sie zum Kommandanten mit dem Rang eines Obersten ernannt werden, sowie der Krieg ausbricht.«

»Und Oberst Banks?«

»Wird versetzt.«

»Wenn ich telefoniere?«

»Nein. Aber wenn Sie Erfolg haben.«

»Und der Mann stirbt?«

»Er ist nicht wichtig. Ein junger Verbrecher. Da gibt es kein Zögern. Trinken Sie noch ein Gläschen!«

Der Polizeichef streckte die Hand nach der Flasche aus. Er dachte mit weniger großem Entzücken, als er geglaubt hatte, »Oberst Calkin«. Aber andere Dinge fielen ihm ein. Er war sentimental und nicht mehr jung. Er erinnerte sich an seine Ernennung zum Polizeichef. Natürlich war sie eine ebenso »gemachte« Sache gewesen wie seine Berufung als Kommandant des Traindepots, aber immerhin war er stolz darauf, das Oberhaupt einer im ganzen Lande berühmten Polizeiabteilung zu sein. »Es ist besser, ich trinke nichts mehr«, sagte er kleinlaut. »Es ist schlecht für den Schlaf, und meine Frau . . .«

»Nun, lieber Oberst«, sagte Sir Marcus, und die alten Augen blinzelten verschmitzt. »Sie können in jeder Beziehung auf mich rechnen.«

»Ich würde es gern tun«, flehte der Polizeichef. »Ich möchte Ihnen zu Gefallen alles tun, Sir Marcus. Aber ich begreife nicht, wie . . . Die Polizei kann so etwas nicht tun.«

»Niemand wird davon erfahren.«

»Ich glaube kaum, daß sie meinem Befehl gehorchen werden. Nicht, wenn es sich darum handelt.«

Sir Marcus flüsterte: »Wollen Sie damit sagen, daß Sie nicht die Macht dazu besitzen?« Es war das Erstaunen eines Mannes, der immer darauf bedacht gewesen war, seine Untergebenen seine Hand spüren zu lassen.

»Ich möchte Ihnen gern gefällig sein . . .«

»Dort ist das Telefon«, sagte Sir Marcus. »Sie können jedenfalls Ihren Einfluß geltend machen. Ich verlange von niemand mehr, als er leisten kann.«

»Es sind brave Jungens«, sagte der Polizeichef. »Oft war ich am Abend bei ihnen und habe mit ihnen ein Gläschen getrunken. Und tapfer sind sie. Sie finden keine Leute, die tapferer sind. Sie werden ihn schon dingfest machen. Da brauchen Sie gar keine Angst zu haben, Sir Marcus.«

»Tot?«

»Tot oder lebendig. Sie werden ihn nicht entkommen lassen. Es sind brave Jungens.«

»Aber er muß tot sein«, sagte Sir Marcus. Er nieste. Das Sprechen schien ihn zu ermüden. Er lehnte sich keuchend zurück.

»Das kann ich nicht von ihnen verlangen, Sir Marcus, wirklich nicht. Das riecht nach Mord.«

»Unsinn!«

»Diese Abende mit meinen Leuten bedeuten sehr viel für mich. Wenn ich so was tue, kann ich nie mehr zu ihnen gehen. Ich möchte lieber nicht telefonieren. Sie würden mich dafür zur Verantwortung ziehen. Solange es Kriege gibt, wird es immer Verräter geben.«

»Niemand wird Sie zur Verantwortung ziehen«, sagte Sir Marcus. »Dafür werde schon ich sorgen.« Wieder stieg Calkin, wie zum Hohne, der Naphthalingeruch in die Nase. »Ich kann auch erwirken, daß Sie nicht mehr lange Polizeichef sind! Sie und Piker.« Und er stieß einen merkwürdigen Pfiff durch die Nase aus. Er war zu alt, um zu lachen. »Na, trinken Sie noch ein Gläschen!«

»Nein, lieber nicht. Hören Sie, Sir Marcus, ich werde Ihr Büro von Detektiven bewachen lassen. Und Davis auch.«

»Ich kümmere mich nicht um Davis«, sagte Sir Marcus. »Lassen Sie meinen Chauffeur rufen.«

»Ich tue ja alles, was Sie wollen, Sir Marcus. Wollen Sie nicht zu den Damen zurückkehren?«

»Nein, nein. Der Hund ist ja dort!« flüsterte der Alte. Man mußte ihm auf die Beine helfen und ihm den Stock reichen. In seinem Bart hingen noch immer einige trockene Krümchen. Er sagte: »Wenn Sie Ihren Entschluß doch noch ändern sollten, können Sie mich anrufen. Ich bleibe wach.«

Mein Gott, dachte der Polizeichef mitleidig, ein Mann in seinem Alter denkt schon ganz anders über den Tod; der bedroht ihn täglich auf dem glatten Asphalt oder in Form eines Stückchens Seife, über das er in der Badewanne ausgleitet. Deshalb scheint ihm das, was er verlangt, gar nicht so unmöglich. Dem Alter gegenüber muß man zu Konzessionen bereit sein. Und als er zusah, wie man Sir Marcus die Treppe hinunter und in den Wagen hineinhalf, wiederholte er unbewußt: »Oberst Calkin . . .«

Im Salon jaulte der Hund. Sie mußten ihn hervorgelockt haben. Er war nervös und überzüchtet, und wenn ihn ein Fremder anredete, so raste er wie verrückt im Zimmer herum und stieß dabei unangenehme, fast menschlich klingende Laute aus, wobei sein buschiger Schweif wie ein Staubsauger über den Teppich dahinfegte.

Ich könnte einen Sprung hinunter machen und ein Gläschen mit meinen Leuten trinken, dachte der Polizeichef. Aber auch dieser Gedanke brachte ihm keine Erleichterung. War es möglich, daß ihn Sir Marcus sogar um dieses kleine Vergnügen bringen wollte? Aber tatsächlich hatte er ihn schon darum gebracht. Er ging in sein Arbeitszimmer und setzte sich zum Telefon. In fünf Minuten würde Sir Marcus zu Hause sein. Wenn er zustimmte, verlor er wirklich nicht mehr, als er schon jetzt verloren hatte. Aber er blieb sitzen und unternahm nichts, ein kleiner, fetter, von Gewissensbissen geplagter Mann.

Seine Frau steckte den Kopf zur Tür herein: »Was treibst du, Joseph?« fragte sie. »Komm sofort und unterhalte Mrs. Piker.«

IV.

Sir Marcus lebte mit seinem Kammerdiener, der auch geprüfter Krankenpfleger war, im letzten Stockwerk des großen Gebäudes in den Tanneries. Da war sein Heim. In London wohnte er im Claridge, in Cannes im Ritz. Im Flur des Hauses erwartete ihn sein Kammerdiener mit dem Rollstuhl, schob ihn in den Lift und brachte ihn in seine Wohnung. Das Zimmer war angenehm warm, und neben dem Schreibtisch tickte die Zentralheizung freundlich. Die Vorhänge waren noch nicht zugezogen, und man sah den nächtlichen Himmel über Nottwich und die Scheinwerfer des Flugplatzes von Hanlow.

»Sie können zu Bett gehen, Mollison. Ich werde nicht schlafen.«

In diesen Tagen schlief Sir Marcus sehr wenig. Er wollte die wenigen Lebensstunden, die ihm noch verblieben, voll nützen. Und er brauchte den Schlaf wirklich nicht. Jetzt saß er neben dem Telefon und begann die Meldungen zu lesen und die Börsenkurse, die er auf dem Schreibtisch vorfand.

Da war die Luftschutzübung am nächsten Morgen. Alle Angestellten, die außer Haus zu tun hatten, waren bereits mit Gasmasken versehen worden. Die Sirenen sollten ertönen, sobald die Betriebe ihre Arbeit aufnahmen. Die Angestellten der Transportabteilung, die Chauffeure der Lastautos und die Eilboten mußten die Masken gleich bei Arbeitsbeginn anlegen. Es war die einzige Möglichkeit, um sicher zu sein, daß sie die Gasmasken nicht irgendwo zurückließen, dann während der Luftschutzübung aufgegriffen wurden und die kostbare Zeit der Gesellschaft müßig im Spital vergeudeten.

Die Zeit war jetzt kostbarer, als sie es je gewesen seit November 1918. Sir Marcus las die Börsenkurse: Rüstungsaktien stiegen unausgesetzt und mit ihnen auch die Stahlwerte. Es tat

nichts zur Sache, daß die britische Regierung die Ausfuhr-
bewilligungen eingestellt hatte; das Land selbst benötigte jetzt
mehr Waffen, als es selbst damals der Fall gewesen war, da
Haig den Angriff auf die Hindenburg-Linie unternahm.

Sir Marcus hatte viele Freunde in vielen Ländern; mit ihnen
verbrachte er regelmäßig den Winter in Cannes oder auf Sop-
pelsas Jacht vor Rhodos. Er gehörte auch zu den intimen
Freunden von Mrs. Cranbeim. Es war momentan ausgeschlossen, Waffen auszuführen, aber es war immerhin möglich, Nik-
kel zu exportieren und die meisten anderen Metalle, die das
Ausland benötigte, um Waffen herzustellen. Und Mrs. Cranbeim hatte an jenem Abend, da die See etwas bewegt gewesen
und Rosen sich so sehr über Mrs. Ziffos schwarzes Kleid entsetzt hatte, mit Bestimmtheit erklärt, daß die englische Regierung niemals, auch nicht nach Kriegsausbruch, die Nickel-
ausfuhr nach neutralen Ländern, wie der Schweiz, verbieten
würde, solange nur der heimische Bedarf gedeckt war. Da man
Mrs. Cranbeims Worten vertrauen durfte, sah die Zukunft sehr
rosig aus. Sie schöpfte ihre Kenntnisse direkt aus der Höhle des
Löwen, wenn man den ältlichen Staatsmann, dessen Vertrauen
sie genoß, so nennen konnte.

Jetzt war es schon als sicher anzunehmen, so las Sir Marcus
in einer vertraulichen Meldung, daß keine der beiden Regierun-
gen nachgab. Die Bedingungen des Ultimatums wurden ab-
gelehnt. Wahrscheinlich befanden sich in fünf Tagen min-
destens vier Länder im Kriegszustand. Und der Munitions-
bedarf würde auf eine Million Pfund Sterling täglich steigen.

Und doch war Sir Marcus nicht restlos glücklich. Davis hatte
eine Verwirrung heraufbeschworen. Als er Davis gesagt hatte,
daß ein Mörder von seinem Verbrechen keinen Nutzen haben
dürfe, hatte er nicht an die dumme Angelegenheit mit den gestohlenen Banknoten gedacht. Und jetzt mußte er die ganze
Nacht aufbleiben und auf das Läuten des Telefons warten.
Sein alter, magerer Körper machte es sich in den Luftkissen so
bequem wie möglich. Sir Marcus war auf sein Skelett so sorgsam bedacht, wie wenn es schon zum letzten Gang eingehüllt
würde. Eine Uhr schlug Mitternacht; wieder war ein ganzer
Tag seines Lebens vorüber.

FÜNFTES KAPITEL

I

Raven tappte durch das Dunkel des kleinen Schuppens, bis er die Säcke gefunden hatte. Er stapelte sie auf und schüttelte sie, wie man Kissen schüttelt. Er flüsterte besorgt: »Werden Sie sich hier auch ausruhen können?« Anne ließ sich von ihm in den Winkel führen. Sie sagte: »Ich friere.«

»Legen Sie sich nieder. Ich werde noch mehr Säcke holen.« Er rieb ein Streichholz an, und die kleine Flamme wanderte in dem dunklen, kalten Raum umher. Er brachte die Säcke und breitete sie über sie aus, dann ließ er das Streichholz fallen.

»Können wir nicht Licht machen?« fragte Anne.

»Es ist nicht ratsam«, sagte er. »Für mich ist es jedenfalls von Vorteil. Im Dunkel können Sie mich nicht sehen. Sie können das da nicht sehen.« Und er berührte seine Lippe.

Er horchte an der Tür. Er hörte das Geräusch von Tritten, das Rasseln von Metall und Schlacke und nach einer Weile den unterdrückten Laut einer Stimme. Er sagte: »Ich muß nachdenken. Sie wissen, daß ich hier bin. Vielleicht wäre es besser, Sie gehen fort von hier. Gegen Sie haben sie ja nichts. Wenn sie herkommen, gibt es eine Schießerei.«

»Glauben Sie, daß sie wissen, daß ich hier bin?«

»Sie müssen uns die ganze Zeit gefolgt sein.«

»Dann bleibe ich«, sagte Anne. »Solange ich hier bin, wird nicht geschossen werden. Man wird bis zum Morgen warten, bis Sie herauskommen.«

»Das ist nett von Ihnen«, sagte er etwas ungläubig, und sein Mißtrauen gegen ihre Freundlichkeit begann sich wieder zu regen.

»Ich sagte Ihnen doch, daß ich zu Ihnen halte.«

»Ich muß über einen Ausweg nachdenken«, sagte er.

»Sie können sich jetzt auch ausruhen. Sie haben die ganze Nacht Zeit, nachzudenken.«

»Ganz angenehm ist es hier«, sagte Raven. »Fern von dieser verdammten Welt. Im Dunkel.« Er näherte sich ihr nicht, sondern setzte sich in die gegenüberliegende Ecke, den Revolver auf den Knien. Er sagte mißtrauisch: »Woran denken Sie jetzt?« Ihr Lachen ärgerte ihn. »Wie zu Hause«, sagte sie.

»Zu Hause, ein Heim ... ein Asyl ... darauf bin ich nicht neugierig«, sagte er. »Ich war in einem Asyl.«

»Erzählen Sie. Wie heißen Sie?«

»Sie kennen doch meinen Namen. Sie haben ihn in den Zeitungen gelesen.«

»Ich meine Ihren Taufnamen.«

»Ja, ich bin getauft, aber glauben Sie, daß es heutzutage noch einen Menschen gibt, der die zweite Wange hinhält?« Er klopfte mit dem Revolver auf den Kohlenschutt am Boden. »Nicht wahrscheinlich.« Er hörte sie in der anderen Ecke atmen, unsichtbar, ungreifbar, und plötzlich hatte er das sonderbare Gefühl, daß er etwas Unrechtes gesagt habe. »Ich will nicht sagen, daß Sie kein feiner Kerl sind. Sie sind, glaube ich, eine wahre Christin.«

»Stellen Sie mich auf die Probe«, sagte Anne.

»Ich habe Sie in jenes Haus geführt, um Sie zu töten ...«

»Um mich zu töten?«

»Wozu denn, dachten Sie? Ich bin kein Liebhaber, nicht wahr. Nicht das, wovon Mädchen träumen. Schön wie der junge Tag, wie?«

»Warum haben Sie es nicht getan?«

»Die Leute kamen. Das ist der einzige Grund. Ich habe mich nicht in Sie verliebt. Ich verliebe mich in kein Mädel. Davor bin ich sicher. Sie werden nie erleben, daß ich wegen eines Weiberkittels Dummheiten begehe.« Er fuhr verzweifelt fort: »Warum haben Sie keine Anzeige bei der Polizei gemacht? Warum schreien Sie nicht wenigstens jetzt?!«

»Nun«, meinte sie, »Sie haben doch einen Revolver.«

»Ich würde nicht schießen.«

»Warum nicht?«

»Ich bin nicht verrückt«, sagte er. »Wenn man mit mir ehrlich ist, bin ich auch ehrlich. Los! Laufen Sie! Schreien Sie! Ich werde nicht einen Finger rühren!«

»Ich muß doch nicht erst um Erlaubnis bitten, um Ihnen dankbar zu sein«, sagte Anne. »Sie haben mich heute nacht gerettet.«

»Die hätten Sie nicht getötet. Die haben nicht den Mut dazu. Nur ein wirklicher Mann kann töten.«

»Na, Ihr Freund Cholmondeley war nahe daran. Er würgte mich fast, als er begriff, daß ich zu Ihnen hielt.«

»Daß Sie zu mir halten?«

»Um den Mann zu finden, den Sie suchen.«

»Den betrügerischen Hund.« Er brütete über dem Lauf seines Revolvers. Aber seine Gedanken verweilten nicht beim Haß; immer wieder kehrten sie in die dunkle Ecke zurück. Daran war er nicht gewöhnt, und es verwirrte ihn. Er sagte: »Sie haben Verstand. Sie gefallen mir.«

»Danke für das Kompliment.«

»Das ist kein Kompliment. Ich würde Ihnen gern etwas anvertrauen, aber ich kann nicht.«

»Was ist das für ein dunkles Geheimnis?«

»Es ist kein Geheimnis. Es ist eine Katze, die ich in meiner Wohnung in London zurücklassen mußte, als man mich von dort vertrieb. Sie hätten sich um sie gekümmert.«

»Sie enttäuschen mich, Mr. Raven. Ich dachte zumindest an einige Morde.« Dann rief sie plötzlich ernst: »Jetzt hab' ich's. Den Platz, an dem Davis arbeitet.«

»Davis?«

»Der Mann, den Sie Cholmondeley nennen. Ich bin sicher. Midland Steel. In einer Straße beim Hotel Metropole. Ein großes Haus. Wie ein Palais.«

»Ich muß schauen, von hier fortzukommen«, sagte Raven und klopfte abermals mit dem Revolver auf den gefrorenen Boden.

»Können Sie nicht zur Polizei gehen?«

»Ich?« sagte Raven. »Ich zur Polizei?« Er lachte. »Das wäre wundervoll, nicht wahr? Die Hände hinhalten, damit man mich fesselt . . .«

»Ich werde über einen Ausweg nachdenken«, sagte Anne. Als ihre Stimme verklang, schien es ihm, als wäre sie fortgegangen. Er rief heftig: »Sind Sie noch da?«

»Natürlich! Warum regen Sie sich so auf?«

»Ein schreckliches Gefühl, hier allein zu sein.« Wieder stieg das Mißtrauen in ihm hoch. Er rieb zwei Streichhölzer auf einmal an und hielt sie ganz nahe an sein verunstaltetes Gesicht. »Schauen Sie!« sagte er. »Schauen Sie es sich genau an!« Die Flämmchen brannten allmählich nieder. »Mir wollen Sie helfen? Mir?«

»Sie sind schon recht, so wie Sie sind. Mir gefallen Sie.« Die Flammen leckten an seiner Haut, aber er hielt die beiden

Streichhölzer mit steifen Fingern. Der Schmerz erfüllte ihn mit Freude. Aber er wies sie zurück. Es war zu spät gekommen. Er saß nun im Dunkel und spürte, wie Tränen gleich schweren Gewichten in seinen Augen standen. Und doch konnte er nicht weinen.

Er hatte nie den Trick gekannt, Tränen im richtigen Zeitpunkt hervorzurufen. Er kroch ein wenig näher zu ihr hin, wobei er sich seinen Weg mit dem Revolver am Boden ertastete. Dann fragte er: »Ist Ihnen kalt?«

»Ich war schon, wo es wärmer war«, sagte Anne.

Jetzt waren nur mehr seine Säcke übrig. Er schob sie ihr hin. »Wickeln Sie sich hinein«, sagte er.

»Haben Sie noch genug?«

»Natürlich. Ich schaue schon auf mich«, fuhr er auf, als würde er sie hassen. Seine Hände waren so kalt, daß es ihm schwer gefallen wäre, den Revolver zu gebrauchen. »Ich muß fort von hier.«

»Wir werden schon einen Ausweg finden. Schlafen Sie jetzt lieber.«

»Ich kann nicht schlafen. Ich habe in der letzten Zeit böse Träume gehabt.«

»Sollen wir einander Märchen erzählen? Jetzt ist gerade Schlafenszeit für Kinder.«

»Ich kenne keine Märchen.«

»Ich werde Ihnen eines erzählen. Was für eines? Ein lustiges?«

»Kindergeschichten waren nie lustig für mich.«

»Vielleicht die Geschichte von den drei Bären ...«

Er war näher gekommen, und sie sah seinen schattenhaften Umriß. Und in dem Bewußtsein, daß er es nicht verstehen würde, machte sie sich ein wenig über ihn lustig. »Ich werde Ihnen von dem Fuchs und der Katze erzählen. Also, die Katze traf den Fuchs in einem Wald, und sie hatte immer gehört, daß er schlau sei. Sie wünschte ihm höflich ›Guten Tag‹ und erkundigte sich, wie es ihm gehe. Aber der Fuchs war war stolz. Er sagte: ›Wie kannst du hungriger Mäusejäger es wagen, mich zu fragen, wie es mir geht? Was weißt du schon von der Welt?‹ — ›Eines weiß ich‹, sagte die Katze. — ›Und was wäre das?‹ — ›Wie ich den Hunden ausweichen kann. Wenn sie mich verfolgen, klettere ich auf einen Baum.‹ — Da wurde der Fuchs anmaßend und sagte: ›Du kennst nur den einen Trick, aber ich kenne hundert. Ich habe einen ganzen Sack voller Tricks. Komm mit mir, und ich werde sie dir zeigen.‹ Gerade in diesem Augenblick kam ein Jäger mit vier Hunden des Weges daher. Die Katze kletterte auf den nächsten Baum und rief: ›Öffnen Sie Ihren Sack, Herr Fuchs, öffnen Sie Ihren Sack!‹ Aber schon hielten ihn die Hunde zwischen den Zähnen. Die Katze lachte und sagte: ›Herr Besserwisser, hätten Sie nur den einen Trick in Ihrem Sack gehabt, so wären Sie jetzt mit mir auf dem Baum in Sicherheit.‹«

Anne hielt inne. Dann flüsterte sie zu dem dunklen Schatten neben sich: »Schlafen Sie?«

»Nein«, sagte Raven. »Ich schlafe nicht.«

»Jetzt ist die Reihe an Ihnen.«

»Ich weiß keine Geschichten«, sagte Raven verstockt, hilflos.

»Keine ähnlichen Märchen? Dann haben Sie keine richtige Erziehung genossen.«

»Ich wurde schon anständig erzogen«, widersprach er, »aber jetzt gehen mir Dinge im Kopf herum. Eine Menge Dinge.«

»Kopf hoch. Jemand hat noch größere Sorgen.«

»Wer?«

»Der Bursche, der an allem schuld ist, der den alten Mann umbrachte; Sie wissen, wen ich meine.« — »Davis' Freund?« Er unterdrückte seinen Ärger. »Nicht der Mord macht mir Sorgen, sondern der Betrug.«

»Natürlich«, meinte Anne belustigt. »Mich stört ja ein Mord auch nicht.«

Er blickte auf und versuchte sie in der Dunkelheit zu sehen. Er jagte einer Hoffnung nach. »Das stört Sie nicht?«

»Zwischen Mord und Mord ist ein Unterschied«, sagte Anne. »Wenn ich den Mann hier hätte, der den Alten umbrachte — wie hieß er doch —?«

»Ich erinnere mich nicht.«

»Ich auch nicht. Auf jeden Fall könnten wir den Namen gar nicht aussprechen.«

»Nur weiter. Wenn Sie ihn hier hätten . . .«

»Ich würde ruhig zusehen, wie Sie ihn erschießen, ohne einen Finger zu rühren. Und dann würde ich sagen: ›Gut so!‹«

Sie begann sich für die Sache zu erwärmen. »Erinnern Sie sich, wie ich Ihnen gesagt habe, daß man für kleine Kinder keine Gasmasken machen kann. Das wird er auf dem Gewissen haben. Die Mütter mit den rettenden Gasmasken, die zusehen müssen, wie ihre Kleinen sich die Seele aus dem Leib heraushusten.«

Er meinte verstockt: »Für die Armen ist es nur ein Glück. Und was gehen mich die Reichen an? Die Welt ist nicht danach, daß ich Kinder in sie setzen würde.« Sie sah, wie seine Gestalt noch mehr in sich zusammensank. »Das ist nur ihr Egoismus«, sagte er. »Sie leben lustig darauf los, und was kümmert es sie, wenn einer häßlich geboren wird? Drei Minuten im Bett oder woanders, und der, der geboren wird, hat ein Leben lang daran zu tragen. Mutterliebe...«, er begann zu lachen, denn er sah ganz deutlich den Küchentisch, das Messer, das Linoleum und das Blut auf den Kleidern der Mutter vor sich. Er erklärte: »Sie sehen, ich bin gebildet. In einem von Seiner Majestät Asyle erzogen. Man nennt sie — Heime. Was glauben Sie, was so ein Heim bedeutet?«

Aber er ließ sie gar nicht zu Wort kommen. »Sie irren. Sie glauben, es bedeutet: einen Mann, der arbeitet, einen hübschen Gaskocher, ein Doppelbett, Hausschuhe, eine Wiege und das übrige. Das ist kein Heim. Ein Heim ist Einzelarrest für ein Kind, das man beim Sprechen während des Gottesdienstes in der Kirche erwischt hat, ein Heim ist die Rute für alles mögliche. Brot und Wasser. Ein Aufseher, der einen schlägt, wenn man ein bißchen lustig ist. Das ist ein Heim!«

»Aber er hat versucht, das alles zu ändern, nicht wahr? Er war so arm wie wir.«

»Von wem sprechen Sie?«

»Von dem Alten... wie heißt er nur? Haben Sie nichts darüber in den Zeitungen gelesen? Wie er die Elendsviertel niederreißen ließ? Ich habe Bilder von ihm gesehen, wie er Wohnbauten eröffnete und mit den Kindern sprach. Er war keiner von den Reichen. Er wäre nicht in den Krieg gezogen. Deshalb haben sie ihn auch erschossen. Sie können überzeugt sein, daß es schon heute Menschen gibt, die an seinem Tod Geld verdienen. Und alles ist er aus sich selbst heraus geworden, steht in den Zeitungen. Sein Vater war ein Dieb, und seine Mutter beging —«

»Selbstmord?« flüsterte Raven. »Haben Sie gelesen, wie sie...«

»Sie sprang ins Wasser.«

»Was Sie alles lesen!« sagte Raven. »Das kann einem zu denken geben.«

»Na, der Kerl, der den Alten umbrachte, konnte darüber nachdenken...«

»Vielleicht«, sagte Raven, »wußte er nicht, was die Zeitungen wissen. Aber die Männer, die ihn bezahlten, die wußten es. Vielleicht, wenn wir alles wüßten, was man wissen sollte, würden wir auch seinen Standpunkt verstehen.«

»Es wäre nicht so leicht, mich dazu zu bringen. Jetzt aber sollten wir lieber schlafen.«

»Ich muß nachdenken«, sagte Raven.

»Das werden Sie besser können, nachdem Sie geschlafen haben.«

Aber es war ihm viel zu kalt, um zu schlafen. Er hatte keine Säcke zum Zudecken, und sein dünner schwarzer Überrock war fadenscheinig. Unten, durch den Türspalt, drang frostige Zugluft herein, die die vereisten Schienen entlang vom Meer, von Schottland gekommen sein mochte. Er dachte bei sich: Ich hatte nichts gegen den alten Mann, nichts Persönliches... »Ich würde ruhig zusehen, wie Sie ihn erschießen, ohne einen Finger zu rühren. Und dann würde ich sagen: ›Gut so!‹« Momentan spürte er Lust, aufzuspringen und mit dem Revolver in der Hand zur Tür hinauszutreten und sich von ihnen erschießen zu lassen. »Herr Besserwisser«, würde sie dann sagen können, »hätten Sie bloß den einen Trick im Sack gehabt, so hätten die Hunde Sie nicht...«

Dann aber schien ihm, daß alles, was er über den alten Mann erfahren hatte, nur eine weitere Anklage gegen Cholmondeley bildete. Cholmondeley hatte das alles gewußt. Dafür würde er ihm noch eine Kugel mehr in den dicken Wanst jagen und eine in den Leib von Cholmondeleys Auftraggeber. Aber wie sollte er den finden? Er hatte nur die verblaßte Erinnerung an eine Fotografie, die der alte Minister irgendwie mit dem Empfehlungsschreiben in Verbindung gebracht hatte — das Gesicht eines jungen Mannes, der heute wahrscheinlich schon alt war.

Anne fragte: »Schlafen Sie?«

»Nein«, sagte Raven. »Hat Sie was gestört?«

»Ich dachte, ich hörte, wie sich jemand bewegt.«

Er horchte. Es war nur der Wind, der in den losen Planken ratterte. Er sagte: »Versuchen Sie zu schlafen. Sie brauchen sich nicht zu fürchten. Sie werden erst kommen, bis es hell genug ist.«

Er dachte: Wo konnten die zwei sich getroffen haben, als sie noch jung waren? In einem Asyl, wie er es kannte, sicher nicht ... Dann schlief er plötzlich ein, und der alte Minister kam auf ihn zu und sagte: »Erschieße mich! Schieß mir durch die Augen.« Und Raven war ein Kind und trug eine Schleuder in der Hand. Er weinte und wollte nicht schießen, und der alte Minister tröstete ihn: »Schieß nur, liebes Kind. Dann werden wir miteinander nach Hause gehen. Schieß nur.«

Raven schreckte wieder auf. Im Schlaf hatte er den Revolver krampfhaft festgehalten. Seine Mündung war auf die Ecke gerichtet, in der Anne schlief. Schreckerfüllt starrte er ins Dunkel; er hörte ein Flüstern wie jenes, das er durch die Tür gehört hatte, als die Sekretärin ... Er fragte: »Schlafen Sie? Was haben Sie gesagt?«

Anne erwiderte: »Ich bin wach.« Und dann, um sich zu verteidigen: »Ich habe gebetet.«

»Glauben Sie an Gott?« fragte Raven.

»Ich weiß nicht«, sagte Anne. »Manchmal schon. Das Beten ist eine Gewohnheit. Es schadet nicht. Es ist so wie das Daumenhalten, wenn man unter einer Leiter durchgeht. Wir alle brauchen jedes Glück, das es gibt.«

Raven meinte: »Wir haben in dem Asyl sehr viel gebetet. Zweimal am Tage und auch vor den Mahlzeiten.«

»Das beweist gar nichts.«

»Nein, das beweist nichts. Nur kann man fast wahnsinnig werden, wenn man denkt, was inzwischen alles passiert ist. Manchmal will man ganz von vorn beginnen, und dann genügt es, daß jemand betet oder daß man etwas in der Zeitung liest, und sofort ist alles wieder da: die Menschen, die Zimmer ...«

Er rückte etwas näher, um Gesellschaft zu haben. Bei dem Gedanken, daß sie draußen auf ihn warteten, fühlte er sich noch einsamer als sonst. Er dachte ernstlich daran, Anne sofort nach Anbruch der Morgendämmerung fortzuschicken und sich dann mit Hilfe des Revolvers durchzuschlagen. Das hieß aber, Cholmondeley und seinen Auftraggeber freigehen zu lassen;

gerade das würde ihnen am meisten passen. Er sagte: »Ich las einmal — ich lese gern, ich bin gebildet — etwas über Psycho ... Psycho ...«

»Lassen Sie nur«, sagte Anne. »Ich weiß, was Sie meinen.«

»Träume scheinen was zu bedeuten. Ich meine nicht den Unsinn mit dem Kaffeesatz und den Karten.«

»Ich kannte einmal eine«, erzählte Anne, »die war so geschickt mit dem Kartenaufschlagen, daß einem kalt wurde. Sie hatte Karten mit merkwürdigen Bildern drauf, einem Gehenkten ...«

»Das meinte ich nicht«, sagte Raven. »Es war — ach, ich weiß es nicht genau. Ich konnte es nicht ganz verstehen. Aber es hieß, wenn man seine Träume erzählt ... Man trägt sie wie eine Last mit sich herum; man kommt schon mit etwas auf die Welt, was Vater und Mutter gewesen sind und ihre Eltern ... wie in der Bibel: die Sünden der Väter rächen sich. Wenn man dann ein Kind ist, ist die Last schon größer geworden; alle die Dinge, die man tun sollte und doch nicht tut, und dann wieder Dinge, die man tut.«

Er vergrub sein trauriges Gesicht in die Hände. »Es ist wie eine Beichte. Nur macht man nachher wieder dieselben Fehler. Ich meine, man erzählt den Ärzten alles, jeden Traum, den man gehabt hat, und nachher will man es nicht mehr tun. Aber man muß ihnen alles erzählen.«

»Jeden Unsinn?« fragte Anne.

»Alles. Und wenn man ihnen alles erzählt hat, ist einem leichter.«

»Das kommt mir vor wie ein Schwindel«, sagte Anne.

»Ich glaube, ich habe es nicht richtig erzählt. Aber so habe ich es gelesen. Ich dachte, vielleicht sollte man es einmal versuchen.«

»Das Leben ist voll merkwürdiger Dinge. Sie und ich hier. Sie denken, Sie wollten mich töten, und ich denke, wir könnten einen Krieg verhindern. Ihre Psycho ist nicht merkwürdiger als das alles.«

»Wichtig ist, sehen Sie, daß man alles los wird«, sagte Raven. »Nicht, was der Arzt tut. So kam es wenigstens mir vor. Als ich Ihnen zum Beispiel vom Asyl, von Brot und Wasser und den Gebeten erzählte ..., das alles schien mir nachher gar nicht mehr so wichtig.« Er stieß einen verhaltenen Fluch aus.

»Und dabei sagte ich immer, ich werde wegen eines Weiber-kittels nie weich werden. Ich dachte, meine Hasenscharte schützt mich. Man soll nicht weich werden. Anderen Burschen passiert das oft. Dann enden sie gewöhnlich im Gefängnis, oder sie schneiden sich die Gurgel mit einem Rasiermesser durch. Und jetzt bin ich weich geworden wie die anderen.«

»Sie gefallen mir«, sagte Anne. »Ich bin Ihre Freundin —«

»Ich verlange gar nichts«, sagte Raven. »Ich bin häßlich, und ich weiß es. Nur eines: seien Sie anders! Gehen Sie nicht zur Polizei! Die meisten Weiber tun das. Ich habe das schon erlebt. Aber vielleicht sind Sie anders. Sie sind ein Mädel.«

»Aber ich gehöre schon jemand.«

»Schon gut«, schrie er in verletztem Stolz in die Kälte und Dunkelheit hinaus. »Ich verlange ja nichts von Ihnen, als daß Sie mich nicht hineinlegen.«

»Ich werde nicht zur Polizei laufen«, sagte Anne. »Das ver-spreche ich Ihnen. Ich habe Sie ebenso gern wie jeden anderen Mann — mit Ausnahme meines Freundes.«

»Ich dachte, ich könnte Ihnen vielleicht eines oder das andere erzählen — Träume —, so wie irgendeinem Doktor. Ich kenne die Doktoren. Man darf ihnen nicht trauen. Ich ging zu einem, bevor ich hierher kam. Ich wollte, daß er meine Lippe operiert. Er versuchte mich zu narkotisieren. Er wollte die Polizei ver-ständigen. Man darf ihnen nicht trauen. Aber Ihnen könnte ich vertrauen.«

»Das können Sie ruhig«, sagte Anne. »Ich werde die Polizei nicht verständigen. Aber es wäre besser, Sie schlafen jetzt und erzählen mir dann Ihre Träume. Die Nacht ist noch lang.«

Seine Zähne begannen plötzlich vor Kälte zu klappern. Anne hörte es. Sie streckte die Hand aus und berührte seinen Über-rock. »Sie frieren«, sagte sie. »Sie haben mir alle Säcke ge-geben.«

»Ich brauche sie nicht. Ich habe den Mantel.«

»Wir sind Freunde, nicht wahr?« sagte Anne. »Wir sind in der gleichen Klemme. Nehmen Sie sofort zwei von den Säcken.«

Er sagte: »Es müssen noch welche da sein. Ich werde nach-sehen«, und er entzündete ein Streichholz und tastete sich die Wand entlang.

»Hier sind noch zwei«, sagte er und setzte sich weiter weg

auf den Boden, mit leeren Händen. »Ich kann nicht schlafen. Nicht anständig. Ich habe eben einen Traum gehabt. Von dem alten Mann.«

»Von welchem alten Mann?«

»Von dem alten Mann, der umgebracht worden ist. Ich träumte, ich bin ein Kind mit einer Schleuder, und er sagte zu mir: ›Schieß mir durch die Augen‹, und ich weinte und er sagte: ›Schieß mir durch die Augen, liebes Kind.‹«

»Ich verstehe es wirklich nicht«, sagte Anne.

»Ich wollte es Ihnen nur erzählen.«

»Wie sah er aus?«

»So wie im Leben.« Hastig fügte er hinzu: »Wie ich ihn auf den Fotografien gesehen habe.« Er brütete über seinen Erinnerungen und fühlte den unwiderstehlichen Drang, davon zu sprechen. In seinem ganzen Leben hatte er bisher keinem Menschen vertrauen dürfen. Er sagte: »Stört es Sie, wenn ich davon erzähle?« und hörte, während ihn ein sonderbar tiefes Glücksgefühl erfaßte, ihre Antwort: »Wir sind doch Freunde.«

Er sagte: »Das ist die schönste Nacht, die ich je erlebt habe.« Aber da waren Dinge, die er ihr nicht erzählen konnte. Sein Glück war unvollkommen, solange sie nicht alles wußte, solange er ihr nicht sein ganzes Vertrauen geschenkt hatte. Verletzen oder erschrecken wollte er sie nicht; deshalb steuerte er der Enthüllung sachte entgegen. »Ich habe auch andere Träume gehabt«, sagte er, »in denen ich ein Kind war. Ich träumte, ich öffne eine Tür, eine Küchentür, und da war meine Mutter — sie hatte sich den Hals durchgeschnitten — es sah häßlich aus — ihr Kopf hing schlaff zur Seite —«

»Das war kein Traum«, sagte Anne.

»Nein«, gab er zu. »Sie haben recht, das war kein Traum.«

Er wartete und fühlte im Dunkel, wie ihr Mitgefühl ihn förmlich einhüllte. Er sagte: »Das war häßlich, nicht wahr? Glauben Sie mir, es gibt nichts Häßlicheres. Sie dachte nicht einmal so weit an mich, daß sie die Tür zusperrte, damit ich nichts sehe. Und nachher kam das Asyl. Darüber wissen Sie schon alles. Das war auch häßlich, kann man sagen, aber nicht so sehr. Dort erzogen sie mich auch anständig, bis ich verstehen konnte, was es in den Zeitungen zu lesen gab. Wie diese Psycho zum Beispiel. Ich lernte schreiben und anständig Englisch sprechen. Im Anfang wurde ich oft geschlagen. Einzelhaft, Wasser und Brot, wie das dort vorkommt. Aber das hörte auf, als ich erzogen war. Ich war ihnen später zu klug. Sie konnten mir nichts mehr nachweisen. Verdacht hatten sie wohl, aber nie Beweise. Einmal wollte mir der Kaplan ins Gewissen reden. So ist das Leben, sagten sie immer.« Und nach einer Weile sagte er bitter: »Das ist das erstemal, daß sie mich erwischen, und ich bin schuldlos.«

»Sie werden Sie nicht erwischen«, sagte Anne. »Wir werden uns etwas ausdenken.«

»Wie schön das klingt, wenn Sie ›uns‹ sagen. Aber diesmal haben sie mich erwischt. Es wäre mir egal, wenn ich nur vorher an Cholmondeley und seinen Auftraggeber herankönnte.« Dann fragte er voll gereiztem Stolz: »Wären Sie erstaunt, wenn ich Ihnen erzählte, daß ich einen Menschen umgebracht habe?« Das war eine Art Probe; gelang sie, so durfte er ihr vertrauen ...

»Wen?«

»Haben Sie von Battling Kite gehört?«

»Nein.«

Er lachte vergnügt. »Ich lege jetzt mein Leben in Ihre Hand. Wenn mir jemand vor vierundzwanzig Stunden gesagt hätte, daß ich mein Leben einer ... Aber Beweise gebe ich Ihnen natürlich keine. Ich arbeitete damals am Rennplatz. Kite gehörte zur Konkurrenzbande und trachtete meinem Brotherrn vom Platze zu drängen. Die Hälfte von uns fuhr in einem schnellen Wagen zur Stadt zurück. Er dachte, wir fahren mit dem gleichen Zug zurück wie er. Wir waren aber am Bahnsteig, als der Zug einfuhr, und umringten ihn, sowie er ausgestiegen war. Ich schoß ihn nieder, und die anderen hielten ihn aufrecht, bis wir durch die Sperre hindurch waren. Dann schmissen wir ihn hin und flüchteten.«

Er fuhr fort: »Sehen Sie: es hieß damals — er oder wir. Sie alle hatten Revolver bei sich. Es war Krieg.«

Nach einer Weile sagte Anne: »Ja. Das kann ich verstehen. Er hatte ja auch seine Chance.«

»Es klingt häßlich«, sagte Raven, »komisch ist nur, es war gar nicht häßlich. Es war natürlich.«

»Blieben Sie dann bei dem Geschäft?«

»Nein. Es war nicht das richtige. Man konnte den anderen nicht über den Weg trauen. Entweder verloren sie die Nerven, oder sie wurden Verbrecher. Von ihrem Gehirn machten sie überhaupt keinen Gebrauch.«

Er fuhr fort: »Ich mußte Ihnen die Geschichte von Kite erzählen. Es tut mir nicht leid. Ich habe auch keinen Glauben. Nur sagten Sie, daß wir Freunde sind, und ich will nicht, daß Sie sich ein falsches Bild machen. Und die Geschichte mit Kite brachte mich mit Cholmondeley in Konflikt. Heute weiß ich, daß er bloß bei uns arbeitete, um mit verschiedenen Leuten zusammenzukommen.«

»Wir haben uns sehr weit von den Träumen entfernt.«

»Ich wollte gerade darauf zurückkommen«, sagte Raven. »Wahrscheinlich hat mich der Mord an Kite nervös gemacht.« Seine Stimme zitterte leicht vor Furcht und auch vor Hoffnung, Hoffnung, weil sie den einen Mord so leicht nahm. (Aber sie hatte gesagt: »Ich würde ruhig zusehen, wie Sie ihn erschießen.«) Furcht, weil er nicht glaubte, man könnte sich einem Menschen rückhaltlos anvertrauen, ohne betrogen zu werden. Schön war es, dachte er, alles sagen zu dürfen, zu wissen, daß es jemand gab, der alles wußte und sich nicht darum kümmerte. Es wäre wie ein langer Schlaf.

Er sagte: »Ich habe heute das erstemal seit drei — vier — ich weiß nicht wieviel Nächten geschlafen. Es scheint, ich bin trotz allem nicht sehr kräftig.«

»Mir scheinen Sie genug kräftig«, sagte Anne. »Kein Wort mehr über Kite.«

»Niemand soll mehr was über Kite erfahren. Wenn ich Ihnen aber erst sagen würde —« Er schreckte vor der Enthüllung zurück. »Ich habe in letzter Zeit oft geträumt, daß ich nicht Kite, sondern eine alte Frau getötet habe. Sie rief durch eine Tür hindurch, die ich öffnen wollte, aber sie hielt die Klinke fest. Ich schoß durch die Türfüllung. Dann träumte ich, daß ich sie traf, daß sie aber noch lebte. Und selbst das — war nicht häßlich.«

»Sie sind grausam in Ihren Träumen«, sagte Anne.

»Im gleichen Traum tötete ich auch einen alten Mann. Hinter einem Schreibtisch. Ich hatte einen Schalldämpfer. Er fiel hinter den Tisch. Ich hatte ihm nicht weh tun wollen. Mir bedeutete er gar nichts. Und ich zerschoß ihn wie ein Sieb. Dann gab ich ihm ein Stück Papier in die Hand. Man hatte mir gesagt, ich sollte nichts an mich nehmen.«

»Wie meinen Sie das – Sie sollten ›nichts an sich nehmen‹?«

Raven erwiderte: »Sie hatten mich nicht dafür bezahlt, daß ich etwas mitnehmen sollte, Cholmondeley und sein Auftraggeber.«

»Das war kein Traum!«

»Nein ... Das war kein Traum.« Die Stille machte ihn ängstlich. Er begann hastig zu sprechen. »Ich wußte nicht, daß der alte Bursche einer von den Unseren war. Hätte ich es gewußt, ich hätte ihm kein Haar gekrümmt. Und jetzt das Gequatsche über den Krieg! Es ist mir ganz egal. Warum soll es mich was angehen, wenn es zum Krieg kommt? Für mich war immer Krieg. Sie reden immer von den Kindern. Könnten Sie nicht auch mit mir ein wenig Erbarmen haben? Es hieß: er oder ich. Zweihundert Pfund, wenn ich zurückkam, fünfzig im voraus. Das ist ein Haufen Geld. Es war die gleiche Sache wie mit Kite. Und ebenso leicht.«

Und nach einer Pause: »Werden Sie mich jetzt verlassen?« In der Stille konnte Anne seinen ängstlichen Atem hören. Endlich entschloß sie sich zu einem leisen: »Nein, ich werde Sie nicht verlassen.«

Er rief: »Das ist gut! Das ist gut«, und streckte seine Hand aus, wobei er ihre Finger berührte, die kalt wie Eis auf den Säcken lagen. Er zog sie für einen Augenblick an seine unrasierte Wange. Mit seiner mißgestalteten Lippe wagte er sie nicht zu berühren. Er murmelte: »Es tut gut, wenn man jemand alles vertrauen darf.«

II

Anne zögerte lange, ehe sie wieder zu sprechen begann. Sie wollte, daß ihre Stimme natürlich klinge und nicht ihren Widerwillen verrate. Sie bemühte sich, aber alles, woran sie denken konnte, war wieder: »Ich werde Sie nicht verlassen.« Im Dunkel entsann sie sich ganz klar aller Einzelheiten, die sie über das Verbrechen gelesen hatte: die alte Sekretärin, die im Gang lag, der tote alte Kriegsminister. Die Zeitungen hatten es das häßlichste politische Verbrechen genannt, seit dem Tage, da das Königspaar von Serbien aus dem Fenster des Palastes geworfen worden war, um die Thronfolge des kriegerischen Gegenkönigs zu sichern.

Raven wiederholte: »Es ist gut, jemand so vertrauen zu können . . .« Und plötzlich mußte sie an seinen Mund denken, dessen Häßlichkeit sie die ganze Zeit über vergessen hatte, und es schüttelte sie. Trotzdem, dachte sie, muß ich aushalten, ich darf es ihn nicht wissen lassen. Er muß Cholmondeley und Cholmondeleys Auftraggeber finden, und dann . . . Sie zog sich im Dunkel ängstlich vor ihm zurück.

Er sagte: »Draußen warten sie jetzt. Sie haben Verstärkung aus London bekommen.«

»Aus London?«

»Es stand alles in allen Zeitungen«, erklärte er voll Stolz. »Detektiv-Sergeant Mather von Scotland Yard.«

Mit Mühe unterdrückte sie einen Aufschrei der Verzweiflung, des Entsetzens. »Hier?«

»Vielleicht ist er jetzt draußen.«

»Warum kommt er nicht herein?«

»Im Dunkel würden sie mich nie erwischen. Und jetzt dürften sie auch schon wissen, daß Sie hier sind. Deshalb wollen sie nicht schießen.«

»Und Sie . . . Sie würden . . .«

»Da ist doch niemand, der mir leid tun würde«, sagte Raven.

»Wie wollen Sie entkommen, wenn es Tag wird?«

»So lange werde ich nicht warten. Ich brauche nur so viel Licht, um meinen Weg zu finden. Und um genug zum Schießen zu sehen. Sie werden nicht zuerst schießen; und treffen werden sie erst recht nicht. Das verschafft mir einen Vorteil. Ich brauche noch einige Stunden Zeit. Wenn ich entkomme, können sie mich nicht so leicht finden. Nur Sie werden wissen, wo ich bin: im Haus der Midland Steel.«

Sie begann ihn auf eine verzweifelte Art zu hassen. »Sie werden also kaltblütig schießen?«

»Sie sagten doch, daß Sie zu mir halten, nicht wahr?«

»Natürlich«, sagte sie vorsichtig, »natürlich.« Und versuchte, Ordnung in ihre Gedanken zu bringen. Das war zuviel: die Welt retten zu wollen — und — Jimmy! Wenn es zur Entscheidung kam, mußte die Welt an die zweite Stelle rücken. Und was, fragte sie sich, denkt Jimmy? Sie kannte seine schwerfällige, humorlose Geradheit; nicht einmal Ravens Kopf, auf einer Silberschüssel präsentiert, würde genügen, um ihm ihr Verhalten verständlich zu machen. Und selbst ihren eigenen Ohren klang es schwach und phantastisch, wenn sie sagen wollte, daß sie alles nur getan habe, um einen Krieg zu verhindern.

»Wir wollen jetzt schlafen«, sagte sie. »Wir haben einen langen, langen Tag vor uns.«

»Ich glaube, ich könnte jetzt schlafen«, erwiderte Raven. »Sie wissen nicht, wie gut es tut . . .«

Aber jetzt war es Anne, die nicht schlafen konnte. Sie hatte so viel zu denken. Es fiel ihr ein, daß sie seinen Revolver an sich bringen und die Polizei herbeirufen konnte, noch ehe er erwacht war. Das würde Jimmy vor jeder Gefahr bewahren, aber was half das schon? Man würde ihre Geschichte nie glauben: es gab keinen Beweis dafür, daß er den alten Mann getötet hatte. Und auch dann konnte er noch entkommen. Sie brauchte Zeit, und sie hatte sie nicht.

Vom Süden her, wo der Militärflugplatz lag, hörte sie das dumpfe Dröhnen der Propeller. Die Maschinen flogen in beträchtlicher Höhe, um die Bergwerke und das Eisenbahnnetz von Nottwich zu bewachen. Sie zogen, feurigen Libellen gleich, dahin, über den Schienenstrang, den Frachtenbahnhof, über den Schuppen, in dem Anne und Raven lagen, über Saunders, der hinter dem nächsten Viehwaggon mit den Armen fuchtelte, um sich zu erwärmen, über Acky, der träumte, daß er wieder auf der Kanzel stehe, und über Sir Marcus, schlaflos am Schreibtisch sitzend.

Das erstemal seit einer Woche war Raven in tiefen Schlaf verfallen. Den Revolver hielt er auf den Knien. Er träumte, daß er ein großes Feuer am Sonnwendtag anzünde. Und er warf alles hinein, was er fand: ein gezahntes Messer, eine Handvoll Rennprogramme, ein Tischbein. Die Flammen brannten warm und prachtvoll. Rings um ihn war ein schönes Feuerwerk im Gange, und hinter dem Holzstoß tauchte wieder der alte Kriegsminister auf. Er sagte: »Ein schönes Feuer«, und trat mitten hinein. Raven rannte herbei, um ihn herauszuholen, aber der Alte sagte: »Lassen Sie nur. Hier ist es warm«, dann ging er in Flammen auf.

Eine Uhr schlug. Anne zählte die Schläge, wie sie sie die ganze Nacht gezählt hatte. Bald würde es Tag sein, und sie hatte noch immer keinen Plan. Sie hüstelte; es kratzte sie im Hals. Und plötzlich bemerkte sie mit großer Freude, daß es draußen neblig war. Es war nicht der düstere englische Nebel, sondern feuchte gelbe Schwaden, die vom Flusse herzogen und die es einem Menschen leicht machten, zu entkommen. Widerwillig streckte sie die Hand aus — weil sie ihn jetzt verabscheute — und berührte Ravens Arm. Er erwachte sofort. Sie sagte: »Nebel steigt auf.«

»Was für ein Glück!« sagte er. »Was für ein Glück!« und lachte leise vor sich hin. »Da muß man an Vorsehung glauben, nicht wahr?«

Es begann fahl zu dämmern, und sie konnten einander schon unterscheiden. Raven, der vor Kälte zitterte, sagte: »Ich habe von einem großen Feuer geträumt...« Jetzt sah sie, daß er überhaupt keine Säcke hatte, aber sie empfand kein Mitleid mehr. Er war für sie nur mehr ein wildes Tier, mit dem man vorsichtig umgehen mußte, ehe man es unschädlich machte. »Soll er frieren«, sagte sie.

Er untersuchte den Revolver. Sie sah, wie er ihn entsicherte. Dann fragte er: »Und was geschieht mit Ihnen? Sie waren anständig zu mir. Ich will nicht, daß Sie Unannehmlichkeiten haben. Ich will nicht, daß sie glauben«, er zögerte und fuhr dann verlegen in fragendem Ton fort, »daß sie wissen, daß wir zwei etwas miteinander zu tun haben.«

»Ich werde mir etwas ausdenken«, sagte Anne.

»Wenn ich Sie von hier hinausjage... Dann würden sie nichts wissen. Aber ich bin jetzt weich geworden. Ich könnte Sie um nichts in der Welt roh anfassen.«

Sie konnte nicht widerstehen, zu fragen: »Auch nicht für 250 Pfund?«

»Er war ein Fremder«, sagte Raven. »Das ist nicht dasselbe. Ich dachte, er ist einer der Reichen und Mächtigen. Sie sind —«, er zögerte von neuem und starrte düster auf den Revolver, »meine Freundin.«

»Fürchten Sie nichts«, sagte Anne. »Ich werde schon irgendeine Geschichte erzählen.«

Er rief voll Bewunderung: »Sie sind klug.« Dann beobachtete er, wie der Nebel durch die Türritzen drang und den kleinen Schuppen mit kalten Schwaden erfüllte. »Jetzt ist er dicht genug, um einen Versuch zu wagen.« Er nahm den Revolver in die Linke und bewegte die Finger der rechten Hand. Er lachte auf, um sich Mut zu machen. »In diesem Nebel werden sie mich nie erwischen.«

»Werden Sie schießen?«

»Natürlich werde ich schießen.«

»Ich habe eine Idee«, sagte Anne. »Wir wollen nichts riskieren. Geben Sie mir Ihren Überrock und Hut. Ich ziehe die Sachen an und schlüpfe zuerst hinaus und laufe los. In dem Nebel werden sie nicht sehen, daß ich es bin, bevor sie mich erwischt haben. Wenn Sie die Signalpfeifen hören, zählen Sie langsam bis fünf, und dann los! Ich laufe nach rechts, Sie laufen nach links.«

»Sie haben Mut!« meinte Raven. Er schüttelte den Kopf. »Nein. Sie könnten doch schießen.«

»Sie haben doch selbst gesagt, daß sie nicht mit dem Schießen beginnen werden.«

»Das stimmt schon. Aber Sie werden dafür ein paar Jahre Gefängnis bekommen.«

»Ach«, sagte Anne. »Ich werde ihnen schon eine Geschichte erzählen. Ich werde sagen, daß Sie mich dazu gezwungen haben.« Sie fuhr bitter ironisch fort: »Das wird eine gute Reklame für ein Chorgirl sein. Ich werde sicher eine Sprechrolle bekommen.«

Raven meinte schüchtern: »Wenn Sie sagen, daß Sie mein Mädel sind, wird man es Ihnen nicht weiter übelnehmen. Das würde ich sagen. Sie würden das begreifen.«

»Haben Sie ein Messer?«

»Ja.« Er suchte in allen Taschen; fand es nicht. Er mußte es am Fußboden von Ackys »guter Stube« gelassen haben.

Anne sagte: »Ich wollte nämlich meinen Rock aufschneiden, damit ich besser laufen kann.«

»Ich werde versuchen, ihn aufzureißen«, sagte Raven. Er kniete vor ihr nieder, riß daran, aber es ging nicht. Sie blickte auf ihn hinunter und war erstaunt über seine zarten Handgelenke. Seine Hände hatten nicht mehr Kraft als die eines kleinen Jungen. Seine ganze Stärke lag in dem mechanischen Instrument dort auf dem Boden. Sie dachte an Mather und empfand nun Verachtung und Haß für das magere, gebrechliche menschliche Wesen, das vor ihr kniete.

»Macht nichts«, sagte sie. »Ich laufe eben, so gut ich kann. Geben Sie mir den Mantel.«

Er legte ihn ab, fröstelte und schien seine Sicherheit zu verlieren mit der dünnen schwarzen Hülle, die einen alten, glän-

zenden Anzug bedeckt hatte, der an beiden Ellbogen durch-
löchert war. Die Kleider hingen an ihm herunter. Er sah unter-
ernährt aus. Jetzt konnte ihn niemand mehr für gefährlich halten. Er drückte die Arme an sich, um die Löcher zu verbergen.

»Und Ihren Hut«, sagte Anne. Er hob ihn von den Säcken
auf und gab ihn ihr. Er sah gedemütigt aus, und bisher hatte
er keine Demütigung ertragen, ohne in Wut auszubrechen.
»Und jetzt«, sagte Anne, »vergessen Sie nicht! Warten Sie
auf das Pfeifen, und dann zählen Sie . . .«

»Ich mag nicht . . .«, sagte Raven. Er versuchte vergebens,
den Schmerz auszudrücken, den es ihm bereitete, sie gehen zu
sehen. Es schien das Ende von allem. Er sagte: »Ich werde Sie
wiedersehen — irgendwann . . .«, und als sie mechanisch
»Ja . . .« erwiderte, lachte er verzweifelt. »Nicht wahrscheinlich, nachdem ich den . . . getötet habe.« Er wußte nicht einmal
mehr, wie der Mann hieß, den er umgebracht hatte.

SECHSTES KAPITEL

I

Saunders war ein wenig eingenickt; eine Stimme weckte ihn
auf: »Der Nebel wird immer dichter.«

Der Nebel war schon so dicht, daß das erste Tageslicht nur
gelblich schimmernd durchdrang; und hätte ihn sein Sprach-
gebrechen nicht daran gehindert, so hätte er den Polizisten
fluchend angefahren, warum man ihn nicht früher geweckt
hatte. Er sagte: »Geben Sie Befehl, vorzugehen.«

»Werden wir in den Schuppen eindringen?«

»Nein. Ein Mädel ist drin. Wir dürfen nicht sch-schießen.
Werden warten, bis er herauskommt.«

Der Polizist stand noch neben ihm, als er bemerkte: die Tür
wird geöffnet. Saunders schob die Signalpfeife in den Mund
und entsicherte seinen Revolver. Das Licht war elend, und der
Nebel gaukelte einem Trugbilder vor. Trotzdem erkannte er
den dunklen Überrock, als die Gestalt nach rechts zu den Koh-
lenwaggons hin schlüpfte. Er pfiff gellend und rannte los. Der
schwarze Rock hatte einen Vorsprung von einer halben Minute

und tauchte rasch im Nebel unter. Es war unmöglich, weiter als zwanzig Schritt zu sehen. Saunders hielt sich hartnäckig in Sehweite und pfiff ununterbrochen.

Wie er gehofft hatte, ertönte vor ihm ein Pfeifensignal; das verwirrte den Flüchtigen; er zögerte einen Augenblick, und Saunders kam ihm näher. Nun hatten sie ihn umstellt, und das, dies wußte Saunders, war der gefährlichste Augenblick. Dreimal pfiff er in den Nebel, um seine Leute in einen Kreis zu formieren, und sein Pfeifen machte die Runde in einem weiten unsichtbaren Kreis.

Aber der Flüchtling begann von neuem zu laufen und — war verschwunden. Saunders pfiff zweimal: »Langsam vorwärts und beisammenbleiben.« Rechts vorn zeigten einzelne Pfiffe an, daß der Mann gesehen worden war. Jetzt rückten die Polizisten gegen das Zentrum des Kreises vor. Sie hielten sich dicht beisammen, denn solange der Kreis geschlossen blieb, war es dem Mann unmöglich, zu entkommen. Sie näherten sich schon dem Mittelpunkt, aber von dem Mann war nichts zu sehen. Schließlich sah Saunders, der nach vorn spähte, die schwachen Umrisse eines Polizisten aus dem Nebel auftauchen, vielleicht zwölf Yards entfernt. Er brachte die Kette mit einem Signal zum Stillstand: der Mann mußte irgendwo zwischen den Waggons stecken. Den Revolver in der Hand, ging Saunders vor, während ein Polizist seinen Platz in der Kette einnahm und den Kreis wieder schloß.

Plötzlich entdeckte Saunders sein Wild. Es hatte sich einen Platz im Winkel zwischen einem Kohlenhaufen und einem leeren Waggon ausgesucht. Dort war es vor Überraschungen sicher. Den Polizisten im Rücken blieb der Mann verborgen, und selbst Saunders sah bloß seine eine Schulter. Das konnte nur bedeuten, daß er um sein Leben kämpfen wollte; der Mann mußte verrückt oder der Verzweiflung nahe sein. Den Hut hatte er tief in die Augen gedrückt, und der Mantel hing so sonderbar an ihm herunter; die Hände hatte er in den Taschen vergraben.

Saunders schrie ihm durch den dicken gelben Nebel zu: »Es wär' besser, Sie ergeben sich.« Er hob den Revolver und näherte sich, den Finger am Abzug. Aber die Unbeweglichkeit der Gestalt schreckte ihn. Der Mann sah im Nebel wie ein Schatten aus. Und er, Saunders, gab, als es hinter ihm im Osten hell wurde, eine treffliche Zielscheibe ab. Es war, als würde er auf seine Hinrichtung warten, denn er durfte nicht zuerst schießen.

Trotzdem brauchte er keine Entschuldigung, um sich zum Feuern zu entschließen. Er kannte Mathers Gefühle. Mather würde ihn gegebenenfalls decken. Eine Bewegung würde genügen. Er rief scharf und ohne zu stottern: »Hände hoch!« Die Gestalt rührte sich nicht. Er empfand Haß gegen den Mann, der Mather so beleidigt hatte, und dachte: Wenn er nicht gehorcht, schieße ich ... Eine Chance gebe ich ihm noch: »Hände hoch!!!« Und als die Gestalt sich nicht bewegte, die Hände in den Taschen, eine gefährliche Drohung, schoß er ...

In dem Augenblick, als er feuerte, schrillte ein langer Pfiff, der fast wie ein Schrei klang, aus der Richtung der Straße und der Mauer her. Es bestand kein Zweifel, was er bedeutete; und plötzlich sah er alles klar vor sich: er hatte auf Mathers Mädel geschossen; sie hatte die Polizei ablenken sollen. Er schrie den Männern, die hinter ihm standen, zu: »Zurück zum Tor!« und rannte nach vorn. Er hatte sie wanken gesehen und fragte: »Sind Sie verletzt?« Er riß ihr den Hut vom Kopf, um sie besser sehen zu können.

»Sie sind der dritte, der mich umbringen will«, sagte Anne schwach und lehnte sich an den Waggon an. »Besucht das sonnige Nottwich! Ich habe aber noch sechs weitere Leben in mir.«

Saunders stammelte: »W-w-w-wo?«

»Dahin haben Sie getroffen«, sagte Anne. »Wenn es das ist, was Sie wissen wollen«, und wies auf einen gelblichen Streifen an der Kante des Waggons. »Daneben. Dafür bekommen Sie nicht einmal einen Trostpreis.«

Saunders sagte: »Sie w-w-werden mit mir kommen m-m-müssen.«

»Soll mir ein Vergnügen sein. Darf ich den Mantel ausziehen? Ich komme mir darin recht dumm vor.«

Beim Tor standen vier Polizisten um etwas herum, das auf der Erde lag. Einer von ihnen meldete: »Wir haben um die Ambulanz geschickt.«

»Ist er tot?«

»Noch nicht. Schuß in den Magen. Er hat trotzdem weitergepfiffen —«

Saunders wurde von wilder Wut gepackt. »Macht Platz, Jungens«, sagte er. »Laßt die Dame sehen.« Sie zogen sich unwillig und verwirrt zurück, als hätten sie mit ihren Körpern eine obszöne Kreidezeichnung auf irgendeiner Mauer verdeckt; und zum Vorschein kam das totenblasse Gesicht, das aussah, als hätte niemals warmes Blut seine Wangen durchströmt. Seinen Ausdruck konnte man nicht friedlich nennen; es sah einfach leer aus. Und Blut war an den Beinkleidern, die man ihm gelockert hatte, und Blut war ringsum auf der schwarzen Erde.

Saunders sagte: »Zwei von euch führen diese Dame aufs Kommissariat. Ich warte hier, bis die Ambulanz kommt.«

II

Mather erklärte: »Wenn du aussagen willst, muß ich dich aufmerksam machen: alles, was du sagst, kann gegen dich als Beweis verwendet werden.«

»Ich habe nichts auszusagen, Jimmy«, sagte Anne. »Ich will bloß mit dir reden.«

Mather sagte: »Wäre der Kommissar hier, hätte ich ihn gebeten, den Fall zu übernehmen. Ich will, daß du verstehst, daß ich keine persönlichen . . .«

»Wie wäre es, wenn du deinem Mädel eine Tasse Kaffee anbieten würdest?« sagte Anne. »Es ist fast Frühstückszeit.«

Mather hieb mit der Faust auf die Tischplatte. »Wohin wollte er?«

»Laß mir Zeit«, bat Anne. »Ich habe viel zu erzählen. Aber du wirst mir nicht glauben.«

»Du hast den Mann gesehen, den er niederschoß«, sagte Mather. »Er hat eine Frau und zwei Kinder. Sie haben vom Spital angerufen. Innere Blutung.«

»Wieviel Uhr ist es?« fragte Anne.

»Acht Uhr. Wenn du schweigst, ändert das nichts an der Sache. Er entkommt uns nicht. In einer Stunde beginnt die Luftschutzübung. Keine Menschenseele darf ohne Maske auf die Straße. Man wird ihn sofort festnehmen. Was für Kleider trägt er?«

»Gib mir etwas zu essen. Ich habe seit vierundzwanzig Stunden nichts gehabt. Dann werde ich auch klarer denken.«

Mather sagte: »Es gibt nur eine Möglichkeit, daß du deiner Anklage wegen Beihilfe entgehst. Wenn du nämlich ein Geständnis ablegst.«

»Ist das euer dritter Grad?« fragte Anne.

»Warum willst du ihn schützen? Warum hältst du ihm dein Wort, wenn du nicht —«

»Nur weiter!« sagte Anne. »Beleidige mich. Niemand kann dir einen Vorwurf machen. Auch ich nicht. Aber ich will nicht, daß du denkst, daß ich ihm mein Wort halte. Er hat den alten Mann umgebracht. Er selbst hat es mir gesagt.«

»Welchen alten Mann?«

»Den Kriegsminister.«

»Du mußt dir schon etwas Besseres ausdenken«, sagte Mather kurz.

»Aber es ist wahr. Er hat diese Banknoten nicht gestohlen. Man hat ihn betrogen. Sie haben ihn damit für das Attentat bezahlt.«

»Er hat dir einen Bären aufgebunden«, sagte Mather. »Aber ich weiß, woher die Noten kommen.«

»Ich auch. Von irgendwo aus der Stadt hier.«

»Er hielt dich zum Narren. Sie kommen von der Schienenfabrik in der Victoria Street.«

Anne schüttelte den Kopf. »Falsch. Von der Midland Steel.«

»Dann ist er also dorthin gegangen, in die Midland Steel — in den Tanneries?«

»Ja«, sagte Anne. Dieses Wort hatte etwas Abschließendes, das sie erschreckte. Sie haßte jetzt Raven; und der Polizist, den sie am Boden verbluten gesehen hatte, ließ sie Ravens Tod wünschen; trotzdem mußte sie an den Schuppen denken, die Kälte, den Haufen Säcke und sein blindes Vertrauen zu ihr. Sie saß mit gesenktem Kopf da, während Mather telefonisch seine Aufträge gab. »Wir werden ihn dort erwarten«, sagte er. »Wen sucht er dort?«

»Das weiß er selbst nicht.«

»Da kann etwas Wahres daran sein«, meinte Mather. »Irgendeine Verbindung kann bestehen. Wahrscheinlich ist er von einem der Angestellten hineingelegt worden.«

»Das war kein Angestellter, der ihm das viele Geld gab und der mich umbringen wollte, nur weil ich wußte —«

Mather fiel ihr ins Wort: »Dein Märchen kann warten.«
Er drückte auf den Klingelknopf und befahl dem eintretenden
Polizisten: »Halten Sie das Mädchen zwecks weiterer Einver-
nahme fest. Lassen Sie ihr ein Sandwich und Kaffee geben.«

»Wohin gehst du?«

»Deinen Freund herholen«, sagte Mather.

»Er wird schießen. Er ist flinker als du. Warum läßt du
nicht die anderen —«, flehte sie. »Ich will alles gestehen.
Auch wie er Kite getötet hat.«

»Nehmen Sie das zu Protokoll«, wandte sich Mather an
den Polizisten. Er zog seinen Überrock an. »Der Nebel lichtet
sich.«

Sie beschwor ihn: »Siehst du denn nicht, daß das wahr ist?
Laß ihm bloß Zeit, seinen Mann zu finden, und dann — wird
es keinen Krieg geben!«

»Er hat dir ein Märchen erzählt.«

»Er hat die Wahrheit gesprochen — aber du warst natürlich nicht dabei —, du hast ihn nicht gehört. In deinen Ohren
klingt es jetzt anders. Ich dachte — ich könnte alle retten...«

»Alles, was du getan hast«, sagte Mather grob, »war, daß
ein Mann getötet wurde.«

»Hier klingt alles ganz anders. Irgendwie phantastisch.
Aber er glaubte daran. Vielleicht«, sagte sie hoffnungslos, »ist
er verrückt.«

Mather öffnete die Tür. Plötzlich schrie sie auf: »Er war
nicht verrückt, Jimmy! Sie wollten mich wirklich töten!«

Er sagte: »Ich werde deine Aussage lesen, bis ich zurück-
komme«, und schloß die Tür hinter sich.

SIEBENTES KAPITEL

I

Im Spital unterhielten sich alle ganz großartig. Es gab noch
mehr Spaß als an dem Tage, da die Straßensammlung war
und die Studenten den alten Piker raubten und ihn in den
Weevil zu werfen drohten, wenn er sich nicht mit einer größe-
ren Summe loskaufte.

Buddy Ferguson leitete alles. Drei Ambulanzwagen standen ausfahrbereit im Hof, und auf einem, für die »Toten«, wehte die Fahne mit dem Totenkopf. Jemand brüllte, daß Mike brenne, sie begannen ihn also mit Mehl und Ruß anzustreuen, den sie in Kübeln bereithielten. Das war der inoffizielle Teil des Programmes: alle eingelieferten »Fälle« sollten damit eingerieben werden, mit Ausnahme derjenigen, die der »Totenwagen« auflesen mochte. Die wollte man in den Keller stecken, wo die wirklichen Leichen in ihren Eisschränken lagen.

Einer der Chefärzte überquerte mit raschen, nervösen Schritten den Hof. Er war unterwegs zu einer Schädeloperation, aber trotzdem fürchtete er, die Studenten würden auch ihn mit Mehl und Ruß bewerfen. Vor fünf Jahren gab es einen großen Skandal, weil eine Frau gestorben war, während sie ähnliche Späße trieben. Der diensttuende Arzt war damals von den Studenten geraubt und als Krampus verkleidet durch die Stadt geführt worden. Zum Glück war sie keine zahlende Patientin, und obwohl ihr Mann hysterisch auf einer Untersuchung bestand, drückte man in Anbetracht der Jugend der Schuldigen damals ein Auge zu. Der Totenbeschauer war auch einmal Student gewesen und erinnerte sich mit Vergnügen des Tages, an dem er den Rektor der Universität mit Streusand beworfen hatte.

Der Chefarzt war damals zugegen gewesen. Jetzt, schon im Korridor, heil und gesund, konnte er in der Erinnerung daran lächeln. Der Rektor war unbeliebt gewesen; er war Humanist und hatte Lucans »Pharsalia« in irgendein kompliziertes Versmaß eigener Erfindung übertragen. Der Chefarzt sah noch immer das kleine, blasse Gelehrtengesicht vor sich, das vergeblich und tapfer zu lächeln versuchte, als der Zwicker brach. Aber alle wußten, daß er gar nicht tapfer war. Deshalb faßten sie ihn auch besonders hart an.

Jetzt lächelte der Chefarzt, nunmehr vollkommen in Sicherheit, gutmütig in den Hof hinab. Die weißen Mäntel waren schon schwarz von Ruß. Jemand hatte sich einer Magenpumpe bemächtigt. Bald würden sie den Laden in der High Street überfallen und sich ihrer Maskotte bemächtigen, des ausgestopften, mottenzerfressenen Tigers. Jugend, Jugend, dachte er und mußte unwillkürlich lachen.

Buddy trieb es besonders arg. Alle beeilten sich, seinen Befehlen nachzukommen. Er war der Anführer. Jeden, den er ihnen wies, griffen sie auf. Er schwelgte in seinem Kraftgefühl; das sollte die ungünstigen Prüfungsresultate und die Sarkasmen der Ärzte ausgleichen. Selbst ein Chirurg war heute nicht sicher, wenn er einen Befehl gab. Der Ruß und das Mehl waren seine Idee; die ganze Luftschutzangelegenheit wäre langweilig gewesen, wenn er nicht auf den Gedanken gekommen wäre, daß sie ein willkommener Anlaß zu allerlei Allotria sei. Er hatte eine Versammlung der Studenten einberufen und ihnen alles erklärt: »Jeder, der auf der Straße ohne Gasmaske angetroffen wird, ist ein ›Verräter‹. Es gibt Leute, die die Übung sabotieren wollen. Wenn wir die also ins Spital einliefern, machen wir ihnen die Hölle heiß.«

Alle drängten sich um ihn. »Hurra, Buddy!« »Was ist mit Tiger Tim?« Sie umschwärmten Buddy Ferguson, warteten auf Befehle, und er stand großartig auf dem Trittbrett eines Ambulanzwagens, den weißen Mantel weit offen, die Hände in den Taschen, und seine ganze gedrungene Gestalt schwoll ordentlich vor Stolz, während sie um ihn herum brüllten: »Tiger Tim! Tiger Tim! Tiger Tim!«

»Freunde, Römer, Mitbürger!« rief er, und sie johlten vor Vergnügen: das war ihr alter Buddy! Buddy fand immer das richtige Wort. Wo er war, gab es tüchtigen Spaß. Und man wußte nie, was Buddy noch sagen konnte.

Wie ein großes Raubtier, das Bewegung braucht und das zuviel Heu zu fressen bekam, fühlte Buddy Ferguson die Kraft seines Körpers. Sein Bizeps verlangte Taten. Zu viele Prüfungen, zu viele Vorlesungen... Buddy Ferguson wollte etwas leisten. Wie sie sich so um ihn drängten, kam er sich als geborener Führer der Massen vor. Keine Rotkreuz-Arbeit für ihn, wenn es zum Krieg kam: Buddy Ferguson — Kompaniekommandant. Buddy Ferguson — der Teufel des Schützengrabens. Die einzige Prüfung, die er je bestanden hatte, war Anatomie.

»Es fehlen einige«, sagte Buddy Ferguson. »Simmons, Aitkin, Mallowes, Watt. Lauter verdammte Verräter, die lieber über den Büchern hocken als dem Vaterland dienen. Wir werden sie holen!«

»Was ist's mit Weibern, Buddy?« schrie jemand, und alle lachten. Denn Buddy hatte hinsichtlich der Frauen einen gewissen Ruf. Er erzählte seinen Freunden gelegentlich sogar von der Bardame des Metropole, wobei er sie familiär Juliet nannte, und deutete seinen Zuhörern höchst anschaulich zärtliche Szenen in seiner Wohnung an.

Buddy Ferguson stand breitspurig auf dem Trittbrett: »Das ist meine Sache. In Kriegszeiten braucht das Vaterland mehr Mütter.«

»Geh nicht zart mit ihnen um«, riefen sie ihm zu. »Schon gut«, antwortete er großartig. So wehrte er sich gegen die Zukunft: ein Provinznest, armselige Patienten in einem ärmlichen Wartezimmer, lebenslange, schlechtbezahlte Treue zu einer langweiligen Gattin. »Habt ihr eure Gasmasken?« rief er, der Teufel der Schützengräben. Was bedeuteten schon Prüfungen, wenn man ein Anführer von Männern war? Er sah, daß ihn einige der Pflegerinnen durch die Fenster beobachteten. Die kleine Milly wollte Samstag bei ihm Tee trinken.

Die Sirene der Leimfabrik heulte auf wie ein hysterischer Schoßhund. Alle standen einen Augenblick stumm da und mußten irgendwie an die zwei Minuten Schweigen am Waffenstillstandstag denken. Dann stürzten sie auf die Ambulanzwagen zu, kletterten aufs Dach, befestigten ihre Gasmasken und fuhren in die kalten, leeren Straßen von Nottwich hinaus. Die Wagen schütteten an jeder Ecke einige von ihnen aus, es bildeten sich kleine Gruppen, die enttäuscht durch die Straßen zogen.

Denn die Straßen waren beinahe leer. Nur ein paar Botenjungen kamen auf Fahrrädern vorbei und sahen mit ihren Gasmasken wie irgendeine Zirkusnummer aus. Sie schrien einander an, da sie nicht wußten, wie ihre Stimmen klangen. Es war, als wäre jeder für sich in eine schalldichte Telefonzelle eingeschlossen. Aus ihren großen gläsernen Augenöffnungen starrten sie gierig in jede Geschäftstür, auf der Suche nach einem Opfer. Eine kleine Schar gruppierte sich um Buddy Ferguson und schlug vor, einen Schutzmann festzunehmen, der im Dienst war und keine Maske trug. Ferguson war dagegen. So weit durfte der Spaß nicht gehen. »Was wir suchen, sind Leute, die dem Vaterland nicht einmal das Opfer bringen, eine Gasmaske anzulegen. Aber Watt wohnt hier. Wir wollen ihn herausholen.«

Sie rannten die menschenleeren Tanneries hinunter; ein halbes Dutzend maskierter Ungeheuer in weißen, mit Ruß beschmierten Mänteln. Es war unmöglich, sie voneinander zu unterscheiden. Durch die große Glastür der Midland Steel-Gesellschaft sahen sie drei Männer, die mit dem Portier sprachen. Es gab eine Menge uniformierter Polizisten; und in der nächsten Straße stießen sie auf einen zweiten Trupp Studenten, die glücklicher gewesen waren als sie und einen kleinen Mann (er schrie und stieß um sich) zum Ambulanzwagen trugen. Die Polizisten sahen zu und lachten, und über ihnen summte ein Flugzeuggeschwader, das sehr tief flog, um die Übung wahrheitsgetreu zu gestalten.

Erste Straße links. Erste Straße rechts. Das Zentrum von Nottwich war für einen Fremden voll Überraschungen. Nur am Stadtrand im Norden, draußen beim Park, war man gewiß, Straße auf, Straße ab, immer den gleichen Mittelstandshäusern zu begegnen. Nahe dem Hauptplatz kam man an einer Ecke von modernen verchromten Bürobauten zu kleinen Läden, vom Luxus des Hotel Metropole zum Geruch von Grünzeug. In Nottwich gab es keine Entschuldigung dafür, daß die eine Hälfte der Bevölkerung nicht wußte, wie die andere lebte.

Zweite Straße links. Die Häuser der einen Seite lehnten sich an nackte Felsen an, und die Straße führte tief unter dem Schloß vorbei. Eigentlich war es schon längst kein Schloß mehr. Es war ein gelbliches Ziegelgebäude, das städtische Museum, voll von steinernen Speerspitzen und Stücken brauner Tongefäße; in der zoologischen Abteilung gab es einige von Motten zerfressene Hirschschädel und eine Mumie, die der Earl von Nottwich im Jahre 1843 aus Ägypten gebracht hatte. Buddy und die anderen liefen den Hügel hinab auf Nummer zwölf zu.

Die Hausfrau öffnete ihnen. Sie lächelte liebenswürdig und sagte, daß Mr. Watt zu Hause sei; wahrscheinlich arbeite er. Dann faßte sie Buddy beim Ärmel und meinte, es wäre gut, wenn Mr. Watt einmal für eine Stunde von seinen Büchern weggeholt würde. Buddy erwiderte: »Das wollen wir gerade.«

»Ach«, sagte die Frau, »Mr. Ferguson! Ich kenne Ihre Stimme, aber ich hätte Sie beinahe nicht erkannt in diesem Inhalationsapparat. Ich wollte gerade ausgehen, da hat mich Mr. Watt erinnert, daß heute Luftschutzübung ist.«

»Ah! Dann weiß er es also?« sagte Buddy.

»Er sagte, man wird mich ins Spital bringen.«

»Los, Jungens!« sagte Buddy und führte sie über die Treppe hinauf. Aber sie konnten nicht alle auf einmal durch Watts Tür hindurch. Sie mußten hinter Buddy ins Zimmer und sich dann in verlegenem Schweigen neben dem Tisch aufstellen.

Watt war sich seiner Unbeliebtheit völlig bewußt. Er arbeitete schwer, weil er die Arbeit liebte; er hatte nicht einmal die Ausrede der Armut. Er betrieb keinen Sport, weil er dafür keinen Sinn hatte, war aber körperlich durchaus nicht schwach. Er verfügte über eine gewisse geistige Arroganz, die ihm den Erfolg sicherte. Wenn er jetzt als Student unter seiner Unbeliebtheit litt, so war dies nur der angemessene Preis, den er für die künftige Baronie, die elegante Ordination in der Harley Street, die mondäne Praxis der Zukunft zahlte. Es bestand keine Veranlassung, ihn zu bedauern; bedauernswert waren die anderen, die sich mit fünf lärmenden Studentenjahren ein ödes Leben in der Provinz erkauften.

Watt sagte: »Schließt die Tür, bitte. Es zieht.« Sein Sarkasmus gab ihnen die Gelegenheit, die sie suchten.

Buddy fragte: »Wir sind gekommen, um dich zu fragen, warum du heute nicht im Spital warst?«

»Ferguson, nicht wahr?« sagte Watt. »Ich weiß nicht, was euch das angeht.«

»Bist du ein Drückeberger?«

»Wie altmodisch ihr daherredet! Nein, ich bin kein Drückeberger. Ich sehe bloß einige alte medizinische Werke durch, und da ich annehme, daß sie euch nicht interessieren, bitte ich euch, das Zimmer zu verlassen.«

»Büffeln? So willst du deinen Weg machen! Büffeln, während andere etwas Anständiges leisten!«

»Wir haben eben über das, was einem Vergnügen bereitet«, sagte Watt, »verschiedene Ansichten. Mir macht es Spaß, in diesen Büchern zu blättern, euch freut es, in diesem sonderbaren Aufzug in den Straßen herumzurennen.«

Das gab den Ausschlag. Es war, als hätte er des Königs Rock beschimpft. »Wir werden dich jetzt ›ausziehen‹«, sagte Buddy.

»Schön«, sagte Watt gleichmütig. »Ich spare Zeit, wenn ich es selbst besorge«, und er begann sich zu entkleiden.

»Los!« schrie Buddy. Er nahm das Tintenfaß und schleuderte es gegen die Tapete. »Reißt das Zimmer zusammen!«

grölte er, und alle waren sofort glücklich und fühlten sich wohl, weil sie sich körperlich austoben konnten. Und daher richteten sie auch keinen besonderen Schaden an, sie zerrten nur die Bücher von den Regalen und warfen sie zu Boden; dann zerbrachen sie ein paar Bilderrahmen.

Watt sah ihnen zu; er war verängstigt, und je mehr er sich fürchtete, desto sarkastischer wurde er. Buddy sah ihn plötzlich so wie er war, doch irgendwie von Geburt aus zum Erfolg bestimmt, und er haßte ihn deswegen. Er fühlte sich machtlos; er hatte nicht Watts Verstand. Wozu also das ganze Geschwätz über den freien Willen? Nur Krieg und Tod konnten Buddy vor den Schrecken einer Landpraxis, einer langweiligen Frau, den ewigen Bridgepartien retten. Es schien ihm, daß er sich vielleicht wohler fühlen könnte, wenn er die Kraft besäße, sich Watts Gedächtnis unauslöschlich einzuprägen. Er griff nach dem Tintenfaß und leerte es auf das Titelblatt des alten, auf dem Tisch liegenden Bandes aus.

»Los, Burschen!« rief er. »Wir sind hier fertig!« Und führte seine Bande die Treppe hinab. Er spürte eine grenzenlose Erleichterung; es war, als hätte er einen Beweis seiner Männlichkeit abgelegt.

Gleich darauf griffen sie eine alte Frau auf. Sie wußte überhaupt nicht, was los war. Sie glaubte, es handle sich um eine Straßensammlung und bot ihnen einen Penny an. Sie sagten ihr, sie müsse mit ins Spital kommen. Sie waren sehr höflich zu ihr und wollten ihren Korb tragen. Die Gewalttätigkeit von vorhin war einer außergewöhnlichen Liebenswürdigkeit gewichen. Sie lachte und rief: »Was ihr Jungens immer für komische Einfälle habt!«

Und als einer ganz sachte ihren Arm ergriff und sie die Straße entlang führte, fragte sie: »Wer von euch ist der Weihnachtsmann?« Buddy gefiel das nicht: es verletzte seinen Stolz. Er hatte plötzlich eine ritterliche Empfindung: Frauen und Kinder haben den Vortritt, auch wenn ringsum Bomben fallen . . .

Er blieb stehen und ließ die anderen mit der alten Frau die Straße hinaufgehen; sie unterhielt sich großartig, lachte und stieß die Burschen in die Rippen. In der kalten, klaren Luft hörte man ihre Stimme auf große Entfernung. Sie bestand darauf, daß »sie den Plunder ausziehen und sich wie vernünftige Menschen betragen« sollten, und bevor sie ums Eck verschwand,

nannte sie sie Mormonen. Sie meinte wahrscheinlich Moham-
medaner, weil sie glaubte, daß diese mit vermummten Gesichtern herumgingen und eine Unmenge Frauen hatten.

Ein Aeroplan summte über seinem Kopf dahin, und Buddy
war allein auf der Straße, bis Mike auftauchte. Mike sagte, er
hätte eine gute Idee. Warum sollte man nicht die Mumie aus
dem Museum herausholen und ins Spital bringen, weil sie doch
keine Gasmaske trug? Die Burschen mit dem Krankenwagen,
der die Totenkopfflagge trug, hatten sich schon Tiger Tims bemächtigt und rasten nun in der Stadt herum und schrien nach
Piker.

»Nein«, sagte Buddy. »Das ist kein gewöhnlicher Ulk. Das
ist Ernst«, und sah plötzlich an der Einmündung einer Seiten-
straße einen Mann ohne Maske, der sich, als er seiner ansichtig
wurde, sofort zurückzog. »Rasch! Fang ihn!« rief Buddy.
»Halali!« und sie stürzten ihm nach. Mike war der bessere
Läufer: Buddy neigte schon ein wenig zur Korpulenz, und
Mike war ihm bald um zehn Yard voraus. Der Mann nahm
einen Anlauf und — war hinter der nächsten Ecke verschwunden. »Vorwärts«, brüllte Buddy, »halt ihn, bis ich komme!«
Mike war außer Sicht, als eine Stimme aus einem Haustor kam:
»He, Sie! Warum so in Eile?«

Buddy hielt an. Da stand der Mann, an die Tür gelehnt. Er
war da einfach eingetreten, und Mike hatte es in der Eile übersehen. In seinem ganzen Gehaben lag etwas Ernstes, Vorbedach-
tes und — Gefährliches. Die Straße mit den kleinen gotischen
Villen war vollständig menschenleer.

»Sie haben mich gesucht, nicht wahr?« fragte der Mann.

Buddy fuhr ihn an: »Wo ist Ihre Gasmaske?«

»Ist das ein Witz?« fragte der Mann ärgerlich.

»Natürlich nicht«, sagte Buddy. »Sie sind ein ›Fall‹. Und
müssen mit mir ins Spital kommen.«

»Muß ich, muß ich?« höhnte der Mann und drückte sich
eng an die Tür. Buddy bemerkte, daß er klein und schwach war
und daß seine Ärmel an den Ellbogen zerrissen waren.

»Sie täten gut daran«, sagte Buddy. Er dehnte den Brust-
korb, und sein Bizeps schwoll. Disziplin, dachte er, Disziplin.
Der kleine Kerl erkannte den Vorgesetzten nicht. Er fühlte die
Überlegenheit, die ihm seine körperliche Stärke gab. Kam er
nicht gutwillig mit, würde er ihm schon den Herrn zeigen.

»Gut«, sagte der Mann. »Ich komme mit.« Er trat aus dem dunklen Torweg, und Buddy sah ein gemeines, bösartiges Gesicht mit einer Hasenscharte. Die Nachgiebigkeit schien ihm plötzlich gefährlich. »Nicht dort«, sagte Buddy, »nach links.«

»Vorwärts«, sagte der kleine Mann und drückte durch die Rocktasche hindurch die Mündung des Revolvers an Buddys Rippen. »Ich bin ein ›Fall‹«, sagte er, »das ist wirklich großartig!« und lachte trocken. »Marsch durch das Tor, oder Sie sind sofort der ›Fall‹ —« (Sie standen vor einer kleinen Garage. Sie war leer. Der Besitzer war in sein Büro gefahren, und die kleine, leere Box stand offen.)

Buddy fuhr auf: »Was, zum Teufel!« Doch er hatte das Gesicht, dessen Beschreibung in beiden Lokalblättern erschienen war, erkannt; und etwas im Vorgehen des Mannes überzeugte Buddy, daß er nicht einen Augenblick zögern würde, zu schießen.

Das war ein Augenblick, den er im Leben nicht vergaß; die Geschichte folgte ihm durch sein ganzes Leben, trug reiche Ernte, wanderte mit ihm von einer Praxis in die andere und wurde in den verschiedensten Varianten gedruckt. Niemand sah etwas Besonderes in seiner Handlungsweise; jeder hätte das gleiche getan: nämlich in die Garage eintreten und die Tore auf Ravens Befehl schließen. Aber die Freunde konnten den schweren Schlag nicht begreifen. Eben erst war er mitten im »Bombenregen« auf der Straße gestanden, hatte voll Freude und Aufregung auf den Ausbruch eines richtigen Krieges gehofft, und jetzt stand dieser richtige Krieg vor ihm, in Gestalt eines Revolvers, den eine schmale, schwächliche Hand an seine Rippen preßte.

»Ausziehen!« befahl Raven, und Buddy gehorchte verschüchtert. Aber man nahm ihm mehr weg als seine Gasmaske, den weißen Mantel, den grünen Tweedanzug. Nachdem alles vorbei war, blieb ihm keine Hoffnung mehr. Die Hoffnung auf einen Krieg, um sich als Führer von Männern zu erweisen, taugt nichts. Er war nur noch ein dicklicher, krebsroter, erschreckter junger Mann, der in Unterhosen in der kalten Garage fror. Es erwies sich, daß der Hosenboden ein Loch hatte und daß seine Knie nach und nach blaurot wurden. Daß er kräftig war, sah man, aber man sah auch, daß er begann, dick zu werden. Wie ein Jagdhund bedurfte er des Trainings. Er hielt sich zwar in Form, aber der Gedanke, daß er sich für das in Form gehalten habe, war schrecklich: um hier in durchlöcherten Unterhosen frierend dazustehen, während der magere, unterernährte Schurke von einem Verbrecher, den er mit einem Handgriff hätte erledigen können, sich seinen Anzug, den weißen Kittel und zuletzt auch die Gasmaske anzog.

»Umdrehen«, sagte Raven, und Buddy Ferguson gehorchte. Er war jetzt so zerschlagen, daß er jede Gelegenheit versäumt hätte, selbst wenn ihm Raven eine solche gegeben hätte. Er hatte keine Phantasie, hatte noch niemals einer Gefahr ins Auge gesehen, wie sie ihm jetzt in der Garage begegnete.

»Hände auf den Rücken.« Und Raven band Buddys rote dicke Handgelenke mit dessen braungelber Krawatte zusammen, Abzeichen irgendeiner Verbindung. »Niederlegen!« Demütig gehorchte Buddy, und Raven fesselte ihm die Beine mit einem Taschentuch, ein zweites schob er ihm als Knebel in den Mund. Es war nicht sehr fest, aber es mußte auch so gehen. Er mußte sich rasch an die Arbeit machen. Er verließ die Garage und schloß das Tor leise hinter sich. Er durfte jetzt auf einen Vorsprung von Stunden hoffen, sicher rechnen aber konnte er bloß mit Minuten.

Lautlos und vorsichtig kam er unter dem Schloßfelsen hervor und sah sich nach Studenten um. Aber die Bande war schon weg; einige belagerten den Bahnhof, um Ankommende aufzugreifen, und der Rest durchsuchte die Straßen im Norden bei den Gruben. Die Hauptgefahr bestand jetzt darin, daß die Sirenen jeden Augenblick das Ende der Übung verkünden konnten. Man sah eine Menge Polizei; er wußte recht gut, warum, aber er ging ohne Zögern an ihnen vorbei auf seinem Weg nach den Tanneries. Sein Plan führte ihn nicht weiter als bis vor die Glastür der Midland Steel-Gesellschaft. Er hatte blindes Vertrauen zu seinem Schicksal, wie zu einer Art poetischen Gerechtigkeit: wenn es ihm gelang, in das Gebäude einzudringen, würde er schon irgendwie den Weg zu dem Manne, der ihn betrogen hatte, finden.

Er kam unangefochten in die Tanneries, überschritt den schmalen Fahrdamm, der nur in einer Richtung für den Wagenverkehr freigegeben war, und näherte sich dem riesigen Bürohaus aus Glas und Stahl. Den Revolver preßte er mit einem Gefühl von Frohmut und Erleichterung an seine Hüfte. In seinem Haß lag jetzt ein gewisser Leichtsinn, den er bisher nicht gekannt hatte; all seine Bitterkeit war dahin, und seine Rache trug nicht mehr ausschließlich persönlichen Charakter. Es war beinahe, als würde er für jemand anderen handeln.

Hinter dem Tor der Midland Steel spähte jemand nach den davor parkenden Wagen aus. Er sah aus wie ein Büroangestellter. Raven überquerte den Gehsteig. Er starrte durch die Gläser seiner Maske zurück auf den Mann. Etwas ließ ihn zögern: die Erinnerung an ein Gesicht, das er einen Augenblick lang vor der Pension in Soho, wo er gewohnt, gesehen hatte. Und plötzlich zog er sich vom Eingang zurück und begann hastig die Tanneries entlang zu gehen. Die Polizei war schon vor ihm dort gewesen!

Das bedeutete noch gar nichts, sagte Raven, als er die ganz verlassene High Street betrat, wo nur ein Telegrafenbote mit Gasmaske auf einem Fahrrad fuhr. Es bedeutete nur, daß auch die Polizei eine Verbindung zwischen dem Büro in der Victoria Street und der Midland Steel bemerkt hatte. Es hieß noch lange nicht, daß das Mädel nur eben ein Weiberkittel mehr war, der ihn verriet. Doch ein leiser Schimmer der alten Bitterkeit und Einsamkeit schlich sich wieder in sein Gemüt. Sie ist aufrichtig, sie hat beinahe überzeugend geschworen, daß sie ihn nicht verraten würde: Wir halten zusammen..., und er entsann sich mit dem Gefühl einer zweifelhaften Sicherheit ihres Ausspruches: »Wir sind Freunde.«

II

Der Regisseur hatte die Probe zeitig angesetzt. Er wollte die Spesen nicht dadurch erhöhen, daß er für alle Gasmasken anschaffte. Sie würden vor der Zeit, da alles begann, im Theater sein und durften es erst nach dem Sirenensignal verlassen. Mr. Davis hatte gesagt, daß er die neue Nummer zu sehen wünsche, und so hatte ihn der Regisseur von dem Beginn der Probe verständigt. Den Zettel hatte Davis ins Eck seines Rasierspiegels geschoben, wo schon die Telefonnummern aller seiner Mädels steckten.

In der modernen Junggesellenwohnung mit Zentralheizung war es bitter kalt. Wie gewöhnlich war an der Ölfeuerung etwas nicht in Ordnung, und das warme Wasser lief ganz kalt aus der Leitung. Davis schnitt sich einige Male während des Rasierens und verpickte sein Kinn mit lauter kleinen Wattebäuschchen. Sein Blick fiel auf »Mayfair 632« und »Museum 798«. Das waren Coral und Lucy. Dunkel und hell, voll und schlank. Sein blonder und sein schwarzer Engel.

Der Morgennebel lag noch gelblich vor den Scheiben, und die Fehlzündungen eines Autos erinnerten ihn an Raven, der sicher auf dem Güterbahnhof festgehalten war, umgeben von bewaffneten Polizisten. Er wußte, daß Sir Marcus alles erledigen wollte, und fragte sich, wie das Gefühl sein müsse, zu erwachen und zu wissen, dies sei der letzte Tag. »Die Stunde kennen wir nicht«, dachte Davis glücklich und rieb die Schnittwunden mit Alaunstift ein. Wenn man sie aber kannte, so wie Raven zum Beispiel, würde man sich da noch über eine stumpfe Klinge, eine verdorbene Zentralheizung aufregen?

Mr. Davis' Gedanken befaßten sich gern mit großen abstrakten Dingen, und die Idee schien ihm grotesk, daß sich ein zum Tode Verurteilter mit etwas so Gewöhnlichem beschäftigen könnte wie mit einer Rasierklinge. Aber — natürlich, Raven würde sich in seinem Schuppen kaum rasieren.

Mr. Davis frühstückte hastig: zwei Stück Toast, zwei Schalen Kaffee, vier geröstete Nieren, eine Schnitte Schinken, alles per Lift vom Restaurant heraufgesandt, und etwas Marmelade. Es bereitete ihm eine gewisse Genugtuung zu wissen, daß Raven kein solches Frühstück hatte: vielleicht ein bereits Verurteilter, aber nicht Raven.

Mr. Davis hielt nichts von Verschwendung: er hatte das Frühstück bezahlt, deshalb türmte er auf der zweiten Scheibe Toast alles auf, was an Butter und Marmelade übrig war. Ein Tropfen Marmelade fiel dabei auf seine Krawatte.

Nur etwas Unangenehmes war da, wenn man von Sir Marcus' Mißvergnügen absah, und das war das Mädel. Er hatte damals den Kopf verloren: zuerst, als er sie töten wollte, und dann ein zweites Mal, weil er es nicht tat. An allem war Sir Marcus schuld. Er hatte Angst gehabt, was Sir Marcus sagen würde, wenn er von der Existenz des Mädels hörte. Aber jetzt würde alles in Ordnung sein. Man hatte das Mädel als Komplicin aufgegriffen: kein Gerichtshof würde einer gegen Sir Marcus vorgebrachten Aussage eines Verbrechers Glauben schenken. Er vergaß die Luftschutzübung und begab sich ins

Theater, um sich dort ein wenig zu erholen, da jetzt alles in Ordnung schien. Unterwegs kaufte er aus einem Automaten für sechs Pence Bonbons.

Er fand Mr. Collier in heller Verzweiflung. Man hatte schon einige Nummern geprobt, und Miss Maydew, die, in ihren Pelzmantel gehüllt, in der ersten Parkettreihe saß, meinte, es sei sehr gewöhnlich. Sie sagte, sie hätte nichts gegen einen erotischen Einschlag, aber dann mußte es anders sein. Das hier sei Varieté und nicht Operettenrevue. Collier scherte sich den Teufel darum, was Miss Maydew sagte, es konnte aber bedeuten, daß Mr. Lewis ... Deshalb sagte er: »Was erscheint Ihnen daran gewöhnlich ...? Ich verstehe nicht ...«

Mr. Davis sagte: »Ich werde es Ihnen sagen. Fangen Sie wieder von vorn an«, und er setzte sich, ein Bonbon lutschend, ins Parkett hinter Miss Maydew, wobei ihm ihr ziemlich teures Parfüm und der warme Duft ihres Pelzes in die Nase stieg. Es schien ihm, daß das Leben nichts Besseres zu bieten habe. Das war seine Revue. Zumindest vierzig Prozent davon gehörten ihm. Er suchte sich seine vierzig Prozent heraus, als die Girls erschienen: in blauen Shorts, Büstenhaltern und Briefträgerkappen und mit Füllhörnern in den Händen: die Schwarze mit den orientalischen Augenbrauen rechts, das blonde Mädel mit den drallen Waden und dem großen Mund (ein großer Mund war angeblich ein gutes Zeichen). Sie tanzten zwischen zwei Briefkästen, wiegten sich kokett in den Hüften, und Davis lutschte an seinem Bonbon.

»Die Nummer heißt ›Weihnacht für zwei‹«, sagte Mister Collier.

»Warum?«

»Sehen Sie, die Füllhörner sollen die Geschenke irgendwie klassisch symbolisieren. Und ›für zwei‹ macht die Sache pikanter. Jede Nummer, in der ›für zwei‹ vorkommt, zieht.«

»Wir haben schon ›Zimmer für zwei‹ und ›Tee für zwei‹ und ›zwei und ein Traum‹«, sagte Miss Maydew.

»Man kann gar nicht zuviel ›für zwei‹ haben«, sagte Mister Collier. Dann bat er kläglich: »Wollen Sie mir nicht sagen, was daran gewöhnlich ist?«

»Erstens einmal die Füllhörner.«

»Aber die sind klassisch«, jammerte Collier. »Griechisch.«

»Und dann die Briefkästen.«

»Die Briefkästen«, schrie Collier erregt, »was ist mit den Briefkästen?«

»Lieber Freund«, sagte Miss Maydew, »wenn Sie das selbst nicht wissen — ich kann es Ihnen nicht erklären. Aber wenn Sie sie schon haben müssen, dann streichen Sie sie blau an und schreiben Sie ›Luftpost‹ darauf.«

Mr. Collier fragte mißgelaunt: »Soll das ein Witz sein?« und fügte bitter hinzu: »Ich kann mir vorstellen, wie Sie sich ausleben, wenn Sie einen Brief schreiben.«

Hinter seinem Rücken hopsten die Mädchen zum Geklimper eines Klaviers geduldig weiter und boten bald die Füllhörner, bald ihre Kehrseite mit Grazie dar. Er schrie wütend hinauf: »Wollt ihr endlich aufhören? Ich muß nachdenken!«

Davis meinte: »Mir gefällt es. Es bleibt in der Revue.« Es machte ihm Spaß, Miss Maydew zu widersprechen, deren Parfüm er jetzt genießerisch einatmete. Es ersetzte ihm das Vergnügen, sie zur Geliebten zu haben: das Vergnügen, eine Frau zu beherrschen, die einem durch ihre Abkunft überlegen ist. Solche Träume hatte er schon in seiner Jugend gehabt, als er noch in der Schule saß und seinen Namen mit dem Federmesser in das Pult einschnitt.

»Glauben Sie wirklich, Mr. Davenant?«

»Ich heiße Davis.«

»Entschuldigen Sie, Mr. Davis.« Ein Mißgriff nach dem anderen, dachte Collier entsetzt, jetzt verstimmte er gar noch den neuen Geldgeber.

»Ich finde es scheußlich«, sagte Miss Maydew. Mr. Davis nahm noch ein Bonbon. »Vorwärts, lieber Freund«, sagte er. »Fahren Sie fort.«

Die Probe ging weiter. Songs und Tänze umschmeichelten Davis, teils frech, teils sentimental. Die sentimentalen hatte er am liebsten. Als sie sangen »Du bist wie meine Mutter«, mußte er tatsächlich an seine Mutter denken: er war das ideale Publikum. Jemand trat aus den Kulissen und schrie Collier etwas zu. Mr. Collier schrie zurück: »Was sagen Sie?« und ein junger Mann in einem blauen Pullover sang mechanisch:

»Schenk mir ein kleines Bild von dir ...«

»Haben Sie Weihnachtsbaum gesagt?« schrie Mr. Collier.

»Dich werd' ich nie vergessen ...«

Collier brüllte: »Weg damit!« Das Lied endete plötzlich

mit dem Worte »Mutter«, und der junge Mann wandte sich ärgerlich an den Klavierspieler: »Sie haben viel zu rasch gespielt . . .«, und begann mit ihm zu streiten.

»Ich kann ihn nicht wegnehmen«, rief ein Mann aus den Kulissen. »Er ist bestellt.« Dann trat er hervor. Er trug eine Schürze. »Ein Wagen mit zwei Pferden hat ihn hergebracht. Sehen Sie sich ihn einmal an.«

Mr. Collier verschwand, um sofort wieder aufzutauchen. »Du lieber Gott«, stöhnte er, »vier Meter hoch! Wer kann mir diesen Possen gespielt haben?«

Mr. Davis befand sich gerade mitten in einem süßen Traum. Seine Pantoffel waren an einem feudalen Kamin einer großen herrschaftlichen Halle vorgewärmt worden, ein zartes, teures Parfüm, wie das von Miss Maydew, lag in der Luft, und er war gerade im Begriff, sich mit einem lieben, vornehmen Mädchen zu Bett zu begeben, das ihm am gleichen Morgen vom Bischof angetraut worden war. Das Mädchen erinnerte ihn ein wenig an seine Mutter. »Dich werd' ich nie vergessen . . .«

Plötzlich hörte er, wie Mr. Collier sagte: »Und eine Kiste mit Kerzen und Glaskugeln ist auch dabei.«

»Ah«, sagte Davis, »ist mein kleines Geschenk schon angekommen?«

»Ihr — kleines —?«

»Ich dachte, wir könnten eine Weihnachtsfeier auf der Bühne veranstalten«, meinte Mr. Davis. »Ich möchte euch Künstler alle möglichst zwanglos kennenlernen. Ein wenig Tanz, ein wenig Gesang.« Aber es wollte keine Begeisterung aufkommen. »Und Champagner!«

Mr. Collier lächelte jetzt. »Das ist sehr freundlich von Ihnen, Mr. Davis«, sagte er. »Wir sind sehr dankbar dafür!«

»Ist der Baum in Ordnung?«

»Ja, Mr. Daven — Davis, es ist ein prachtvoller Baum.«

Der Mann mit dem blauen Pullover sah aus, als würde er jeden Augenblick in Gelächter ausbrechen, und Mr. Collier sah ihn strafend an. »Wir danken Ihnen alle vielmals, Mister Davis! Nicht wahr, Mädels?« Und alle antworteten im Chor, als wäre es auch geprobt worden: »Natürlich, Mr. Collier«, bis auf Miss Maydew und ein dunkles Mädel mit flackernden Augen, das eine Sekunde zu spät kam und ganz allein in die Stille hineinsprach: »Natürlich.«

Das erregte Davis' Aufmerksamkeit. Seit jeher hatte er für Menschen eine Vorliebe, die sich irgendwie von der Masse unterschieden. Er sagte: »Ich werde nach rückwärts gehen, um den Baum anzusehen. Lassen Sie sich nicht stören, lieber Freund. Proben Sie nur weiter«, und bahnte sich einen Weg in die Kulissen, wo der Baum stand und den Zugang zu den Garderoben versperrte. Ein Elektriker hatte scherzhalber ein paar Birnen in den grünen Ästen befestigt, und so glitzerte es hie und da silbern auf. Davis rieb sich die Hände, er empfand ein kindliches Entzücken und rief: »Schaut reizend aus!« Eine Art Weihnachtsfrieden zog in sein Gemüt ein: die gelegentliche Erinnerung an Raven war wie die symbolische Dunkelheit, die um die kleine erleuchtete Krippe gelagert war.

»Das nenne ich einen Baum!« sagte eine Stimme. Es war das dunkelhaarige Mädchen. Sie war ihm in die Kulissen nachgegangen; man brauchte sie jetzt nicht mehr auf der Bühne für die Nummer, die eben geprobt wurde. Sie war klein und stark und nicht sehr hübsch. Sie saß auf einer Kiste und beobachtete Mr. Davis mit schwermütigem Lächeln.

»Gibt einem ein so weihnachtliches Gefühl«, sagte er.

»Das täte auch eine Flasche Wein«, erwiderte das Mädchen.

»Wie heißen Sie?«

»Ruby.«

»Wie wär' es, wenn Sie mit mir nach der Probe zum Lunch kommen?«

»Pflegen nicht Mädels, die mit Ihnen gehen, spurlos zu verschwinden?« fragte Ruby. »Ich hätte gern einen Zwiebelrostbraten, aber ich liebe keine Zaubertricks. Ich bin nicht das Mädel eines Detektivs.«

»Was soll das heißen?« fragte Mr. Davis kurz.

»Sie ist das Mädel von dem Mann von Scotland Yard. Er war gestern hier.«

»Schon gut«, sagte Davis verdrießlich und dachte angestrengt nach, »bei mir sind Sie sicher.«

»Ich habe nämlich kein Glück.«

Trotz der neuen Unannehmlichkeiten fühlte Davis sich sehr wohl: heute würde keinesfalls seine letzte Stunde sein. Von der Bühne her kam leise Musik: »Schenk mir ein kleines Bild von dir.« Er fuhr mit der Zunge nach einem Backenzahn, auf dem sich ein Restchen Malzbonbon festgesetzt hatte, und sagte unter dem dunklen, glitzernden Weihnachtsbaum: »Von jetzt an haben Sie Glück. Eine bessere Maskotte als mich können Sie gar nicht finden.«

»Ich brauche eine Maskotte«, sagte das Mädchen und lächelte weiter schwermütig vor sich hin.

»Im Metropole? Um ein Uhr?«

»Ich werde dort sein. Wenn Sie mich nicht vorher überfahren. Ich gehöre nämlich zu der Art Mädels, die gerade vor einem Gratisessen überfahren werden.«

»Es wird sicher nett werden.«

»Hängt davon ab, was Sie nett nennen«, sagte das Mädchen und rückte beiseite, um ihm auf der Kiste Platz zu machen.

Sie saßen nebeneinander und starrten den Baum an. »Dich werd' ich nie vergessen können ...« Mr. Davis legte die Hand auf ihr nacktes Knie. Die Weihnachtsstimmung schüchterte ihn ein wenig ein. Deshalb blieb seine Hand flach, ehrfürchtig liegen wie die eines Bischofs auf dem Kopf eines Chorknaben.

»Sindbad«, sagte das Mädchen.

»Sindbad?«

»Blaubart, meine ich. Diese Revuen machen einen ganz konfus.«

»Sie fürchten sich doch nicht vor mir?« protestierte Mister Davis und lehnte seinen Kopf gegen die Kappe des Briefträgers.

»Wenn irgendein Mädel verschwinden muß, so werde das sicher ich sein.«

»Sie hätte mich nicht gleich nach dem Essen verlassen sollen«, sagte Davis sanft. »Ließ mich allein nach Hause gehen. Bei mir wäre sie sicher gewesen.« Versuchsweise legte er den Arm um Rubys Taille und preßte sie an sich, ließ sie aber sofort wieder los, als ein Elektriker vorbeikam. »Sie sind ein kluges Mädel«, sagte er. »Sie sollten eine kleine Rolle bekommen. Ich möchte wetten, Sie haben auch eine gute Stimme.«

»Ich und eine Stimme? Ich krächze wie ein Pfau.«

»Wie wäre es mit einem kleinen Kuß?«

»Auch gut.« Der Kuß fiel ziemlich feucht aus. »Wie soll ich Sie nennen?« fragte Ruby. »Mir kommt es lächerlich vor, einen Mann, der mich zum Essen einlädt, per Herr anzusprechen.«

»Wollen Sie mich — Willie nennen?« fragte Mr. Davis.

»Gemacht«, sagte Ruby, dann seufzte sie schwermütig. »Ich freue mich, Sie zu treffen, Willie. Im Metropole. Um ein Uhr. Ich werde dort sein. Ich hoffe nur, Sie sind auch dort, sonst bin ich um einen guten Zwiebelrostbraten betrogen.«

Sie verschwand in der Richtung der Bühne. Man brauchte sie dort. »What did Aladdin say ...«, dann, zu dem Mädchen neben ihr gewendet: »Er frißt mir aus der Hand.« »When he came to Pekin?« — »Das Unglück ist«, sagte Ruby, »daß ich die Männer nicht halten kann. Zuviel Liebe, zuviel Gefühl. Aber diesmal scheint es, daß ich wenigstens zu einem guten Lunch komme.« Und einen Augenblick später: »Da hast du's. Jetzt habe ich vergessen, die Daumen zu halten.«

Mr. Davis hatte genug gesehen; er hatte erreicht, was er erreichen wollte; blieb nur noch übrig, ein wenig Liebenswürdigkeit unter die Bühnenarbeiter zu verteilen. Er bahnte sich langsam seinen Weg an den Garderoben vorüber, hie und da ein Wort wechselnd und überall seine Zigarettendose anbietend. Man konnte nie wissen: er war ein Neuling hinter den Kulissen, und es fiel ihm ein, daß man vielleicht auch unter den Garderobieren etwas — nun, Jugend und Talent finden mochte, das gefördert und, natürlich im Metropole, genährt werden konnte.

Bald wurde er eines Besseren belehrt; alle Garderobieren waren alt; sie wußten nicht, worauf er aus war, und eine folgte ihm die ganze Zeit, um zu verhindern, daß er sich in einer der Girlgarderoben verstecke. Mr. Davis war gekränkt, blieb aber stets höflich. Er trat durch die Bühnentür auf die kalte, schmutzige Straße hinaus. Es war ohnedies an der Zeit, daß er bei der Midland vorbeikam und Sir Marcus aufsuchte. Dieser Weihnachtsmorgen sollte ihnen allen gute Nachrichten bringen.

Die High Street war merkwürdig leer, nur mehr Polizei gab es als sonst. Er hatte die Luftschutzübung vollkommen vergessen. Niemand stellte sich Davis in den Weg, da die gesamte Polizeimannschaft ihn gut kannte, obwohl niemand wußte, was für einen Beruf er eigentlich hatte. Ohne über seine schütteren Haare und den hervorstehenden Bauch zu lächeln, würden sie gesagt haben, er sei einer von Sir Marcus' »jungen« Leuten. Wenn ein Chef einmal so alt war, war man im Vergleich mit ihm immer noch jung.

Mr. Davis winkte einem Polizeiinspektor am anderen Gehsteig freundlich zu und schob ein Malzbonbon in den Mund. Es war nicht Sache der Polizei, »Fälle« ins Spital einzuliefern, und niemand wollte Davis daran hindern, seinen Weg fortzusetzen. Man konnte ihm nicht böse sein, er sah zu gutmütig aus. Sie sahen ihm belustigt nach, wie er die Straße gegen die Tanneries zu hinabsegelte. Von dorther kam ihm ein Student mit Gasmaske entgegen.

Es dauerte eine Weile, ehe Davis den Studenten bemerkte, und der Anblick der Gasmaske erschreckte ihn im ersten Augenblick. Er dachte: Diese Pazifisten gehen wirklich zu weit. Treiben nichts als Unsinn. Da hielt ihn der Mann an und sagte etwas, was er durch die Maske hindurch nicht verstehen konnte. Mr. Davis reckte sich hoch auf und sagte: »Blödsinn. Wir sind auf alles vorbereitet.«

Dann entsann er sich plötzlich und wurde sofort sehr freundlich: es war ja schließlich gar kein Pazifismus, sondern Patriotismus. »Na«, sagte er. »Habe das ganz vergessen. Natürlich, die Übung!« Der Blick, der ihn durch die dicken kreisrunden Gläser anstarrte, die dumpfe Stimme, die er hörte, machten ihn nervös.

Er versuchte zu scherzen: »Sie werden mich doch nicht am Ende ins Spital schleppen? Ich bin sehr beschäftigt.« Der Student schien, die Hand auf Davis' Arm, in Gedanken versunken. Am gegenüberliegenden Gehsteig ging ein Schutzmann grinsend vorüber, und Davis konnte kaum seine Entrüstung verbergen. In der Dunstschicht, die noch über der Stadt lag, flogen die letzten Flugzeuge nach Süden. Sie brummten und flogen zum Flughafen zurück.

»Sie sehen doch«, sagte Davis und bemühte sich, ruhig zu bleiben, »die Übung ist zu Ende. Die Sirenen sind jeden Augenblick zu erwarten. Es wäre lächerlich, jetzt eine Minute im Spital zu vergeuden. Sie kennen mich doch? Mein Name ist Davis. Jeder in Nottwich kennt mich. Fragen Sie dort den Polizisten. Und niemand kann mich beschuldigen, daß ich ein schlechter Patriot bin.«

»Sie glauben, es ist schon zu Ende?« fragte der Mann.

»Ich freue mich, daß die Jugend so begeistert ist«, sagte Mr. Davis. »Ich nehme an, wir haben uns schon einmal im Spital getroffen. Ich bin dort nämlich bei jeder großen Veranstaltung, und ich vergesse nie Stimmen, die ich einmal gehört habe. Ich war es auch, der das meiste Geld für den neuen Operationssaal gespendet hat.«

Mr. Davis wäre gern weitergegangen, aber der Mann verstellte ihm den Weg, und es wäre ihm mühevoll erschienen, vom Gehsteig auf den Fahrweg zu treten, um an ihm vorbei zu gelangen. Der Bursche konnte sonst am Ende denken, daß er vor ihm davonlaufen wollte; dann gab es Aufsehen, und an der Ecke stand ein Schutzmann, der herübersah. Und plötzlich schoß in Davis die Galle hoch. Der grinsende Affe in Uniform ... Ich werde seine Entlassung fordern ... Muß mit Calkin darüber sprechen. Dann sprach er liebenswürdig mit dem jungen Mann in der Gasmaske weiter; der war mager, eine Knabengestalt, und der weiße Kittel schlotterte um seine Glieder. »Ihr Jungens leistet prächtige Arbeit. Niemand anerkennt das mehr als ich. Wenn es zum Krieg kommt ...«

»Sie heißen Davis ...?« fragte die dumpfe Stimme.

Mr. Davis wurde ungeduldig. »Sie vergeuden meine Zeit. Ich bin sehr beschäftigt. Natürlich bin ich Davis.« Er war bemüht, ruhig zu bleiben. »Hören Sie. Man kann mit mir reden. Wenn Sie mich freilassen, zahle ich jeden Betrag für das Spital. Sagen wir zehn Pfund Lösegeld.«

»Gut«, sagte der Mann. »Wo ist das Geld?«

»Sie können mir vertrauen«, sagte Mr. Davis. »Ich habe nicht so viel bei mir ...« Erstaunt hörte er etwas wie ein Lachen. Das ging denn doch zu weit. »Gut«, brummte er. »Sie können mit mir in mein Büro kommen, und ich gebe Ihnen dort das Geld. Aber ich erwarte von Ihnen eine ordnungsgemäße Bestätigung.«

»Sie bekommen die Bestätigung«, sagte der Mann mit seiner merkwürdig tonlosen Stimme und trat beiseite, um Davis vorangehen zu lassen. Damit war Davis' gute Laune wiederhergestellt. Er schwätzte weiter. »Es hat keinen Zweck, Ihnen ein Bonbon anzubieten, wenn Sie das Ding da auf dem Kopf haben.« Ein Botenjunge kam vorüber; er hatte seine Mütze schief über die Gasmaske gestülpt, es sah lächerlich aus, und er pfiff Davis höhnisch ins Gesicht. Mr. Davis wurde ein wenig rot. In seinen Fingern zuckte es. Er hätte ihn gern an den Haaren, den Ohren gebeutelt.

»Diese Lausejungen unterhalten sich ...«, sagte er. Er

wurde zutraulich. Die Anwesenheit eines Arztes gab ihm stets ein beruhigendes, selbstsicheres Gefühl. Einem Arzt konnte man die ärgsten Dinge über die Verdauung erzählen; das war für sie Material, wie wenn man etwa einem Komiker eine lustige Anekdote erzählte.

Er sagte: »Ich habe in letzter Zeit öfter das Schlucken. Nach jeder Mahlzeit. Dabei esse ich gar nicht schnell ... aber, natürlich, Sie sind noch Student. Trotzdem wissen Sie über diese Dinge mehr als ich. Dann flimmert es mir auch oft vor den Augen. Vielleicht sollte ich eine Diätkur machen. Aber das ist schwer. Ein Mann in meiner Stellung muß viel ausgehen. Zum Beispiel —« er ergriff den Arm seines schweigsamen Gefährten und drückte ihn bezeichnend. »Ich würde Ihnen umsonst versprechen, heute zu fasten. Ihr Ärzte seid doch auch Männer — und ich bin mit einem Mädel verabredet. Im Metropole. Um ein Uhr.« Er schien sich an etwas zu erinnern, griff in die Tasche und fühlte, ob seine Bonbons noch da waren.

Sie kamen wieder an einem Schutzmann vorbei, und Mister Davis winkte ihm zu. Sein Begleiter war sehr schweigsam. Der Junge ist scheu, dachte Mr. Davis. Er ist nicht gewöhnt, mit einem Manne, wie ich es bin, auf der Straße zu gehen. Es entschuldigte auch eine gewisse Rauheit in seinem Benehmen. Und weil das Wetter schließlich schön wurde, weil die Sonne jetzt durch die kalte Luft tropfte, weil Mr. Davis das Frühstück gemundet hatte, weil er sich vor Miss Maydew aufgespielt hatte, die die richtige Tochter eines richtigen Peers war, weil er ein Rendezvous mit einem kleinen Mädel im Metropole hatte, und vor allem, weil er annahm, daß jetzt Ravens Körper bereits auf einer Marmorplatte der Totenkammer lag — aus allen diesen Gründen wurde Mr. Davis plötzlich sehr lustig. Er wollte dem Jungen zu Hilfe kommen.

Deshalb sagte er: »Ich bin sicher, wir sind einander schon irgendwo begegnet. Vielleicht hat uns mein Hausarzt miteinander bekannt gemacht.« Aber sein Begleiter schwieg beharrlich. »Nettes Singspiel habt ihr da bei der Eröffnung des neuen Hörsaales aufgeführt.« Er warf wieder einen Blick auf die schmalen Handgelenke. »Sind Sie nicht zufällig der Bursche, der als Mädchen verkleidet das komische Couplet sang?«

Davis lachte noch in der Erinnerung daran, während sie in die Tanneries einbogen, lachte, wie er schon unzählige Male im

Klub, beim Portwein, unter Freunden darüber gelacht hatte. »Ich habe mich beinahe totgelacht.« Er legte die Hand auf den Arm seines Begleiters und schob ihn durch die Glastür der Midland Steel.

Aus einer Ecke trat ihm ein Fremder entgegen, aber der Beamte hinter dem Pult erklärte ihm mit unterdrückter Stimme: »Schon gut! Das ist Mr. Davis.«

»Was bedeutet das alles?« fragte Mr. Davis. Jetzt, da er wieder dort war, wo er hingehörte, klang seine Stimme auf einmal hart und scharf.

Der Detektiv sagte: »Wir halten bloß ein Auge offen.«

»Raven?« Davis' Stimme klang ziemlich schrill. Der Mann nickte. »Ihr habt ihn entkommen lassen! Was für Narren . . .«

Der Detektiv beruhigte ihn: »Sie brauchen keine Angst zu haben. Im Augenblick, wo er aus seinem Versteck herauskommt, wird er festgenommen. Diesmal kann er nicht entwischen.«

»Aber wozu«, fragte Davis, »sind Sie hier? Erwarten Sie . . .?«

»Wir haben den Auftrag bekommen«, sagte der Mann.

»Haben Sie es Sir Marcus gesagt?«

»Er weiß es.«

Davis sah plötzlich alt und müde aus. Er fuhr seinen Begleiter an: »Kommen Sie, ich gebe Ihnen das Geld. Ich darf keine Zeit verlieren.« Dann ging er zögernd den Gang hinunter, der mit einer gummiartigen schwarzen Masse belegt war, und trat zum Lift. Der Mann mit der Gasmaske folgte ihm, und sie schwebten langsam, wie zwei Vögel in einem Käfig, empor. Stock um Stock des großen Gebäudes sank unter ihnen hinweg; ein Beamter in einem schwarzen Anzug eilte mit einem geheimnisvollen Auftrag über einen Gang; ein Mädchen stand, mit einem Stoß Akten beladen, vor einer Tür und flüsterte etwas vor sich hin, wahrscheinlich probte sie irgendeine Ausrede; ein Laufbursche schwankte an ihnen vorbei, er balancierte eine Schachtel mit Bleistiften auf dem Kopf. Dann hielt der Lift vor einem leeren Korridor.

Mr. Davis schien bedrückt. Er ging langsam, drehte zögernd den Türgriff, es war, als ob er fürchtete, daß ihn jemand erwartete. Aber das Zimmer war ganz leer. Eine innere Tür ging auf, eine junge Frau mit gekräuselten blonden Haaren und übertrieben großer Hornbrille rief »Willie!« und sah dann, daß er nicht allein war. Sie korrigierte sich: »Sir Marcus möchte Sie sprechen, Mr. Davis.«

»Schon gut, Miss Connett«, sagte Davis. »Holen Sie mir, bitte, einen Fahrplan.«

»Fahren Sie fort — jetzt gleich?«

Mr. Davis zögerte. »Sehen Sie nach, was für Züge in die Stadt gehen — nach dem Lunch.«

»Ja, Mr. Davis.« Sie zog sich zurück, und die beiden waren allein. Mr. Davis schauerte leicht, und er setzte den elektrischen Ofen in Tätigkeit. Der Mann mit der Gasmaske sprach, und wieder rief seine dumpfe, rohe Stimme in Davis irgendeine Erinnerung wach. »Fürchten Sie sich vor etwas?«

»Ein Verrückter läuft in der Stadt herum«, sagte Mr. Davis. Seine Nerven waren angespannt, er lauschte auf jeden Laut vom Korridor, auf jeden Schritt, auf jedes Klingelzeichen. Es hatte mehr Mutes bedurft, als er sich zutraute, um zu sagen »nach dem Lunch«. Am liebsten wäre er sofort weg aus Nottwich. Der Steg zum Fensterputzen wurde draußen im Hof herabgelassen, und er fuhr erschrocken auf. Er ging schwerfällig zur Tür und versperrte sie.

In seinem Zimmer eingesperrt zu sein, gab ihm ein sicheres Gefühl; da war sein Schreibtisch, sein Sessel, der Schrank, in dem er zwei Gläser aufbewahrte und die Flasche süßen Wein, der Bücherkasten mit den technischen Werken über Stahl, einem Band Casanova und andern Büchern; das war besser, als an den Detektiv in der Halle zu denken. Es war, als würde er das alles heute zum ersten Male sehen, und tatsächlich kam ihm der Frieden und Komfort seiner Umgebung erst heute voll zum Bewußtsein. Als die Seile, an denen das Gestell zum Fensterputzen hing, knirschten, fuhr er abermals zusammen. Er schloß das Doppelfenster. Dann sagte er in nervösem Tone: »Sir Marcus kann warten.«

»Wer ist Sir Marcus?«

»Mein Chef.« Die offene Tür zum Zimmer seiner Sekretärin störte ihn; von dorther konnte jemand eintreten. Jetzt hatte er es gar nicht mehr eilig, er war nicht mehr beschäftigt, er sehnte sich nach Gesellschaft. Er sagte: »Sie haben doch keine Eile. Nehmen Sie das Ding herunter, es muß sehr heiß sein, und trinken Sie ein Glas Wein.« Auf dem Wege zum Schrank schloß und versperrte er die Tür zum Nebenzimmer. Dann seufzte er erleichtert auf und brachte die Flasche und zwei Gläser: »Jetzt sind wir wirklich allein. Ich möchte Ihnen gern über dieses Schlucken erzählen.« Er goß die Gläser voll, aber seine Hand zitterte, und der Wein floß über. Er sagte: »Immer nach den Mahlzeiten.«

Die dumpfe Stimme sagte: »Das Geld . . .«

»Richtig«, sagte Mr. Davis, »Sie sind ziemlich unverschämt! Mir können Sie doch vertrauen. Ich bin Davis.« Er trat zum Schreibtisch, sperrte eine Lade auf, entnahm ihr zwei Fünfpfundnoten und hielt sie ihm hin. »Vergessen Sie nicht«, sagte er, »ich wünsche eine ordnungsgemäße Bestätigung.«

Der Mann steckte das Geld ein. Die Hand blieb in der Tasche. Dann fragte er: »Sind das auch gestohlene Noten?«

Blitzartig tauchte vor Davis' Augen eine Szene auf: Lyon's Corner House, der Drink, der Geschmack von Alpine Glow, der Mörder, der ihm gegenübersaß und ihm erzählen wollte, wie er die alte Frau getötet hatte . . .

Und Davis schrie. Es war nicht ein einzelnes Wort, kein Flehen um Hilfe, er stieß nur einen hilflosen Schrei aus, wie jemand in der Narkose, wenn das Messer in das Fleisch eindringt. Er rannte gehetzt zur Tür ins Nebenzimmer und riß an der Klinke. Er wehrte sich hilflos, nutzlos, wie verstrickt im Stacheldraht zwischen den Schützengräben.

»Gehen Sie weg von dort«, sagte Raven. »Sie haben selbst die Tür zugesperrt.«

Davis kam zum Schreibtisch zurück. Seine Beine wankten, und er sackte neben dem Papierkorb zu Boden. Er winselte: »Ich bin krank. Sie werden doch keinen kranken Menschen umbringen.« Dieser Gedanke verlieh ihm wirklich wieder Hoffnung. Aber es wurde ihm übel.

»Jetzt bringe ich Sie noch nicht um«, sagte Raven. »Vielleicht werde ich Sie überhaupt nicht töten, wenn Sie sich ruhig verhalten und tun, was ich sage. Dieser Sir Marcus ist Ihr Chef, nicht wahr?«

»Ein alter Mann«, protestierte Davis und begann, noch immer neben dem Papierkorb auf der Erde sitzend, zu weinen.

»Er will Sie sprechen«, sagte Raven, »kommen Sie, wir gehen hin.« Dann fuhr er fort: »Tagelang habe ich darauf gewartet — euch beide zu finden. Es ist fast zu schön, um wahr zu sein. Stehen Sie auf! Stehen Sie auf!« wiederholte er wütend. »Und denken Sie daran: wenn Sie schreien, pfeffere ich Ihnen so viel Blei in den Kadaver, daß man Sie als Türpuffer verwenden kann.«

Mr. Davis ging voran. Miss Connett kam den Gang herunter, mit einem Stück Papier in der Hand. Sie sagte: »Ich habe die Züge notiert, Mr. Davis. Der beste ist der um drei Uhr fünf. Der um zwei Uhr ist so langsam, daß Sie nur zehn Minuten früher ankommen würden. Vor dem Nachtzug geht dann noch einer um fünf Uhr zehn.«

»Legen Sie den Zettel auf meinen Schreibtisch«, sagte Mr. Davis. Er stand in dem modernen Bürohaus vor ihr, als wollte er tausend Dingen Lebewohl sagen, wenn er es nur wagte: seinem Reichtum, der Bequemlichkeit, der Macht. Selbst für Miss Connett, eines der »Kleinen Mädels«, fühlte er jetzt etwas wie verspätete Zärtlichkeit.

Raven stand hinter ihm, die Hand in der Tasche. Ihr Vorgesetzter sah so schlecht aus, daß Miss Connett fragte: »Sind Sie nicht ganz wohl, Mr. Davis?«

»O ja, ganz wohl«, sagte Mr. Davis. Wie ein Forscher, der sich in unbekannte Regionen begibt, hatte auch er das Bedürfnis, einen Anhaltspunkt zu hinterlassen, als letzte Chance sozusage 1, wie etwa: »Ich bin irgendwo im Norden zu finden.« Und deshalb sagte er: »Wir gehen zu Sir Marcus, May.«

»Er verlangt dringend nach Ihnen«, sagte Miss Connett. Eine Telefonglocke läutete. »Es sollte mich nicht wundern, wenn er das wäre.« Sie klapperte auf sehr hohen Absätzen den Gang hinunter zu ihrem Zimmer, und Davis fühlte an seinem Ellbogen wieder den erbarmungslosen Druck, der ihn zwang, den Lift zu besteigen.

Sie fuhren einen Stock höher, und Davis öffnete die Tür. Jetzt wollte er sich zu Boden werfen; er fürchtete die Kugel nicht mehr — ihm war alles gleich. Der schimmernde Gang kam ihm vor wie eine meilenlange Bahn dem ausgepumpten Läufer.

Sir Marcus saß in seinem Rollstuhl und hatte eine Art Tischchen auf den Knien. Sein Kammerdiener war bei ihm; und sein Rücken war der Tür zugekehrt. Aber der Diener sah zu seinem großen Erstaunen Davis sehr erschöpft eintreten in Begleitung eines Studenten, der eine Gasmaske trug.

»Ist das Davis?« flüsterte Sir Marcus. Er zerbrach ein trokkenes Biskuit und schlürfte ein wenig heiße Milch. Damit stärkte er sich für sein Tagewerk.

»Ja, Sir.« Erstaunt sah der Kammerdiener Mr. Davis über den Boden mit dem Gummibelag näher treten; er ging wankend, als brauchte er eine Stütze und könnte jeden Augenblick zusammenstürzen.

»Laß uns allein«, flüsterte Sir Marcus.

»Jawohl, Sir.« Aber der Mann mit der Gasmaske hatte den Schlüssel umgedreht; das Gesicht des Dieners zeigte auf einmal einen schwachen Ausdruck der Freude, der hoffnungslosen Erwartung, daß endlich etwas geschehen würde, etwas, was verschieden war vom Schieben des Rollstuhles, vom An- und Auskleiden des alten Mannes, vom Reichen der Milch und des Biskuits und des heißen Wassers.

»Worauf wartest du?« flüsterte Sir Marcus.

»Zurück an die Wand«, befahl Raven dem Diener kurz.

Mr. Davis schrie verzweifelt: »Er hat einen Revolver! Tun Sie, was er sagt!« Aber es war gar nicht notwendig, dem Kammerdiener so etwas zu sagen. Der Revolver war zum Vorschein gekommen und hielt alle drei in Schach, den Diener an der Wand, Davis inmitten des Zimmers und Sir Marcus, der den Rollstuhl herumgeschnellt hatte und Raven ansah.

»Was wünschen Sie?« fragte Sir Marcus.

»Sind Sie der Chef?«

Sir Marcus sagte: »Unten ist die Polizei. Sie können unmöglich von hier entkommen, wenn ich nicht ...« Da begann das Telefon zu läuten. Es läutete und läutete, und dann wurde es wieder still.

Raven sagte: »Sie haben unter dem Bart eine Narbe, nicht wahr? Ich will keinen Irrtum begehen. Er hatte Ihre Fotografie. Ihr wart miteinander im Asyl«, und er blickte zornig in dem großen, eleganten Zimmer umher, während er an die ausgetretenen Steinfliesen, die Holzbänke und auch an die enge Wohnung und die auf dem kleinen Eisenofen kochenden Eier denken mußte. Der Mann hier hatte es weiter gebracht als der alte Minister.

»Sie sind wahnsinnig!« flüsterte Sir Marcus. Er war zu alt, um erschrocken zu sein. Für ihn bedeutete der Revolver keine größere Gefahr als ein falscher Schritt, wenn er sich in seinen Stuhl setzte, oder ein Ausgleiten im Bade. Was er empfand, war nur ein leichter Ärger, daß man ihn in seiner Mahlzeit gestört hatte. Er beugte sich weit über das Tischchen vor und schlürfte laut seine heiße Milch.

Plötzlich sprach der Diener von der Wand her: »Er hat eine Narbe«, sagte er. Aber Sir Marcus nahm von ihnen allen keine Notiz und blieb bei seiner Milch.

Raven richtete seine Schußwaffe auf Davis. »Er war es«, sagte er. »Wenn Sie keine Kugel in den Leib kriegen wollen, dann sagen Sie mir, daß er es war.«

»Ja, ja«, beeilte sich Mr. Davis angstvoll demütig zuzugeben. »Er hat es ausgedacht. Es war seine Idee. Wir steckten bis über die Ohren drin. Wir mußten Geld verdienen. Es bedeutete für ihn mehr als eine Million.«

»Eine Million!« rief Raven. »Und mir hat er zweihundertfünfzig gestohlene Pfundnoten bezahlt!«

»Ich sagte ihm, wir sollen großzügig sein. Aber er sagte: ›Halten Sie den Mund.‹«

»Ich hätte es nicht getan«, fuhr Raven fort, »wenn ich gewußt hätte, wer der alte Mann war. So habe ich ihn getötet. Und die alte Frau auch.« Er brüllte Sir Marcus an: »Das war Ihr Werk! Wie gefällt Ihnen das?«

Aber der Alte saß anscheinend bewegungslos da: das Alter hatte seine Phantasie ausgelöscht. Die Morde, die er angeordnet hatte, waren ihm ebenso unwirklich wie die, von denen er in der Zeitung las. Ein wenig Gier (nach seiner Milch), ein wenig Laster (hie und da schob er gern seine alte Hand in die Bluse eines Mädels, um die Wärme des Lebens zu verspüren), ein wenig Geiz und Berechnung (eine Million gegen den Tod eines Menschen), ein ganz geringer, fast mechanischer Selbsterhaltungstrieb: das waren seine einzigen Passionen. Letzerer hieß ihn seinen Stuhl fast unmerklich gegen die Klingel am Rand seines Schreibtisches hin bewegen. Er flüsterte freundlich: »Ich leugne alles. Sie sind wahnsinnig.«

Raven sagte: »Jetzt habe ich Sie dort, wo ich Sie haben wollte. Selbst wenn mich die Polizei tötet«, er klopfte auf den Revolver, »hier ist mein Beweis. Das ist das Schießeisen, das ich benutzte. Sie können den Mord auf diese Waffe hier zurückführen. Sie haben angeordnet, daß ich sie zurücklasse, aber hier ist sie. Dies würde Sie erledigen, selbst wenn ich Sie nicht erschieße.«

Sir Marcus flüsterte, während er die Gummiräder unhörbar geduldig und fast unmerklich vorschob: »Ein Colt Nummer sieben. Die Fabriken erzeugen Tausende solcher Revolver.«

Raven fuhr auf: »Die Polizei findet alles bei einem Revolver heraus. Sie haben Sachverständige ...« Er wollte Sir Marcus einschüchtern, ehe er ihn erschoß. Es erschien ihm unfair, daß Sir Marcus weniger leiden sollte als die alte Frau, die er gar nicht hatte töten wollen.

Er fragte: »Wollen Sie nicht beten?« Er erinnerte sich, wie das Mädchen im Finstern gebetet hatte. »Bessere Menschen als Sie glauben an Gott.« Das Rad des Rollstuhls berührte den Schreibtisch und damit die Klingel, und das Läuten, das aus dem Aufzugsschacht zu dringen schien, schrillte fort. Raven maß dem keine Bedeutung bei, bis der Diener sprach.

»Der alte Hund«, sagte er, geladen mit dem Haß vieler Jahre, »er läutet.« Ehe sich Raven zu etwas entschließen konnte, war jemand an der Tür und rüttelte daran.

Raven wandte sich zu Sir Marcus: »Sagen Sie ihnen, daß sie draußen bleiben, oder ich schieße!«

»Sie Narr«, flüsterte Sir Marcus, »man sucht Sie ja nur wegen Diebstahls. Wenn Sie mich erschießen, wird man Sie hängen.« Aber Mr. Davis klammerte sich an jeden Strohhalm. Er rief dem Mann vor der Tür zu: »Gehen Sie fort! Um Gottes willen, bleiben Sie draußen!«

Sir Marcus sagte giftig: »Sie sind ein Narr, Davis. Wenn er uns auf jeden Fall töten will ...« Und während Raven, den Revolver in der Hand, vor den beiden Männern stand, brach zwischen ihnen ein merkwürdiger Streit aus. »Er hat keinen Grund, mich zu töten«, schrie Mr. Davis. »Sie allein haben uns in diese Lage gebracht! Ich habe nur in Ihrem Auftrag gehandelt!«

Der Kammerdiener begann zu lachen. »Zwei gegen einen«, sagte er.

»Ruhe!« flüsterte Sir Marcus wütend Davis zu. »Ich kann Sie jederzeit aus dem Wege räumen!«

»Das möchte ich sehen!« brüllte Mr. Davis, und seine Stimme überschlug sich schrill. Jemand warf sich draußen mit voller Wucht gegen die Tür.

»Ich habe alles über die West Rand Goldminen schriftlich niedergelegt«, fuhr Sir Marcus fort. »Und über die Ostafrikanische Petroleumgesellschaft.«

Raven wurde ungeduldig. Sie störten ihn bei irgendwelchen gutgearteten Gedanken, die ihm gekommen waren, als er Sir Marcus vorgeschlagen hatte, zu beten. Er hob den Revolver und schoß Sir Marcus gerade durch die Brust. Das war die einzige Möglichkeit, sie zum Schweigen zu bringen. Sir Marcus fiel vornüber über das Tischchen, die Milch rann über die Papiere auf seinem Schreibtisch, Blut drang aus seinem Mund.

Mr. Davis begann sehr schnell zu sprechen. Er sagte: »An allem war er schuld, der alte Teufel. Sie haben ihn selbst gehört. Was konnte ich machen? Er hatte mich in der Hand. Gegen mich können Sie gar nichts haben.« Dann kreischte er: »Weg von der Tür! Wenn Sie nicht gehen, bringt er mich um.« Und begann dann sofort wieder zu reden, während die Milch noch immer langsam auf den Schreibtisch tropfte. »Ich bin ganz unschuldig. Aber er wollte es. Wissen Sie, was er getan hat? Er hat dem Polizeichef gesagt, er soll Befehl geben, Sie bei der ersten Begegnung niederzuschießen.« Dabei versuchte er, den Revolver, der noch immer auf seine Brust gerichtet war, nicht anzusehen.

Der Kammerdiener stand an der Wand, bleich und stumm. Gebannt beobachtete er, wie sich Sir Marcus verblutete. So hätte es kommen müssen, dachte er, wenn er selbst den Mut gehabt hätte... irgendwann... in all diesen Jahren.

Draußen rief eine Stimme: »Wenn Sie nicht öffnen, schieße ich durch die Tür!«

»Um Gottes willen«, schrie Mr. Davis. »Gehen Sie doch! Er wird mich erschießen!« Die Augen hinter den Gläsern der Gasmaske beobachteten ihn aufmerksam und befriedigt. »Ich habe Ihnen doch gar nichts getan«, winselte er.

Über Ravens Kopf sah er die Wanduhr. Seit dem Frühstück waren nicht mehr als drei Stunden vergangen, der schale Geschmack der gerösteten Nieren und des Schinkens lag noch immer auf seinem Gaumen. Er konnte nicht glauben, daß dies wirklich das Ende war. Um ein Uhr hatte er die Verabredung mit diesem Mädel; man starb doch nicht knapp vor einer Verabredung. »Nichts habe ich Ihnen getan«, murmelte er. »Gar nichts.«

»Sie waren es«, sagte Raven, »der sie umbringen wollte . . .«

»Niemand . . . gar nichts . . .«, stöhnte Davis.

Raven zögerte. Das Wort war seiner Zunge noch nicht geläufig: »Meine Freundin . . .«

»Ich weiß nicht . . ., ich verstehe nicht . . .«

»Draußen bleiben«, schrie Raven durch die Tür, »oder ich erschieße ihn!« Dann sagte er: »Das Mädel!«

Mr. Davis zitterte am ganzen Körper. Er stammelte: »Sie war nicht Ihre Freundin. Wieso ist die Polizei hier, wenn nicht sie . . . Wer sonst konnte wissen . . .?«

»Dafür und für nichts anderes erschieße ich Sie. Sie ist anständig.«

»Oh«, gellte ihm Davis entgegen. »Sie ist das Mädel eines Polizisten von Scotland Yard. Sie ist Mathers Mädel!«

Raven schoß. In seiner Verzweiflung vernichtete er damit in voller Überlegung seine letzte Chance; er jagte ihm zwei Kugeln in den Leib, wohin sie gerade trafen, und es war ihm, als würde er mit dem dicken, stöhnenden, blutenden Davis die ganze Welt töten.

Und so war es. Denn die Welt des Mannes ist sein Leben. Und mit seinen Schüssen traf er die Jahre des Asyls, den Selbstmord seiner Mutter, Kites Tod und den des alten Ministers und der Frau. Es gab keinen anderen Weg: er hatte es mit einem Geständnis versucht, und es war wie gewöhnlich vergebens gewesen. Man durfte eben niemandem vertrauen: keinem Arzt, keinem Priester, keiner Frau.

Die Sirenen heulten durch die Stadt und verkündeten ihre Botschaft: die Luftschutzübung war beendet. Und gleich darauf begannen die Kirchenglocken ihr Weihnachtslied zu läuten: Sogar die Füchse haben ihren Bau, doch der Sohn des Menschen . . . Eine Kugel zerschmetterte das Türschloß. Raven, den Revolver in Magenhöhe haltend, rief schneidend kalt: »Ist dort draußen ein Hund, der Mather heißt? Er soll schauen, daß er weiterkommt —«

Während er darauf wartete, daß die Tür aufging, mußte er an verschiedenes denken: er erinnerte sich an keine Einzelheiten, alles verschwamm in einem Nebel; so stand er da und wartete auf die letzte Gelegenheit zur Rache: in einer dunklen Straße sang eine Stimme »They say that's a snowflower a man brought from Greenland«, dann hörte er die Stimme des Kritikers im Radio, die er gehört hatte, als er in der Garage stand, und spürte, wie die Eiskruste um sein Herz zu schmelzen begann; das Mädel im Café sagte: »Oh, er ist schlecht und häßlich!« Das Kindchen aus Gips lag in den Armen der Mutter und wartete auf das schwere hölzerne Kreuz, die Geißeln, die Nägel... Sie hatte ihm gesagt: »Ich bin Ihnen gut. Sie dürfen mir vertrauen.« Da schlug noch eine Kugel in das Türschloß ein.

Der Diener, mit kalkweißem Gesicht, an der Wand, sagte: »Geben Sie es auf, um Gottes willen! Sie werden Sie auf jeden Fall erwischen. Er war im Recht. Es war wirklich das Mädel. Ich hörte sie beim Telefon darüber sprechen.«

Wenn die Tür aufgeht, dachte Raven, muß ich rasch handeln. Ich muß zuerst schießen. Aber zu viele Gedanken stürmten auf ihn ein. Durch die Gasmaske sah er nicht scharf genug, er entfernte sie unbeholfen und ließ sie auf den Boden fallen.

Jetzt konnte der Diener die entzündete Hasenscharte, die unglücklichen Augen sehen. Er flüsterte: »Dort ist das Fenster! Klettern Sie aufs Dach!« Aber er sprach zu einem Mann, dessen Bewußtsein irgendwie getrübt war, der nicht wußte, ob er einen Versuch machen wollte oder nicht, der sich so langsam nach dem Fenster umwandte, daß es wieder der Diener war, der das Gestell zuerst sah, das vor das Fenster herabschwebte.

Und auf dem Gestell stand Mather. Es war ein verzweifelter Versuch, Raven in den Rücken zu fallen. Aber der Detektiv hatte seine Unerfahrenheit nicht bedacht, Balance zu halten. Das schmale Gestell schwankte weit hin und her. Mather hielt in der einen Hand einen Strick und streckte die andere nach dem Fenster aus; für den Revolver hatte er keine Hand frei, und Raven wandte sich um. So schwebte er sechs Stockwerke über den schmalen Tanneries, ein schutzloses Ziel für Ravens Waffe.

Raven sah ihn an mit verwirrten Augen und versuchte zu zielen. Der Schuß war nicht schwer, aber es schien fast, als hätte er kein Interesse mehr, jemand zu töten. Er empfand nur Schmerz und Verzweiflung, aber keine Bitterkeit, keinen Zorn wegen des an ihm begangenen Verrates. Zwischen ihm und der Menschheit lag ein dunkles Wasser, schwarz und eisig wie der Weevil.

»Oh, Herr, daß so etwas möglich war...!« Aber von der Geburt an, bis zum Ende, war er gezeichnet gewesen, war er betrogen worden, bis ihm alle Wege ins Leben verschlossen waren. Alle hatten ihn verraten: seine Mutter, der Kaplan im Asyl, seine Genossen, der Arzt in der Charlotte Street. Wie hatte er damit rechnen können, daß ihn das Verräterischste der Welt, ein Weiberkittel, nicht preisgeben würde? Auch Kite wäre noch am Leben, hätte es nicht ein Mädel gegeben. Alle wurden vor den Mädeln weich.

Er zielte sorgsam, geistesabwesend, mit einer sonderbaren Demut. Er fühlte sich weniger einsam. Jeder Mann hatte einmal geglaubt, daß sein Mädel besser war als die anderen. Das einzige Problem blieb, sich reinlicher und geschickter aus dem Leben fortzustehlen, als man es betreten hatte. Und zum ersten Male dachte er ohne Bitterkeit an das selbstmörderische Ende seiner Mutter, als er endlich zielte — und ihn Saunders durch den Spalt der aufgehenden Tür in den Rücken schoß.

Der Tod kam zu ihm als unerträglicher Schmerz. Er trug ihn wie eine Frau ihr ungeborenes Kind und stöhnte und schluchzte. Und wie die Mutter ihr Kind nicht verläßt, folgte er seinem Schmerz in den Tod, ins Vergessen...

ACHTES KAPITEL

I

Wenn jemand in das Restaurant trat oder herauskam, drang der Speisengeruch in die Halle. Die Sektion der Rotarier lunchte in einem Privatzimmer des Oberstockes. Es war fünf Minuten nach eins. Ruby ging hinaus, um mit dem Portier zu plaudern.

Sie sagte: »Das Arge ist, daß ich eines der Mädels bin, die auf die Minute pünktlich sind. Er hat ›ein Uhr‹ gesagt, und hier bin ich und lechze nach einem guten Bissen. Ich weiß, ein Mädel sollte einen Mann warten lassen, aber was tut man nicht alles, wenn man hungrig ist? Und wenn er nicht wartet und allein anfängt?« Sie fuhr fort: »Ich bin überhaupt ein Pechvogel. Ich gehöre zu den Mädels, die sich nicht einmal unterhalten dürfen, sonst kriegen sie sofort ein Kind. Das wäre noch nicht das Ärgste, aber einmal habe ich dabei Mumps erwischt. Würden Sie es für möglich halten, daß ein erwachsener Mann ein Mädel mit so was anstecken kann? Da sehen Sie, was für Glück ich habe!« Nach einer Weile sagte sie: »Sie sehen sehr gut aus mit den Goldtressen und den Medaillen. Warum reden Sie nichts?«

Der Marktplatz war besuchter als sonst. Alle waren erst um diese späte Stunde ausgegangen, um ihre Einkäufe zu besorgen, jetzt da die Luftschutzübung beendet war. Nur Mrs. Alfred Piker, als Bürgermeisterin, hatte ein gutes Beispiel geben wollen. Sie hatte ihre Einkäufe in einer Gasmaske besorgt.

Jetzt ging sie heim, und Chinky trottete neben ihr her; er zog seinen buschigen Schweif durch den kalten Morast und trug ihre Gasmaske zwischen den Zähnen. Bei einer Laterne blieb er stehen und ließ die Maske in eine Pfütze fallen. »Chinky, du böser kleiner Kerl!« sagte Mrs. Piker.

Der Portier in der Uniform schaute funkelnd auf den Markt hinaus. Er trug alle seine militärischen Medaillen. Dreimal war er verwundet worden. Er drehte die Glastür, um die Geschäftsleute einzulassen, die ihr Mittagessen einnehmen wollten. Den Chefreisenden von Crosthwaite & Crosthwaite, den Leiter der großen Gemüsehandlung in der High Street. Einmal schoß er hinaus und half einem dicken Mann aus dem Taxi. Dann kehrte er zurück und stand wieder neben Ruby und hörte ihr gutmütig zu, ohne die Miene zu verziehen.

»Zehn Minuten Verspätung«, sagte Ruby. »Und ich habe geglaubt, daß man ihm vertrauen kann! Ich hätte auf Holz klopfen sollen! Geschieht mir schon recht: lieber möchte ich meine Ehre verlieren als diesen Zwiebelrostbraten. Kennen Sie ihn? So ein Dicker ... heißt Davis.«

»Er kommt immer mit Mädels her«, sagte der Portier.

Ein kleiner Mann mit einem Zwicker trat hastig ein: »Fröhliche Weihnachten, Hallows!«

»Ich wünsche Ihnen angenehme Feiertage, Sir ...« Dann fuhr der Portier fort: »Sie hätten nicht viel erreicht bei ihm.«

»Ich bin noch nicht einmal bis zur Suppe gekommen«, maulte Ruby.

Draußen lief ein Zeitungsjunge mit einer Sonderausgabe der »News«, der Abendausgabe des »Journal«, vorbei, und einige Augenblicke darauf kam einer mit einer Extraausgabe der »Post«, der Abendausgabe des nobleren »Guardian«. Man konnte unmöglich verstehen, was sie schrien, und der Wind rüttelte an ihren Gestellen, so daß man bloß einige Silben der Schlagzeilen lesen konnte: »... gödie... Mord ...«

»Alles hat seine Grenze«, sagte Ruby. »Ein Mädel darf sich nichts vergeben. Zehn Minuten auf der Straße warten ist das Höchste!«

»Sie warten jetzt schon länger«, sagte der Portier.

Ruby meinte: »Ich bin schon einmal so. Sie werden jetzt sagen, daß ich mich den Männern an den Hals werfe, nicht wahr? Es kommt mir auch so vor, aber es gelingt mir eben nie.« Dann fügte sie schwermütig hinzu: »Mein Unglück ist, ich bin dazu geschaffen, einen Mann glücklich zu machen. Man sieht es mir auch an. Und das vertreibt sie. Ich gebe ihnen keine Schuld. Mir würde das auch nicht zusagen.«

»Dort geht der Polizeichef«, sagte der Portier. »Trinkt gern sein Gläschen auf der Polizeistation. Seine Frau erlaubt das zu Hause nicht. Scheint es eilig zu haben. Angenehme Weihnachten, Sir.«

Der Wind fuhr abermals in die Zeitungen. Wieder kam eine Silbe zum Vorschein: »Trag ...« Ruby erkundigte sich: »Gehört er zu den Männern, die einem Mädel einen Rostbraten mit Zwiebel zahlen?«

»Ich werde Ihnen was sagen«, erwiderte der Portier. »Warten Sie hier noch fünf Minuten, dann habe ich Mittagspause.«

»Das nenne ich eine Einladung!« rief Ruby und klopfte schnell auf Holz. Dann ging sie in die Halle, nahm Platz und führte ein langes Gespräch mit einem imaginären Theatermann, der so aussah wie Mr. Davis, aber wie ein pünktlicher Mr. Davis. Der Theatermann nannte sie eine nette kleine Frau mit Talent, lud sie zum Abendessen ein, führte sie dann in eine luxuriöse Wohnung und goß ihr zahllose Cocktails ein. Er fragte sie, was sie von einem Engagement im Westend halte, fünfzehn Pfund die Woche, und sagte, er möchte ihr später seine Wohnung zeigen. Rubys dunkles, rundes Gesicht begann zu leuchten. Sie schwenkte ein Bein hin und her und erregte damit den Ärger eines Geschäftsmannes, der damit beschäftigt war, die Mittagsbörsenkurse zu notieren. Er suchte sich einen anderen Sessel und murmelte etwas vor sich hin. Auch Ruby murmelte vor sich hin. Sie sagte: »Das ist das Speisezimmer. Und hier geht es in das Badezimmer. Und das da — elegant, nicht wahr? — ist mein Schlafzimmer.« Ruby sagte ohne Zögern, daß ihr fünfzehn Pfund wöchentlich genügen würden; aber mußte sie auch das Engagement annehmen? Dann sah sie auf die Uhr und trat wieder vor die Tür. Der Portier wartete auf sie.

»Wie?« rief Ruby. »Muß ich mit der Uniform ausgehen?«

»Ich habe bloß zwanzig Minuten Mittagspause«, sagte der Portier.

»Dann also kein Rostbraten«, seufzte Ruby. »Würstchen müssen auch genügen.«

Sie traten in einen Lunch-Room auf der anderen Seite des Hauptplatzes und nahmen Kaffee und Würstchen. »Die Uniform«, sagte Ruby, »schüchtert mich ein. Jeder wird glauben, Sie sind ein Soldat, der mit seinem Mädel ausgeht.«

»Haben Sie die Schießerei gehört?« fragte der Kellner hinter dem Bartisch.

»Was für eine Schießerei?«

»Gerade um die Ecke, bei der Midland Steel. Drei Tote. Sir Marcus, dieser alte Teufel, und noch zwei andere.« Er legte die Mittagszeitung offen auf den Bartisch, und zwischen Würstchen und Kaffeetassen starrten ihnen die Gesichter von Sir Marcus und Davis entgegen. »Deshalb also ist er nicht gekommen«, sagte Ruby. Sie schwieg eine ganze Weile, während sie las.

»Worauf kann es dieser Raven abgesehen haben?« fragte der Portier. »Sehen Sie!« Und er wies auf eine kurze Notiz, die besagte, daß der Leiter der politischen Abteilung von Scotland Yard im Flugzeug angekommen war und sich unverzüglich in das Bürohaus der Midland Steel begeben hatte. »Mir sagt das gar nichts«, erklärte Ruby.

Der Portier blätterte um; anscheinend suchte er etwas. Dann sagte er: »Komische Sache, nicht wahr? Wir gehen wieder einmal einem Krieg entgegen, und sie füllen die ganze Titelseite mit einer Mordaffäre. Der Krieg ist auf die zweite Seite zurückgedrängt.«

»Vielleicht kommt es nicht zum Krieg . . .«

Sie schwiegen über ihren Würstchen. Ruby kam es sonderbar vor, daß dieser Mr. Davis, der neben ihr auf der Kiste gesessen und den Weihnachtsbaum angesehen hatte, tot sein sollte, tot auf gewaltsame, schmerzliche Weise. Er war nicht der Ärgste gewesen. Sie sagte: »Es tut mir leid um ihn.«

»Um wen: um Raven?«

»Oh, nein! Ich meine Mr. Davis.«

»Ich verstehe Sie. Mir tut es auch leid — um den alten Mann. Ich war selbst bei der Midland Steel. Er hatte manchmal gute Momente. Zu Weihnachten schenkte er gewöhnlich Truthühner. Er war nicht schlecht. Jedenfalls tat er mehr für seine Leute als die im Hotel.«

»Na«, sagte Ruby und trank ihren Kaffee aus, »das Leben geht weiter.«

»Noch eine Tasse?«

»Ich will Sie nicht ausnützen.«

»Schon gut.« Ruby lehnte sich an ihn. Ihre Köpfe berührten sich. Sie waren ein wenig stumm, weil ein Mann tot war, den sie beide gekannt hatten. Aber dieses gemeinsame Wissen bildete eine Art Kameradschaft, die merkwürdig anheimelnd war. Es war, als wären sie verliebt ohne Leidenschaft, ohne Ungewißheit, ohne Schmerz.

II

Saunders fragte einen Angestellten der Midland Steel nach dem Waschraum. Er wusch seine Hände und dachte: Die Sache ist erledigt. Es war keine angenehme Arbeit gewesen: was mit einem einfachen Raub begonnen, hatte mit zwei Morden und dem Tode des Mörders geendet. Über der ganzen Sache lag ein Geheimnis; irgend etwas war noch nicht aufgeklärt. Mather war jetzt im letzten Stock mit dem Leiter von Scotland Yard; sie sahen Sir Marcus' Privatpapiere durch. Es schien, als ob die Erzählung des Mädchens doch wahr wäre.

Das Mädchen beschäftigte Saunders mehr als alles andere. Er mußte ihren Mut bewundern und ihre Keckheit; anderseits haßte er sie, weil sie Mather leiden ließ. Er haßte jeden, der Mather weh tat.

»Man wird sie nach Scotland Yard bringen müssen«, sagte Mather. »Vielleicht wird eine Anklage gegen sie erhoben. Stekken Sie sie in ein versperrtes Abteil des Zuges, der um drei Uhr fünf abgeht. Ich will sie nicht mehr sehen, bis hier alles aufgeklärt ist.« Das einzig Angenehme an der Sache war, daß der Polizist, den Raven im Kohlenlager angeschossen hatte, sich besser fühlte.

Saunders trat aus dem Gebäude der Midland Steel auf die Straße und hatte das merkwürdige Gefühl, daß es für ihn nichts mehr zu tun gab. Er ging in ein Gasthaus an der Ecke des Hauptplatzes und bestellte kalte Würstchen und ein Glas Bier. Es schien, als würde das Leben nun wieder seinen normalen Verlauf nehmen. Eine Tafel, die hinter dem Bartisch mitten unter den Kinoanzeigen hing, fiel ihm ins Auge. »Neue Heilmethode für Stotterer. Mister Montague Phelps hält in der Orpheum-Halle einen Vortrag, um seine neue Methode zu erläutern.« Der Eintritt war frei, aber es wurde abgesammelt. Beginn Punkt zwei Uhr. In einem Kino Greta Garbo. In einem anderen Clark Gable. Saunders wollte nicht früher zur Polizeistation zurückkehren, bevor es Zeit war, das Mädchen abzuholen. Er hatte schon viele Kuren gegen das Stottern versucht, er konnte ebensogut noch eine versuchen.

Die Halle war groß. An den Wänden hingen Bilder berühmter Politiker. Über den Fotografien lag ein Hauch von Wohlstand, von erfolgreichen Geschäften. Da hingen sie, die Gutgenährten, Erfolgreichen, und verdunkelten ganz die darunter sitzenden Bescheideneren in verdrückten Hüten und schäbigen Krawatten. Saunders trat hinter einer dicken, schüchternen Frau ein, und ein Kellner stotterte: »Sie w-w-w-w...« »Ein Bier«, sagte Saunders. Er setzte sich im Vordergrund nieder und hörte hinter sich eine gestotterte Unterhaltung, es war wie das Zwitschern zweier Chinesen: kleine Ausbrüche eines heftigen Gesprächs und dann der fatale Zungenfehler.

Es waren beiläufig fünfzig Personen anwesend. Sie musterten einander, etwa wie sich ein häßlicher Mensch in einem Schaufenster betrachtet: von dieser Seite, denkt er, bin ich gar nicht so arg. Sie empfanden eine Art Kameradschaft; der Mangel an Verständigungsmöglichkeit war ihr Verständigungsmittel. Und sie warteten alle auf ein Wunder.

Saunders wartete mit ihnen; wartete, wie er vor dem Kohlenwaggon gestanden hatte, mit der gleichen Geduld. Er war nicht unglücklich. Er wußte, daß er den Wert dessen, was ihm abging, wahrscheinlich übertrieben hoch einschätzte; selbst wenn er hätte sprechen können, ohne die Zischlaute, die ihn verrieten, hätte er seine Liebe und Bewunderung nicht klarer ausdrücken können. Die Kraft zu sprechen gibt dem Menschen noch nicht immer die Worte.

Mr. Montague Phelps betrat das Podium. Er trug einen Gehrock, und sein Haar war dunkel und fettig. Sein blaues Kinn war gepudert, und er benahm sich irgendwie aufreizend kaltblütig, als wollte er sagen: »Seht, was aus euch mit ein wenig mehr Selbstbewußtsein noch werden kann, wenn ihr ein paar Stunden bei mir genommen habt!«

Er war ein Mann von ungefähr vierzig Jahren, der sicher auch ein Privatleben hatte. Bei seinem Anblick mußte man an bequeme Betten, gute Mahlzeiten und die Hotels von Brighton denken. Einen Augenblick lang erinnerte er Saunders an Davis, der am Morgen so geschäftig in das Büro der Midland Steel geeilt war und eine Stunde darauf so schmerzlich und plötzlich starb. Es schien ihm fast, als hätte Ravens Tat gar keine Folgen: als wäre Töten eine Illusion wie ein Traum.

Hier war Mr. Davis wieder auferstanden: die beiden Männer kamen aus einer Form, und man konnte die Form nicht zerschlagen. Und plötzlich sah Saunders über Mr. Montague Phleps' Schulter hinweg das Bild eines Mannes, das über dem Podium hing: ein altes Gesicht mit einer Hakennase und dem Anflug eines Bartes: Sir Marcus.

III

Als Major Calkin das Haus der Midland Steel verließ, war er sehr bleich. Zum ersten Male hatte er die Wirkung eines gewaltsamen Todes geschaut. Das war der Krieg. Er ging, so rasch er konnte, zur Polizeidirektion und war froh, dort den Inspektor anzutreffen. Ganz demütig bat er um einen Tropfen Whisky. Er sagte: »Es nimmt einen tüchtig her. Noch gestern war er bei mir zum Dinner. Mrs. Piker war auch da, mit ihrem Hund. Was für Mühe es uns kostete, ihm zu verheimlichen, daß ein Hund da war.«

»Der Hund«, sagte der Inspektor, »gibt uns mehr Plage als alle Verbrecher in Nottwich. Wissen Sie, was er in der Damentoilette in Higham Street anstellte? Er sieht ganz harmlos aus, aber hie und da wird er verrückt. Würde er nicht Mrs. Piker gehören, wir hätten ihn schon hundertmal vertilgt.«

Major Calkin sagte: »Er wollte, daß ich Befehl gebe, den Mann zu erschießen. Ich sagte ihm, das kann ich nicht. Jetzt bringe ich den Gedanken nicht los, wir hätten damit zwei Menschenleben gerettet.«

»Machen Sie sich keine Sorgen, Sir! Solche Befehle hätten wir niemals entgegengenommen. Nicht einmal vom Polizeiminister persönlich.«

»Er war ein seltsamer Kauz«, fuhr Major Calkin fort. »Er war davon überzeugt, daß ich euch völlig in der Hand habe. Er versprach mir alles mögliche. Vielleicht war er das, was man ein Genie nennt. Wir werden seinesgleichen nicht so bald wiedersehen.« Er goß sich noch einen Whisky ein. »Und gerade zu einer Zeit, wo wir solche Männer brauchen. Der Krieg —«

Major Calkin hielt inne, das Glas in der Hand. Er starrte in die goldklare Flüssigkeit, in der er vieles zu sehen glaubte: das Depot, seine Uniform im Schrank. Jetzt würde er nie Oberst werden; anderseits aber konnte Sir Marcus nicht verhindern ... merkwürdigerweise empfand er bei dem Gedanken, wieder dem Kriegsgericht vorzustehen, kein erhebendes Gefühl. Er sagte: »Die Gasschutzübung, glaube ich, ist gut abgelaufen. Ich weiß nicht, ob es klug war, den Medizinstudenten ein so weites Feld einzuräumen. Sie wissen nie, wo der Spaß aufhört.«

»Ein Rudel von ihnen«, sagte der Inspektor, »suchte johlend nach dem Bürgermeister. Ich weiß nicht, aber Mr. Piker scheint irgendwie aufreizend auf die Burschen zu wirken.«

»Guter alter Piker«, sagte Major Calkin mechanisch.

»Sie gehen wirklich zu weit«, sagte der Inspektor. »Ich hatte einen Anruf von Higginbotham, dem Kassierer der Westminster-Bank. Er sagte, seine Tochter ging in die Garage und fand dort einen der Studenten — ohne Hosen.«

Major Calkin wurde mit einem Male wieder lebendig. »Das ist Rose Higginbotham, glaube ich? Ja, ganz bestimmt. Sie können ihr jedes Wort glauben. Was tat sie?«

»Er sagte, sie brachte ihm einen Schlafrock.«

»Schlafrock ist gut!« lachte Major Calkin. Und er leerte sein zweites Glas. »Was haben Sie darauf gesagt?«

»Ich sagte ihm, daß seine Tochter Glück gehabt hat, keinen Ermordeten in der Garage zu finden. Auf diesem Wege muß nämlich Raven seine Kleider und seine Gasmaske bekommen haben.«

»Was hatte der Bursche denn bei den Higginbothams zu suchen?« fragte Major Calkin. »Ich werde einen Scheck einkassieren und den alten Higginbotham bei der Gelegenheit fragen.« Er begann zu lachen. Die Luft war wieder rein. Das Leben ging ruhig in seiner gewohnten Bahn weiter. Ein kleiner Skandal, ein Gläschen mit dem Inspektor, eine Anekdote, die man Piker erzählte.

Auf seinem Weg zur Westminster-Bank rannte er fast in Mrs. Piker hinein. Er mußte schnell in einen Laden eintreten, um ihr auszuweichen; und einen Augenblick lang glaubte er, daß Chinky, der etwas vor ihr herlief, ihm in das Geschäft nachkommen würde. Er machte eine Bewegung, als wollte er einen Ball die Straße entlang werfen, aber Chinky war kein sportlich veranlagter Hund, und außerdem trug er eine Gasmaske zwischen den Zähnen. Major Calkin blieb deshalb nichts übrig, als an das Ladenpult zu treten. Er war in ein kleines Herrenmodegeschäft geraten. Er war zum erstenmal in diesem Geschäft.

»Womit kann ich dienen, mein Herr?«

»Hosenträger«, sagte Major Calkin verzweifelt. »Ein Paar Hosenträger.«

»Welche Farbe, mein Herr?« Aus dem Augenwinkel nach der Tür schielend, sah Major Calkin eben Chinky vorbeitrotten, gefolgt von Mrs. Piker. »Mauve«, sagte er erleichtert aufatmend.

IV.

Die alte Frau schloß leise die Eingangstür und schlich auf den Fußspitzen die kleine dunkle Halle hinunter. Ein Fremder hätte den Weg nicht finden können, aber sie wußte genau, wo der Hutständer war und der kleine Tisch und die Treppe. Sie hielt ein Abendblatt in der Hand, und als sie die Küchentür möglichst geräuschlos öffnete, um Acky nicht zu stören, glühte ihr Gesicht vor Freude und Aufregung. Aber sie hielt sich zurück und trat an den Küchentisch, wo sie ihren Korb entleerte, wobei Kartoffeln, eine Dose mit Ananasspalten, zwei Eier und ein Stück Fisch zum Vorschein kamen.

Acky saß am Küchentisch und schrieb einen langen Brief. Er hatte die lila Tinte seiner Frau beiseite geschoben und verwendete die feinste blaue Tinte, wobei er sich einer Füllfeder bediente, die schon lange keine mehr war. Er schrieb langsam und sorgfältig, manchmal schrieb er einen Satz auf ein Stückchen Papier ins unreine. Die Alte stand neben dem Ausguß und beobachtete ihn; sie wartete darauf, daß er zu sprechen beginne, und hielt den Atem an, wobei sie ein pfeifendes Geräusch hervorstieß. Endlich legte Acky die Feder weg. »Nun, meine Liebe?« fragte er.

»O Acky!« rief sie hastig. »Was, glaubst du, ist passiert? Mr. Cholmondeley ist tot! Ermordet!« Sie fügte hinzu: »Es steht in der Zeitung. Und Raven auch.«

Acky durchflog die Zeitung. »Schrecklich«, sagte er mit Befriedigung. »Und noch ein Toter! Ein Sühneopfer.« Dann las er langsam den Bericht.

»Sich vorzustellen, daß so etwas hier in Nottwich passieren kann!«

»Er war ein schlechter Mensch«, sagte Acky. »Obwohl ich ihm jetzt, da er tot ist, nichts Übles nachsagen möchte. Er verwickelte uns in Dinge, deren ich mich schämte. Vielleicht können wir jetzt wieder ruhig in Nottwich bleiben.« Dann blickte er auf die drei eng und in prachtvoller Handschrift beschriebenen Seiten nieder, und sein Gesicht wurde auf einmal sehr verfallen.

»Acky, du hast dich übermüdet.«

»Ich glaube, daß dies alles klarstellen wird«, sagte Acky.

»Lies es mir vor, mein Lieber«, bat die alte Frau. Und in ihr altes, lasterhaftes Gesicht trat ein Zug von unendlicher Zärtlichkeit und Geduld, als sie sich an den Ausguß lehnte, um zuzuhören. Acky begann zu lesen. Er sprach zuerst zögernd, aber der Klang seiner eigenen Stimme verlieh ihm Mut, und die Hand griff nach dem Rockaufschlag. »›Eure Eminenz, Herr Bischof...‹« Dann unterbrach er sich: »Ich hielt es für das beste, formell zu beginnen und nicht sogleich an unsere frühere Bekanntschaft zu erinnern.«

»Sehr gut, Acky! Du bist mehr wert als sie alle zusammen!«

»›Ich schreibe Ihnen nun zum vierten Male... nach einer Pause von vielleicht achtzehn Monaten.‹«

»Ist es so lange her, Lieber? Es war nach unserer Reise nach Clacton.«

»Sechzehn Monate... ›Ich gedenke dabei Ihrer Antwort, daß mein Fall bereits vor dem ordentlichen Kirchengericht verhandelt wurde, aber ich kann nicht glauben, daß Ihr Gerechtigkeitssinn es zuläßt, mich nicht anzuhören. Und ich glaube, daß Sie alles tun werden, was in Ihrer Macht steht, um meinen Fall einer Revision zu unterziehen. Ich bin dazu verurteilt, für etwas, was bei anderen nur als kleiner Verstoß gewertet wird (und diesen Verstoß habe ich nicht einmal begangen), ein Leben lang zu büßen.‹«

»Herrlich hast du das geschrieben!«

»Und jetzt, meine Liebe, gehe ich zu den Einzelheiten über. ›Wie konnte die Hotelbedienstete eidlich die Identität eines Mannes noch nach Jahren bezeugen, den sie, wie sie selbst angab, nur einmal, und zwar in einem verdunkelten Zimmer, sah, wo er verbot, die Vorhänge zu öffnen? Was die Zeugenaussage des Portiers betrifft, kann ich nur wiederholen, daß ich bei Gericht die Frage stellen wollte, ob ihm nicht von Oberst Mark Egerton und seiner Gattin Geld übergeben wurde, was man mir nicht gestattete. Ist dies Gerechtigkeit?‹«

Die alte Frau lächelte zärtlich und stolz. »Das ist der beste Brief, den du je geschrieben hast, Acky.«

»›Eure Eminenz! Es war im ganzen Sprengel bekannt, daß Oberst Egerton mein erbittertster Feind im Kirchenrat war, und die Untersuchung wurde auf sein Verlangen eröffnet. Was Mrs. Egerton anlangt, so ist sie eine liederliche Person ...‹«

»Ist das in Ordnung, Acky?«

»Manchmal, meine Liebe, gelangt man an einen Punkt, wo man alles aussprechen muß. Und jetzt gehe ich im Detail auf die Zeugenaussagen ein, und ich glaube, daß meine Argumente mehr als stichhaltig sind. Zum Schluß spreche ich mit dem ehrwürdigen Herrn in Worten, die ihm absolut geläufig sein müssen.« Diesen Passus wußte er auswendig, und er donnerte ihn ihr wild entgegen, wobei er die armen, irren Augen verdrehte. »›Nehmen wir aber an, daß diese gekauften, falschen Zeugenaussagen richtig waren, was dann? Habe ich eine unverzeihliche Sünde begangen, daß ich mein ganzes Leben lang dafür leiden, des Lebensunterhaltes entbehren, auf häßliche Methoden angewiesen sein soll, um Brot für mich und meine Frau zu verdienen? Der Mensch, Eure Eminenz — und niemand weiß das besser als Sie selbst (wie oft habe ich Sie zwischen Ihren Fleischtöpfen in Ihrem Palaste gesehen!) —, ist aus Fleisch und Blut und nicht nur aus Seele. Ein wenig Fleischeslust mag selbst einem Mann im geistlichen Kleid vergeben werden. Denn selbst Sie waren in Ihrer Jugend diesem Laster zweifellos nicht abhold.‹« Er schwieg, ein wenig außer Atem; die beiden starrten sich erschreckt und zärtlich an.

Dann sagte Acky: »Jetzt möchte ich noch gern ein paar Worte über dich schreiben, meine Liebe.« Und er blickte voll tiefer reiner Liebe auf den schwarzen, schlampigen Rock, die verschmierte Bluse, das gelbe, verrunzelte Gesicht. »Meine Liebe«, sagte er, »was hätte ich ohne dich angefangen —« Er begann den nächsten Absatz ins unreine zu schreiben, während er sich Satz für Satz laut vorsagte: »›Was hätte ich während dieser langen Untersuchung angefangen‹ — nein, Martyrium — ich weiß nicht, ich kann keinen Gedanken fassen —, ›wäre ich nicht gestützt worden durch das Vertrauen und die unwandelbare Treue — nein, Treue und das unwandelbare Vertrauen meiner Frau, die zu verachten sich Mrs. Egerton berechtigt fühlte. Als ob unser Herrgott sich die Reichen und Hochgeborenen zu Dienern erwählt hätte! Die letzte Zeit hat mich wenigstens gelehrt, Freunde von Feinden zu unterscheiden. Und doch hat bei meiner Verhandlung ihr Wort — das Wort der Frau, die mich liebt und an mich glaubt, nichts gezählt neben — neben Betrug und Skandal.‹«

Die Alte beugte sich vor, und Tränen der Rührung und des Stolzes standen in ihren Augen. Sie sagte: »Das ist prachtvoll! Glaubst du, daß es die Frau des Bischofs lesen wird? Ich sollte eigentlich hinaufgehen und die Zimmer aufräumen (vielleicht kommen einige unserer jungen Leute), aber ich bleibe lieber hier, Acky. Was du schreibst — ich komme mir vor wie eine Heilige.«

Sie ließ sich auf einen Sessel fallen und sah zu, wie seine Hand über das Papier fuhr, und ihr schien es, als hätte sie nie gehofft, etwas so Schönes zu sehen, und nun war es da.

»Und zum Schluß will ich schreiben«, sagte Acky, »daß in einer Welt der Ungerechtigkeit und Herzlosigkeit eine Frau mein Halt und mein Rettungsanker bleibt, eine Frau, der ich bis zum Tode und darüber hinaus vertrauen darf.«

»Sie sollten sich schämen, lieber Acky! Wenn man bedenkt, wie sie dich behandelt haben!« Sie schluchzte. »Aber es ist wahr. Ich werde dich nie verlassen, auch nicht, wenn ich sterbe. Nie, nie, nie!« Und die zwei alten lasterhaften Gesichter sahen sich an; erfüllt von dem tiefen Glauben an eine große ewige Liebe, die alles teilt, auch die Leiden.

V

Anne probierte vorsichtig den Türgriff des Abteils, in dem man sie alleingelassen hatte. Sie war versperrt, wie sie es geahnt hatte, trotz Saunders' Taktgefühl und seinem Versuch, dies vor ihr zu verbergen.

Verzweifelt starrte sie auf die öde Station hinaus. Es war, als hätte sie alles verloren, was das Leben lebenswert macht. Sie hatte nicht einmal ein Engagement; und zwischen dem Plakat einer Kraftsuppe und einem Reklamebild von Yorkshires Küste in grellen gelben und blauen Farben sah sie den trostlosen vorgezeichneten Weg von Agentur zu Agentur vor sich. Der Zug begann sich zu bewegen; an den Warteräumen vorbei, an den Waschräumen, inmitten eines ausgebreiteten Schienennetzes.

Was für eine Närrin ich war, dachte sie. Ich glaubte, die Welt vor einem Krieg bewahren zu können! Drei Männer sind tot, das ist alles! Jetzt, da sie sich für dieses Sterben verantwortlich fühlte, empfand sie nicht mehr die gleiche Abneigung gegen Raven. In dieser Einöde, durch die sie fuhr, zwischen Kohlenhaufen, alten Waggons, Blechabfall, verlassenen Geleisen, aus denen hie und da schüchtern ein Grashalm emporragte, dachte sie voll Mitleid und Verzweiflung an ihn. Sie hatte auf seiner Seite gestanden, er hatte ihr vertraut, und sie hatte ihm ihr Wort gegeben; dann war sie hingegangen und hatte es gebrochen, ohne einen Augenblick zu zögern. Er mußte von ihrem Verrat erfahren haben, ehe er starb. Im Geiste dieses Toten war sie für immer auf die gleiche Stufe festgebannt mit dem Kaplan, der ihn angelogen, mit dem Arzt, der die Polizei hatte rufen wollen.

Nun, sie hatte den einzigen Mann verloren, an dem ihr etwas lag; irgendwie schien es ihr eine Vergeltung, daß auch sie leiden mußte: sie hatte ihn ganz ohne Grund verloren. Denn sie konnte den Krieg nicht verhindern. Die Menschen waren reißende Tiere, sie brauchten den Krieg; in der Zeitung, die ihr Saunders gegeben hatte, konnte sie lesen, daß die Mobilisierung in vier Ländern bereits im Gange war und daß das Ultimatum um Mitternacht ablief. Das alles stand nicht mehr auf der Titelseite, aber nur deswegen, weil den Nottwichern der Krieg wichtiger war, der in den Tanneries ausgefochten wurde. Wie sie sich daran ergötzen, dachte sie bitter, während der Schein der Hochöfen hinter den hohen Schlackenbergen sichtbar wurde. Auch das war Krieg; das Chaos, durch das sich der Zug langsam durchwand. Er knirschte über die Schwellen mit einem Geräusch, das ganz so klang, als schleppe sich ein Sterbender langsam über Niemandsland hinweg vom Schlachtfeld.

Sie preßte ihr Gesicht gegen die Scheibe, um die Tränen zurückzuhalten. Der kalte Druck des Glases gab ihr die Widerstandsfähigkeit zurück. Bei einer kleinen neugotischen Kirche und einigen Villen gewann der Zug an Geschwindigkeit; dann kam das offene Land, kamen die Felder, einige Kühe, die sich durch ein Gatter durchzuzwängen versuchten, und ein Radfahrer mit einem kleinen, schwankenden Licht.

Um sich Mut einzuflößen, begann sie vor sich hin zu summen, aber alles, woran sie sich erinnerte, war »Aladdin« und »It's only Kew«. Sie dachte an die lange Autobusfahrt nach Hause, an die Stimmen am Telefon, und wie sie nicht ans Fenster konnte, um ihm zu winken, und er hatte dagestanden, mit dem Rücken zu ihr, während der Zug ausfuhr. Auch damals war es Davis gewesen, der alles zerstört hatte.

Und dann kam ihr der Gedanke, daß selbst, wenn es ihr gelungen wäre, es gar nicht der Mühe wert gewesen wäre, das Land vor dem Krieg zu bewahren. Sie dachte an Davis, an Acky und seine alte Frau, den Regisseur und Miss Maydew und ihre Wirtin mit der ewig feuchten Nasenspitze. Was hatte sie veranlaßt, eine so dumme Rolle spielen zu wollen? Wäre sie nicht mit Mr. Davis essen gegangen, so wäre Raven wahrscheinlich im Gefängnis, und die anderen wären am Leben. Sie versuchte, sich die ängstlichen Gesichter zurückzurufen, die die Himmelsschrift in der High Street studiert hatten, aber sie konnte sich nicht mehr richtig daran erinnern.

Die Tür zum Gang hinter ihr wurde aufgesperrt; sie starrte durch das Fenster in das graue Winterlicht und dachte: Noch mehr Fragen. Werden die nie aufhören, mich zu quälen? Laut aber sagte sie: »Ich habe doch meine Aussage gemacht, nicht wahr?«

Mathers Stimme sagte: »Es gibt noch einige Dinge zu besprechen.«

Sie wandte sich ihm verzweifelt zu: »Hast du kommen müssen?«

»Ich führe den Fall«, sagte Mather. Er setzte sich ihr gegenüber mit dem Rücken gegen die Fahrtrichtung und sah in die Landschaft hinaus, die ihr entgegenstürzte, um dann hinter ihrer Schulter zu verschwinden. Er sagte: »Wir sind deiner Erzählung nachgegangen. Eine merkwürdige Geschichte.«

»Sie ist wahr«, wiederholte sie matt.

Er sagte: »Wir haben die Hälfte der Gesandtschaften in London am Telefon gesprochen. Von Genf nicht zu reden. Und den Polizeipräsidenten.«

Sie sagte mit einem Anflug von Ironie: »Es tut mir leid, daß du Unannehmlichkeiten hattest.« Aber sie hielt nicht stand; ihre sachliche Gleichgültigkeit brach vor seiner Gegenwart zusammen, vor den großen, plumpen, einst so lieben Händen, vor dem ganzen großen Mann.

»Oh, es tut mir leid«, sagte sie. »Habe ich das nicht schon früher gesagt? Was sonst kann ich...? Das würde ich auch sagen, wenn ich deine Kaffeetasse umgestoßen hätte; und das muß ich sagen, weil alle diese Menschen getötet wurden. Gibt es Worte, die mehr bedeuten? Alles ist schiefgegangen; und ich dachte, daß alles so klar ist. Ich habe Schiffbruch erlitten. Ich wollte niemandem weh tun. Ich denke, der Polizeipräsident...« Sie begann tränenlos zu schluchzen; es war, als wären ihre Tränendrüsen eingefroren.

Er sagte: »Ich stehe vor der Beförderung. Warum, weiß ich nicht. Ich dachte, ich habe den Fall verpatzt.« Dann fügte er freundlich und bittend hinzu, während er sich vorbeugte: »Wir könnten heiraten — sofort, obwohl ich sagen muß, daß du ganz recht hättest, wenn du mich jetzt nicht mehr willst. Du bekommst eine Ergreiferprämie.«

Das war, als würde man in das Büro des Direktors treten, die Entlassung erwarten, und anstatt dessen bekam man eine Gagenerhöhung — oder eine Sprechrolle, aber so etwas war noch nie geschehen. Sie starrte ihn schweigend an.

»Natürlich«, sagte er düster, »wird sich jetzt alles um dich reißen. Du hast einen Krieg verhindert. Ich weiß, daß ich dir nicht geglaubt habe. Ich war im Irrtum. Und ich dachte, ich vertraue dir — wir haben schon genug herausgefunden, was deine Aussage beweist, und ich hielt es für eine Lüge. Jetzt werden sie ihr Ultimatum zurückziehen. Es bleibt ihnen keine andere Möglichkeit.« Er fügte voll Haß gegen die große Öffentlichkeit hinzu: »Das wird die Sensation des Jahrhunderts!« und lehnte sich mit schwerem und traurigem Gesicht zurück.

»Du meinst«, sagte sie ungläubig, »daß wir — wenn wir ankommen, sofort heiraten können?«

»Willst du?«

Sie sagte: »Das Taxi wird nicht rasch genug fahren!«

»So schnell wird es wieder nicht gehen. Es dauert drei Wochen. Wir können uns keine Sonderlizenz leisten.«

Sie sagte: »Hast du nicht etwas von einer Prämie gesagt? Das reicht für die Lizenz.« Dann lachten sie plötzlich gleichzeitig. Es war, als wären die letzten drei Tage nicht mehr da, als hätte sie ein Wind aus dem Zug und auf den Schienen nach Nottwich zurückgeblasen. Dort war alles geschehen, und dorthin mußten sie nie mehr zurückkehren.

Nur ein Schatten von Unruhe blieb, das verblassende Gespenst Ravens. Wenn seine Unsterblichkeit auf den Lippen von Menschen liegen sollte, focht er jetzt seinen letzten, vergeblichen Kampf gegen die Vernichtung aus.

»Alles ist gleich«, hatte Anne gesagt, als Raven sie mit den Säcken zugedeckt hatte: Raven berührte ihre eiskalte Hand. »Es war ein Mißerfolg.«

»Mißerfolg?« sagte Mather. »Es war der größte Erfolg.« Aber Anne schien es, als würde sich das Gefühl des Scheiterns nie mehr aus ihrem Gehirn verdrängen lassen, daß es sogar ihr Glück beeinträchtigen müßte. Es war etwas, was sie nicht erklären konnte. Der Geliebte würde sie nie verstehen. Sein Gesicht verlor den Glanz, und schon wieder war sie gescheitert — es war ihr nicht gelungen, zu sühnen. Aber vor seiner Stimme zerstob die Wolke, verschwand unter seiner plumpen, großen, zärtlichen Hand.

»So ein Erfolg!« Jetzt, da er erfaßte, was es bedeutete, konnte er sich ebenso schwer ausdrücken wie Saunders. Das war wohl ein paar Zeitungsartikel wert! Das dunkelnde Land, das langsam vor ihren Augen verschwand, war wieder einmal sicher für einige Jahre. Er war vom Lande und verlangte daher für etwas, das er so liebte, nicht mehr auf einmal als ein paar Jahre Sicherheit. Und die Ungewißheit dieser Sicherheit machte es ihm nur noch teurer.

Jemand verbrannte Unkraut unter einer Hecke, und über eine dunkle Wiese ritt ein Bauer von der Jagd heim, in einem altmodischen hohen Hut und auf einem Pferd, das nie einen Graben nehmen konnte. Ein kleines beleuchtetes Dorf zog an dem Fenster vorüber und verschwand wie ein kleiner, mit Lampions behängter Vergnügungsdampfer; gerade hatte er noch Zeit, die graue Kirche zwischen den Grabsteinen und den Taxusbüschen zu sehen, die ihm wie ein alter Hund vorkam, der nicht aus seinem Winkel hervorkriechen will.

»Du hast nicht Schiffbruch erlitten«, sagte er.

London hatte in ihrem Herzen Wurzel geschlagen. Das dunkle Land sagte ihr nichts, sie wandte den Blick davon ab und blickte in Mathers glückliches Gesicht. »Das verstehst du nicht«, sagte sie, das Gespenst noch ein Weilchen duldend. »Ich habe Schiffbruch erlitten.«

Aber sie selbst vergaß es völlig, als der Zug über einen hohen Viadukt in London einfuhr; unten lagen die kleinen, hellen, schäbigen Straßen wie die Zacken eines Sternes mit ihren Bonbonläden, Methodistenkirchen, den aufs Pflaster geschmierten »Heilbotschaften«. Und da war sie es, die dachte: Das ist Sicherheit.

Sie wischte den Dunst von der Glasscheibe und drückte ihr Gesicht dagegen und sah sich das alles mit jener glücklichen, gierigen Zärtlichkeit an wie ein Kind, dem die Mutter starb und das jetzt allein mit der Familie fertig werden muß und sich dabei nicht bewußt ist, daß die Verantwortung zu groß ist.

Eine Kinderschar lief schreiend eine Straße hinunter; sie wußte, daß sie schrien, weil sie eine von ihnen war. Sie konnte ihre Stimmen nicht hören, und sie konnte auch keinen Mund sehen. An einer Ecke verkaufte ein Mann heiße Kastanien, und es war ihr Gesicht, auf dem der Widerschein seines kleinen Feuers erschien. Die Zuckerläden waren voll weißer Gazestrümpfe, angestopft mit Geschenken.

»Oh«, sagte sie, mit einem Seufzer wolkenlosen Glücks: »Wir sind zu Hause.«

Graham Greene

Orientexpreß

Ullstein Buch 460

Eine packende Story verknüpft die Schicksale von Menschen, die der Orientexpreß fernen Zielen zuträgt. Auf der Fahrt von Calais nach Konstantinopel werden sie in atemberaubende Ereignisse verstrickt: die kleine Tänzerin, die an den Bosporus reist, und der totgesagte Revolutionär, der in das Land zurückkehrt, aus dem er vor Jahren entflohen ist; eine robuste Journalistin, die eine Sensationsgeschichte wittert; ihre schöne Freundin, die interessante Reisebekanntschaften macht; ein junger Geschäftsmann, dem in Konstantinopel ein wichtiger Abschluß gelingen wird; der Verfasser eines vielgelesenen Romans, der einen weiteren zu schreiben gedenkt; und ein flüchtiger Mörder und Geldschrankknacker, dessen Äußeres an einen rustikalen Biedermann denken läßt...

 ein Ullstein Buch